운룡쟁천

조돈형 新무협 판타지 소설
FANTASTIC ORIENTAL HEROES

운룡쟁천 3
조돈형 新무협 판타지 소설

초판 1쇄 찍은 날 § 2008년 11월 7일
초판 1쇄 펴낸 날 § 2008년 11월 12일

지은이 § 조돈형
펴낸이 § 서경석

편집장 § 문혜영
편집책임 § 유경화
편집 § 정서진 · 최하나

펴낸곳 § 도서출판 청어람
등록번호 § 제1081-1-89호
등록일자 § 1999. 5. 31
어람번호 § 제2-1612호

주소 § 경기도 부천시 원미구 심곡동 163-2 서경B/D 3F (우) 420-010
전화 § 032-656-4452 팩스 § 032-656-4453
http://www.chungeoram.com
E-mail § eoram99@chol.com

ⓒ 조돈형, 2008

ISBN 978-89-251-1533-7 04810
ISBN 978-89-251-1372-2 (세트)

※ 파본은 구입하신 서점에서 교환하여 드립니다.
※ 저자와 협의하여 인지를 붙이지 않습니다.
※ 이 책은 도서출판 청어람과 저작자의 계약에 의해 출판된 것이므로,
  무단 전재 및 유포 · 공유를 금합니다.

3
운룡쟁천

조돈형 新무협 판타지 소설
FANTASTIC ORIENTAL HEROES

目次

수라검문(修羅劍門)의 소문주
구중천(九重天)
선대의 약속(約束)
목숨 빚
백인비무(百人比武)
호화단(護花單)
독비신개(獨臂神丐)
신 화(　　花)
(　　　)
　　(　　　)

第二十章
수라검문(修羅劍門)의 소문주

"소벽하… 라면?"

어딘지 모르게 익숙한 이름이었다. 그러나 정확하게 기억이 나지 않았다.

무광이 자신의 기억력을 한탄하며 고개를 갸웃거리는 찰나, 소벽하가 말했다.

"비켜주세요. 무의미한 싸움은 피하고 싶어요."

"그대의 선택에 달린 일이오."

무광이 소벽하의 얼굴을 지그시 바라보며 대꾸했다.

"오해가 있어요."

"오해? 무슨 오해 말이오?"

소벽하가 구차한 변명으로 위기를 넘기려 한다고 여긴 무광이 눈살을 찌푸리며 물었다.

"이곳에서 벌어진 살겁은 우리와 상관이 없어요. 오히려 피해자라 할 수 있지요."

그러자 양도선이 어처구니없다는 표정으로 고개를 흔들며 다가왔다.

"피해자라… 우습군. 하면 오늘 일이 저자, 아니, 둘이 한 짓이 아니란 말인가?"

"아니에요."

소벽하가 단호하게 고개를 흔들었다.

그 순간, 엉뚱한 곳에서 호통이 터져 나왔다.

"닥쳐랏! 악귀 같은 계집! 어디서 발뺌을 하려는 것이냐? 사지를 찢어 죽여도 시원치 않을 잡년 같으니라고!"

소벽하의 안색이 차갑게 일그러졌다.

그녀가 자라온 수라검문 역시 온갖 거친 사람들이 득시글거리는 곳이었으되 지금껏 그와 같은 심한 욕설을 들어본 적이 없었다. 물론 그녀의 지위가 지위인만큼 그녀에게 감히 그런 소리를 내뱉을 위인도 없었지만, 언젠가 그녀가 있는 곳에서 욕설을 지껄이던 한 장로가 좌패천이 휘두른 주먹에 피곤죽이 되면서 아무리 입이 걸걸한 사람도 그녀가 주변에 있으면 말을 가려서 하곤 했었다.

소벽하의 눈이 욕설을 내뱉은 사람을 찾아 움직이다 좌측에서 가래침을 탁탁 뱉어대는 늙은 거지에게서 멈추었다.

묵죽신개의 막내 사제이자 개방의 장로인 유운개(流雲丐)였다.

"노개께선 참으로 입이 험하시군요."

"험하긴 개뿔이 험해! 더한 욕을 해주고 싶은데 생각이 나지 않는 머리가 한스러울 뿐이다."

"……."

"고년 참, 눈빛 또한 야차 같구나! 그래, 그런 눈을 하고 이 많은 사람들을 죽였느냐?"

"우리와 상관없다고 말씀드렸을 텐데요."

소벽하가 애써 화를 억누르며 말했다.

"하면 이 아이들은 어찌 된 것이지?"

양도선이 뭐라 입을 열려던 유운개를 잠시 만류한 뒤 제자들의 시신을 가리키며 물었다.

"아까도 말했지만 서로에게 단순한 오해가 있었어요."

"단순한 오해라……. 그 오해의 결과치고는 너무 참혹하군. 그걸 지금 믿으란 말인가?"

"그건……."

소벽하가 도극성의 정체, 그리고 극성무관과 무석영가에서 벌어진 일들에 대해 설명하려는 찰나 유운개가 또다시 끼어들었다.

"닥쳐라! 네년의 변명 따위는 듣고 싶지 않다. 이 늙은이는 똑똑히 보았다, 온 세상을 뒤덮고도 남음이 있는 저놈의 살기를. 야차와도 같은 살기를 뿌리며 저들을 쓰러뜨리는 것을 말이다. 모든 정황이 명명백백하거늘 어디서 간교한 혓바닥을 놀리려는 것이냐!"

"함부로 말하지 말라고 했어요!"

거듭되는 유운개의 욕설에 소벽하도 더 이상 참지 못하고 화를 냈다.

"흥, 방귀 뀐 놈이 더 성을 낸다고 하더니 꼭 그 짝이로군. 함부로 말하면 어쩌겠다는 거냐? 이곳에서 네년의 재롱을 받아줄 사람이라도 있을 줄 아느냐?"

"나는 분명 경고했어요."

소벽하가 묵룡도를 치켜들며 말했다.

그녀의 기세에 움찔 놀란 유운개가 한 걸음 물러나고, 행여나 그가 다칠까 염려한 무광이 그녀의 앞을 가로막았다.

무광과 그의 뒤로 숨은 유운개를 잠시 노려본 소벽하가 차갑게 외쳤다.

"비켜주세요."

"그럴 수는 없다고 말씀드린 것 같소만."

무광이 고개를 흔들었다.

"그렇다면 할 수 없군요."

한숨을 내쉰 소벽하가 자신의 손에 이미 혼절을 한 도극성을 등에 업었다.

양쪽에 끈이 달린 목함을 이용해 엉덩이를 받치고 몸에 걸치고 있던 장삼으로 도극성의 몸을 자신의 등에 고정시켰다.

업고 있는 자세가 영 불편하고 모양새 또한 민망했지만 소벽하는 그다지 신경 쓰지 않았다.

도극성이 자신과 단단히 연결된 것을 확인한 소벽하가 묵룡도를 비스듬히 세웠다.

소벽하가 하는 행동을 물끄러미 바라보던 무광이 다소 어이없다는 표정을 지으며 물었다.

"무슨 의미요?"

"제대로 얘기를 들어보지도 않고 이리 핍박을 하니 스스로 길을 여는 수밖에요."

우우우웅.

소벽하가 가만히 내력을 주입하자 묵룡도에서 웅장한 울림이 흘러나왔다.

"허! 이거야 원, 가능할 것 같소?"

"하도록 해야지요."

"힘들 것이오."

무광의 손도 금빛 휘광으로 물들었다.

상대의 기세가 예사롭지 않음을 느낀 것인지 처음과는 달리 조금은 긴장한 듯한 얼굴이었다.

"하앗!"

낭랑한 기합성과 함께 소벽하의 손에 들린 묵룡도가 수직으로 움직이고 묵빛 기운이 용트림을 하며 쏘아갔다.

소벽하와 무광의 거리는 오 장 정도.

묵룡도에서 발출된 도기는 눈 깜짝할 사이에 무광의 면전으로 들이닥쳤다.

'음.'

무광의 얼굴이 심각하게 굳었다.

빨라도 보통 빠른 게 아니다.

게다가 공간마저 일그러뜨리며 밀려드는 기세는 지금껏 경험해 보지 못한 것이었다.

"아!"

생각보다 강력한 공격에 지켜보는 이들이 저마다 깜짝 놀라며 경악성을 내질렀지만 이미 평정심을 회복한 무광은 침착하게 내력을 운기시키면서 대력금강장으로 소벽하의 공격을 맞받아쳤다.

고수들 간의 싸움에서 기선을 빼앗긴다는 것이 어떤 의미인지 너무 잘 알고 있기에 반격에 한 치의 소홀함도 없었다.

도기만큼이나 강맹한 장력이 그의 손에서 발출되고 두 기운이 허공에서 맞부딪쳤다.

쿠쿠쿠쿵!

요란한 소리와 함께 살벌한 충격파가 사방으로 뿌려졌다.

자신의 공격이 당연히 막힐 것임을 예상했는지 무광이 장력을 발출할 때 선공을 가한 소벽하의 몸은 이미 앞으로 내달리고 있었다.

첫 번째 디딤은 힘을 모으기 위해 작게, 도약을 위한 그다음 디딤에 바닥이 깊게 패었다.

허공으로 차고 오르는 소벽하.

단 두 걸음으로 오 장여의 거리를 좁혀온 그녀가 무광의 머리 위로 묵룡도를 내리꽂았다.

"허!"

무광의 입에서 어처구니없다는 탄성이 터져 나왔다.

설마하니 도극성을 업은 채로 그렇게 빠른 몸놀림을 보여줄지는 몰랐다는 표정이었다.

당황한 무광이 무영신보를 이용해 그 공격을 피하려 했으나 소벽하에게도 무영신보에 필적하는 월수궁영(月隨弓影)이라는 신묘한 신법이 있었다.

등에 업은 도극성은 조금의 문제도 되지 않는다는 것을 증명이라도 하듯 무광을 매섭게 뒤쫓으며 공격을 가하는 그녀의 발놀림은 가볍기 그지없었다.

아무리 움직여도 그녀를 떨쳐 낼 수가 없다는 것을 알았는지 무광이 갑자기 움직임을 멈췄다.

무광을 죽일 의도가 조금도 없었던 소벽하가 오히려 당황했다.

그녀가 살짝 팔을 비틀고, 동시에 무광의 정수리로 직격하던 묵룡도가 방향을 바꾸더니 어깨를 찍어버렸다.

깡!

순간, 공격을 성공시켰다고 여긴 소벽하의 얼굴이 강한 의혹으로 물들었다.

예리하기 이를 데 없는 묵룡도, 아니, 꼭 묵룡도가 아니라도 잘 벼려진 칼날과 인간의 몸이 부딪쳤을 때 결코 일어날 수 없는 소리가 들려왔기 때문이었다.

소리뿐만이 아니었다.

묵룡도를 통해 전해지는 감촉이 영 이상했다.

은근히 저려오는 것이 마치 단단한 바위나 쇳덩이를 친 느낌이 아닌가.

그녀의 시선이 무광의 어깨로 향했다.

"아!"

터져 나오는 탄성!

목숨을 빼앗을 생각은 없었기에 머리에서 어깨로 목표를 바꿨고 공격은 분명히 성공했다.

한데도 무광의 어깨는 멀쩡했다.

어깨를 덮고 있던 장삼과 가사(승려가 어깨에 걸치는 법복)는 찢어졌지만 피부는 살짝 갈라진 정도에 불과했다. 상식적으로 도저히 있을 수 없는 일이었다.

묵룡도는 오직 묵천마라심결(墨天魔羅心訣)에 의해서만 본모습을 드러낼 것이니 천하에 베지 못하는 것이 없고, 자르지 못하는 것이 없으며 파괴하지 못할 것이 없다.

　오직 수라검문의 문주에게만 내려오는 비어(秘語)를 떠올리는 소벽하의 얼굴에 경이로움이 묻어났다.
　만근거석이라도 단숨에 박살 내버린다는 묵룡도가 한낱 인간의 피부를 뚫고 들어가지 못한 것이었다.
　'설마하니 금강불괴를 완성했단 말인가?'
　생각은 더 이상 이어지지 못했다.
　묵룡도를 어깨로 받아낸 무광의 반격이 들이닥쳤기 때문이었다.
　소벽하는 자신의 단전으로 날아드는 한줄기 지력을 감지하고는 안색이 확 바뀌었다.
　'일지선공!'
　소림칠십이절예에 속한, 소림이 자랑하는 최강의 무공 중 하나.
　소벽하는 자신에게 짓쳐드는 지력이 일지선공이라는 것을 파악하자마자 그 즉시 묵룡도를 끌어당겨 몸을 보호했다.
　땅!
　경쾌한 금속성이 울리며 소벽하의 몸이 휘청거렸다.
　일지선공의 지력이 묵룡도를 튕겨내며 소벽하의 옆구리를 강타한 것이다.

'크으.'

소벽하의 아미가 살짝 찌푸려졌다.

호신강기를 펼쳤음에도 공격당한 옆구리로부터 꽤나 심한 고통이 밀려들고 기혈이 살짝 들끓고 있었다.

'일지선공… 무섭구나!'

소벽하는 감탄의 눈길로 무광을 바라보았다.

그녀가 놀라는 만큼 무광 역시 놀라고 있었다.

일지선공의 공격이 별다른 소득이 없었던 것도 그랬지만 방금 전, 공격당한 어깨의 피부가 갈라지고 피마저 배어 나오는 것을 보자 어이가 없었다.

나한동을 돌파하면서도 생채기 하나 나지 않은 몸뚱이였다. 물론 나한동 출동의 상징이라 할 수 있는 용 문신의 흔적이 가슴팍에 남았으나 그것은 무려 한 시진 동안 인(燐)으로 달구어진 화로를 안고 온갖 눈물겨운 노력을 기울인 덕에 얻어낸 쾌거(?)가 아니던가.

한데 단 한 번의 공격으로 피부가 갈라지고 상처가 났다.

상처는 대단하지 않았으나 묵룡도를 통해 전해진 상대의 내력은 실로 무시무시했다.

'게다가 저 칼!'

무광의 눈이 소벽하의 손에서 빛나고 있는 묵룡도로 향했다.

'금강불괴를 뚫고 상처를 낼 수 있는 무기가 있었다니. 후~'

조금 전, 처음으로 모습을 드러냈을 때에도 예사롭지 않더니만 직접 그 위력을 겪고 보니 실로 놀라지 않을 수 없었다. 금강불괴의 몸을 뚫고 상처를 낸다는 것은 내력이 강하다고만 해서 결코 이룰 수 없는 것이었다.

'강하다.'

서로를 보는 솔직한 심정이었다.

한 번씩 공격을 주고받은 무광과 소벽하는 쉽게 다음 공격을 이어가지 못했다.

"과연 소림맹룡(少林猛龍)! 대단하군요."

소벽하가 엄지손가락을 치켜들며 말했다.

"나를 아시오?"

무광이 조금은 당황한 얼굴로 물었다.

모를 리가 없었다.

무광은 소벽하를 기억하지 못했지만, 그녀는 그 옛날 소군산에서 소무백과의 비무에서 사상 처음으로 일초식을 받아내고 녹옥불장을 찾아간 무광의 모습을 똑똑히 기억하고 있었다. 당시 그가 준 인상이 너무도 강렬했기에 잊으려 해도 잊을 수가 없는 것이다.

"물론이지요. 어찌 모르겠어요. 천강성의 정기를 받고 태어난 소림사의 맹룡을. 옛날에는 완전하지 않았던 것 같았는데 결국 금강불괴를 이루었군요."

소벽하가 빙그레 웃으며 대꾸했다.

"옛날… 이라면?"

무광이 뒤통수를 슬쩍 긁으며 말끝을 흐렸다.

무광은 여전히 그녀를 기억하지 못하고 있었다.

바로 그때, 조금 떨어진 곳에서 차분한, 그러나 슬픔이 한 껏 담긴 음성이 들려왔다.

"구 년 전, 우리 모두 소군산에서 만났었지요."

소벽하의 고개가 음성을 따라 천천히 돌아갔다.

그녀의 시선이 머무는 곳에 매화 궁장의 여인이 있었다.

'아! 아름답다.'

소벽하의 눈빛이 마구 흔들렸다.

여자인 그녀가 보기에도 천천히 걸어오는 매화 궁장의 여인, 영운설의 아름다움은 그야말로 극에 이른 듯했다.

은은히 빛나는 달빛에 반사되는 그녀의 얼굴.

칠흑같이 검은 머리카락은 목덜미 뒤로 살짝 틀어 올렸고, 초승달처럼 부드럽게 휘어진 아미(蛾眉), 눈물을 흘렸는지 붉게 충혈되어 있기는 하지만 흑수정을 박아놓은 듯한 눈동자는 신비롭기 그지없었다. 투명하게 빛나는 붉은 입술과 그 입술 사이로 보이는 새하얀 이, 유려하게 이어진 턱 선에 굴곡진 몸매는 침어낙안(沈魚落雁), 폐월수화(閉月羞花)라 일컬어지는 전설의 미녀들과 비견할 만했다.

소벽하가 입을 다물지 못하고 멍한 눈으로 그녀를 바라보고 있을 때 영운설이 조용히 물었다.

"수라검문의 소문주께서 이곳까지 어인 일이신가요?"

그녀의 음성은 차분했지만 절로 오한이 들 정도로 차가운 한기가 깔려 있었다.

사형제들의 전언을 통해 가문이 풍비박산난 것을 알았고, 무광과 소벽하가 대치하는 사이 그 참화의 현장을 직접 눈으로 확인한 그녀는 북받쳐 오르는 슬픔과 눈물, 세상 모든 것이 아득해지는 참담한 절망감을 필사적으로 참아내는 중이었다.

"수라검문의 소… 문주? 아!"

영운설의 말에 깜짝 놀란 표정을 짓던 무광이 뭔가를 떠올렸는지 탄성을 내지르며 고개를 끄덕였다.

"어쩐지."

어째서 그녀의 이름이 익숙했는지, 어디선가 본 듯한 얼굴이었는지 비로소 이해를 한 것이었다.

상상할 수 없을 정도로 강한 그녀의 무위 또한 이해가 갔다.

천괴성의 정기를 받고 태어난 수라검문의 후계자가 강하지 못하다면 오히려 그것이 더 이상할 터였다.

소벽하도 단번에 영운설을 알아보고 눈빛을 빛냈다.

"화산의 영운설 소저군요. 오랜만이에요."

소벽하가 살짝 고개를 끄덕이며 인사를 했다.

영운설은 인사를 받지 않았다. 오히려 더 냉랭한 모습으로 입을 열었다.

"아직 대답을 듣지 못했어요. 어째서 수라검문의 소문주가 본 가에 나타난 것이지요? 그리고……."

영운설은 차마 뒷말을 잇지 못했다. 자신의 입으로 본 가에 닥친 참상을 언급하는 순간, 겨우 다잡고 있는 이성의 끈이 끊어질 것 같았기 때문이었다.

살기마저 느껴지는 말투 속에서 소벽하도 입가에 띤 미소를 지웠다. 그녀의 심정을 이해 못할 바는 아니었으나 자신이 그런 대우를 받을 이유가 결코 없지 않은가. 비록 그것이 오해일지라도.

"나는 수라검문의 소문주가 아니에요. 그저 문주님의 외손녀일 뿐이지요. 그리고 이곳엔 딱히 볼일이 있어서 온 것도 아니에요. 그저 길동무를 쫓아왔을 뿐."

"길동무?"

그제야 영운설을 비롯한 모든 이들의 시선이 소벽하의 등장으로 잠시 잊혀진, 그녀의 등에 얼굴을 파묻고 기절을 한 도극성에게 향했다.

"저자가, 저자가 사제들을 죽였다, 사매!"

양도선의 등장으로 간신히 목숨을 부지한 진립이 울부짖으며 소리쳤다.

"우리를 제외하곤 모두 다… 막내 사제까지 놈의 살수에 목숨을 잃었다, 사매!"

영운설이 진립을 포함하여 거의 혼이 빠져 있는 세 명의 생존자들과 처참하게 망가진 사형제들의 시신을 응시했다.

길게는 십오 년, 짧게는 십여 년의 세월을 같이한 사형제들은 그녀에겐 어쩌면 가족보다도 더 소중한 피붙이와 다름없었다.

이제는 다시 보지 못할 얼굴들.

즐겁기만 했던 어린 날의 추억들이 주마등처럼 스쳐 지나갔다.

그렇잖아도 미어지던 가슴이 미친 듯이 뛰었다.

자신도 모르게 흐르는 눈물을 참기 위해 영운설은 고개를 뒤로 젖히고 입술을 꽉 깨물었다. 그럼에도 한줄기 눈물이 배어 나와 귀밑으로 흘러내렸다.

양도선이 조용히 다가와 그녀의 어깨를 다독여 주었다.

잠시 대화가 끊긴 사이 소벽하의 정체를 알게 된 유운개가 또다시 끼어들었다.

"오호라~ 그랬구나. 이토록 끔찍한 짓을 저지르고도 네년이 어째서 그리 당당했는지 비로소 알겠다. 수라검문의 소문주, 좌패천 그 늙은이의 손녀라고 했더냐? 과연 그 할애비의 그 손녀로구나."

"……"

유운개가 자신은 물론이고 좌패천까지 언급하며 욕을 퍼붓자 소벽하가 분노로 가득한 눈으로 그를 노려보았다.

"노려보면 어쩌겠다는 것이냐? 지금 이 상황에서 수라검문의 위세 따위가 통할 것이라 생각하느냐? 아니, 설사 통한다 하더라도 우리 개방은, 대정련은 수라검문 따위를 두려워하지 않는다."

유운개가 누런 가래침을 퉤퉤 뱉어내며 소리쳤다.

바로 그때였다.

한줄기 음성이 바람결에 전해 울려왔다.

"그 말… 책임질 수 있겠지?"

찐득한 살기에 유운개가 자신도 모르게 선뜩 놀라 한 걸음 물러나고 어두운 먹구름이 몰려오듯 무석영가의 정문에서부터 알 수 없는 기운이 밀려들기 시작했다.

[물러들 나시오.]

정문에서부터 전해오는 기운이 예사롭지 않다고 감지한 무광이 황급히 경고를 보내고, 소벽하를 중심으로 포위망을 구축하고 있던 이들이 일제히 물러났다.

정문을 통과하여 어둠 속에서 모습을 드러낸 사람은 다름 아닌 강호포와 마도병.

수라검문의 최정예라 할 수 있는 수라검단(修羅劍團)에서 좌패천이 소벽하를 위해 특별히 추려낸 삼십의 경호대가 그 뒤를 따랐다.

"과, 광마!"

유운개가 강호포를 알아보고 깜짝 놀라 소리쳤다.

강호포의 눈썹이 꿈틀댔다.

"늙은 거지, 지금 뭐라고 지껄였느냐?"

무림오마 중 한 명인 광마 강호포, 하나 강호포는 자신이 광마라 불리는 것을 그다지 좋아하지 않았다. 그의 면전에서 광마 운운하고 무사할 수 있는 사람은 좌패천을 비롯하여 극히 일부의 사람들뿐이었다.

유운개는 아차 싶었다. 그러나 이미 엎질러진 물이었다. 게다가 상대의 한마디에 꼬리를 말고 물러나면 꼴만 우스워질 것 같았다.

"광… 마라 했다."

반발하듯 외쳤지만 어딘지 모르게 주눅이 든 것은 감출 수가 없었다.

"구린내 나는 입을 함부로 놀리지 마라. 영원히 시궁창에 처박아 버리는 수가 있다."

단 한 마디로 유운개의 자존심을 짓밟아 버린 강호포는 상대가 뭐라 대꾸를 하기도 전에 소벽하에게 시선을 돌리며 말했다.

"쯧쯧, 그러게 적당히 하고 돌아갈 것이지 이게 무슨 꼴이더냐?"

소벽하가 배시시 웃었다.

"에잉!"

그런 소벽하에게 화를 낼 수가 없었던 강호포가 고개를 돌

수라검문(修羅劍門)의 소문주

리며 버럭 소리를 질렀다.

"뭣들 하느냐? 저놈을 어서 떼어놓지 않고!"

강호포의 불호령에 수라검단의 몇몇 대원들이 황급히 달려오자 소벽하가 조금은 민망한 웃음을 흘리며 다소 느슨해지기는 했어도 여전히 단단히 고정된 장삼을 풀어헤쳤다.

"쯧쯧, 어디 할 짓이 없어서. 다 큰 처녀가 정신줄 놓은 사내놈이나 업고 다니니까 냄새나는 거지 따위에게 욕설이나 듣는 것이 아니더냐."

"내, 냄새나는 거지 따위?"

유운개의 안색이 썩은 두부처럼 검어졌다.

"말이면 다……."

발끈하여 소리를 치려던 유운개는 살기로 번들거리는 강호포의 시선을 받으며 입을 꾹 다물었다.

"닥치라고 했다. 이 아이가 아니었으면 이미 네놈의 명줄을 끊어놓았을 것이다. 어디 개방 따위가 감히 수라검문 운운하며 건방을 떤단 말이냐? 대정련? 훗, 개가 웃을 일이로군."

강호포가 유운개를 비롯하여 그들 주변에 있는 소림과 화산, 개방의 제자들을 보며 비웃음을 터뜨렸다.

그러자 피식 웃음을 터뜨린 무광이 강호포의 표정을 흉내 내며 너스레를 떨었다.

"흠, 그렇다면 그 개는 수라검문에서 키우는 개로군요. 세상 물정 전혀 모르고 제 힘만 센 줄 알고 있는 우물 안 개구리, 아니, 개인가요?"

"너, 지금 뭐라고 지껄였느냐?"

"못 알아들으셨습니까? 아쉽지만 뭐 할 수 없지요. 제가 두 번 말하는 것을 좋아하지 않는지라."

무광의 말에 잠시 멍한 표정을 짓던 강호포가 광소를 터뜨렸다.

"크크크! 소림사의 땡중들과는 달리 시건방진 입담 하나만큼은 참으로 제법이구나."

"노선배만큼이야 되겠습니까?"

"그런 입담을 가지고 명줄을 지키려면 무공 또한 그만은 해야겠지?"

"시험해 보시든지요."

무광이 한마디도 지지 않고 대꾸했다.

"오냐. 나 강호포, 그렇잖아도 소림사가 천강성의 정기를 받았다는 네놈을 어찌 키워냈는지 궁금하던 차였다. 단, 버티지 못하고 명줄이 끊기면 그건 어디까지나 네놈 잘못이다. 실력도 없는 주제에 입만 나불댄 죄일 테니까."

"마음대로 하십시오."

호기롭게 외친 무광이 한 걸음 앞서 나갔다.

어딘지 모르게 가벼워 보이는 행동이었지만 사실은 그 나름대로 생각이 있었다.

처음 강호포와 마도병이 수하들을 대동하고 나타났을 때부터 그는 양측의 전력을 냉정하게 비교하기 시작했다.

오마 중 일인인 강호포의 무공은 이미 검증된 것이었고, 그와 어깨를 나란히 한 마도병의 명성 역시 하늘을 찔렀다. 게다가 여러 명이 움직이면서도 숨소리, 발소리 하나 내지 않는 수라검단의 기세는 실로 대단했다.

물론 아군의 전력 역시 크게 떨어지는 것은 아니었다.

우선 자신을 따라온 소림의 십팔나한은 비록 젊은 무승들이었지만 하나같이 뛰어난 무공을 지니고 있었고, 그들이 펼칠 나한진은 수라검단을 능히 상대할 수 있었다. 또한 개방의 장로 유운개와 개방의 방도들 역시 큰 힘이 될 것이었다.

문제는 소벽하였다. 비록 잠깐의 부딪침이었지만 소벽하의 무공은 결코 자신의 하수가 아니었다. 게다가 묵룡도라는 절세의 기병을 들고 있는 이상 자신을 제외한 그 누구도 그녀를 상대할 사람이 없다고 여겼다. 양도선이 비록 화산파에서 손꼽히는 실력자이기는 해도 강호포에 비하면 부족함이 있는데다가 어쩌면 마도병을 상대하기도 벅찰 수 있었다.

자신이 소벽하를 상대하고 양도선이 마도병을, 그리고 수라검단은 십팔나한이 어찌어찌 막을 수 있을 것 같았으나 유운개와 개방의 방도들이 강호포를 막을 수 있을 것 같지가 않았다.

개방의 실력을 무시하고 싶지는 않아도 이미 한 시대를 풍미한 강호포의 명성과 실력을 감안하면 애당초 불가능한 일이었다.
 무광의 시선이 영운설을 스치듯 지나갔다.
 세간에 알려지기를, 그녀는 무공을 모른다고 했다. 아니, 모른다기보다는 화산파의 무공을 익히기는 익혔으되 고수는 되지 못했다고 했다.
 '하지만…….'
 느낌이 묘했다. 분명 뭔가가 있었다. 그러나 확실하지도 않은 느낌을 가지고 스물도 되지 않은 나이로 대정련의 군사직을 꿰찬 영운설의 안전을 보장할 수 없는 모험을 할 수는 없었다.
 그렇다고 무석영가가 참담한 피해를 당한 상황에서 가장 유력한 흉수를 그냥 보낼 수도 없는 상황.
 어떠한 이유로도 싸움은 피할 길이 없었다. 다만 아군의 피해가 커지는 난전은 무슨 수를 써서라도 피해야만 했다.
 '우선 광마를 잡고.'
 난전이 벌어졌을 경우 강호포를 막을 사람이 없다고 여긴 무광은 본격적인 싸움을 시작하기 전에 우선적으로 그를 무력화시키고 소벽하를 상대해야만 아군의 피해를 최소한으로, 아니, 승기를 잡을 수 있다 여기고 강호포를 도발했다.
 '후~ 화산파의 제자들만 멀쩡했어도 이런 고민은 하지 않아도 될 것을.'

하지만 그들의 대부분은 이미 도극성의 잔인한 칼날 아래 목숨을 잃었고, 겨우 살아난 터라 전력에 조금의 보탬도 되지 못했다.

화산파의 제자들을 떠올리며 무광이 어두운 표정을 짓자 강호포가 냉소를 터뜨렸다.

"아까의 기세는 어디 갔느냐? 설마 두려운 것이냐?"

"그럴 리가요. 오시지요."

무광이 짧게 대답했다.

방금 전과는 전혀 다른 차분한 음성에 강호포의 눈가에 이채가 일었다.

'이놈 봐라?'

강호포는 무광에 대한 인식을 근본적으로 다시 해야 할 필요를 느꼈다.

천강성의 정기를 받고 태어난 기재, 게다가 태산북두 소림이 혼신의 힘을 다해 키워낸 인물.

'벽하의 무공이 나를 넘어선 지 오래. 이 녀석의 재질이 벽하와 필적할 수준이라면……'

그럴 리가 없다고 여기기는 했지만 조금은 꺼리는 마음이 생겼다.

무광이 무상반야신공을 운기하기 시작하자 그의 몸에서 서기가 느껴질 정도로 은은한 휘광이 흘러나오기 시작했다.

금빛으로 물드는 손에서 느껴지는 힘은 상상 이상이었다.

강호포도 서서히 내력을 운기하기 시작하고, 어느 순간 그의 몸에서 불꽃과도 같은 기운이 일렁이기 시작했다.

"수라마염공(修羅魔焰功)!"

양도선이 묵직한 신음을 내뱉었다.

지금의 강호포를 있게 한 강호포의 독문무공.

수라마염공을 바탕으로 펼치는 축융염화장(祝融炎火掌)의 불길은 가히 지옥의 염화와도 같아서 그 불길에 휩싸이고도 살아남은 자는 전무하다는 말이 있을 정도였다.

무광의 손에서 빛나는 금빛 휘광과 강호포의 몸에서 이는 검붉은 불꽃이 주변을 환하게 밝혔다.

한껏 기운을 끌어모은 무광과 강호포가 서로의 눈에 시선을 맞추고 기회를 엿보았다.

상대의 실력을 제대로 파악하고 있기에 쉽사리 움직이지 못하는 그들 사이에서 불꽃처럼 피어오르는 긴장감은 보는 이들마저 질식케 할 정도였다.

'후~'

소벽하의 입에서 절로 한숨이 흘러나왔다.

모든 것이 오해로 시작되었고 일이 더 틀어질 수도 있다는 것을 알고 있었지만 이미 무광과 강호포, 아니, 대정련과 수라검문의 자존심 싸움으로 번진 상황에서 어찌 방법이 없었다. 또 지금 싸움을 말린다고 순순히 따라줄 강호포가 아니었다.

일촉즉발의 상황!

날카로운 눈으로 상대를 주시하며 일으킨 무광과 강호포의 기세가 막 폭발할 무렵이었다.

"으아아아아!"

난데없는 괴성이 주변을 울렸다.

폭발할 듯 고조되었던 긴장감을 단번에 깨버리는, 딱히 누구라고 할 것도 없이 모든 이들이 맥을 탁 놓게 만드는 그런 괴성이었다.

약간은 찡그린 얼굴로 고개를 돌리던 영운설의 눈에 뻗치는 살기를 주체하지 못하고 발광하는 도극성의 모습이 들어왔다. 물론 얼마 못 가 금방 혼절을 하고 말았지만 그것만으로도 충분했다.

"음."

그녀의 입에서 나지막한 신음이 흘러나왔다.

유난히 기억력이 좋은 그녀, 그녀는 어느새 구 년 전 기억을 떠올리고 있었다.

第二十一章
구중천(九重天)

"이유를 설명해 보거라."

노인, 구중천주(九重天主) 하후천(夏候天)의 어투나 안색은 비교적 담담했다. 꽤나 역정을 낼 것이라 여겼던 신산의 추측이 빗나가는 순간이었다.

오히려 그런 태도가 더 어려웠는지 그렇잖아도 이마를 바닥에 박고 있던 신산이 더욱 머리를 조아렸다.

"용서를……."

"그럴 것 없다. 난 그저 노부가 내린 명령과는 달리 어째서 무석영가가 초토화되었는지 궁금할 뿐이니까. 네 입으로도 도극성이란 녀석과 사도천을 한데 엮을 생각이라 하지 않았더냐?"

"죄, 죄송합니다."

하후천의 눈빛이 조금은 엄해졌다.

"쯧쯧, 그런 말을 듣고자 함이 아니래도. 결과에 대해 추궁함이 아니라 했다. 그저 일의 경과를 듣고 싶을 뿐이야."

거듭되는 노인의 말에 신산이 피가 나도록 입술을 깨물고 고개를 쳐들었다.

"착오가 있었던 것 같습니다."

"착오?"

"예. 처음 계획은 사도천으로 하여금 극성무관을 치도록 유도하는 것이었습니다. 아니, 정확히 말씀드리자면 도극성이 멸문을 당한 극성무관에 도착한 후 그들과 마주치도록 한다는 것이었지요."

"그래, 그랬지."

"보고드린 대로 모든 일이 순조롭게 진행되고 있었습니다. 한데 어찌 된 일인지 무석 분타주 산우벽이 극성무관이 아니라 갑자기 무석영가로 발길을 돌렸습니다. 하여 극성무관을 초토화시키라는 명을 받은 흑룡삼대가 목표를 바꿔 무석영가를 공격했습니다. 다행히 무석영가뿐만 아니라 극성무관을 끌어들여 멸문시키는 데 성공을 하였습니다만……."

"흠, 그랬군."

천천히 고개를 끄덕이던 하후천이 질문을 던졌다.

"한데 사도천 놈들이 발길을 돌려? 어째서?"

"그것이… 아직 파악되지 않고 있습니다."

"놈들을 극성무관으로 유인하기로 하였던 녀석에게서 연락이 왔을 것 아니더냐?"

"연락이 끊겼습니다. 추측컨대 도극성과의 혼전 중에 목숨을 잃은 것 같습니다."

"쯧쯧."

하후천이 잠시 혀를 찼다. 그래도 책임 추궁은 없었다. 비록 일을 계획하고 추진한 것은 신산이었지만 그 계획을 실행하는 이들의 판단 착오까지 책임을 물을 수는 없기 때문이었다.

"현장에선 여러 변수가 생기는 법. 이곳에서 그 모든 것을 정확히 제어한다는 것도 어쩌면 무리일 것이다. 아무튼 이제 사도천과 대정련의 충돌은 피할 수가 없게 되었군. 물론 나쁘다는 말은 아니다. 어차피 놈들끼리 치고받고 하다 보면 제법 큰 피해가 발생할 수밖에 없을 것이고, 우리로선 그저 구경만 하면서 이득을 볼 테니. 다만 수라검문을 끌어들이지 못한 것이 아쉽게 되었구나. 뭐, 묵혈의 활약을 좀 더 기대하는 수밖에는 없겠군."

"송구합니다."

신산이 다시 한 번 머리를 조아렸다.

"되었다. 어차피 지금 중요한 것은 그것이 아니니까."

하후천의 안색이 갑자기 싸늘해지기 시작했다.

"들어오너라."

말이 끝나기가 무섭게 달려와 부복하는 중년인이 있었다.

감찰단주 마안(魔眼) 섭총(葉聰)이었다.

"신산, 너도 보고를 받았겠지?"

하후천의 물음에 신산이 고개를 끄덕였다.

"예, 방금 전에……."

말끝을 흐리는 신산의 얼굴이 상당히 어두웠다. 그만큼 사안은 중대하고도 심각했다.

"명부를 잃어버렸다니, 어찌 된 일이냐?"

하후천이 서릿발 같은 기운을 풀풀 풍기며 섭총에게 물었다.

"죄, 죄송합니다."

어쩔 줄을 몰라 하는 섭총의 태도에 하후천이 불같이 화를 냈다.

"시끄럽다. 그따위 말로 끝날 사안이 아닌 터. 누구냐? 대체 어느 놈이 명부를 훔쳐 간 것이란 말이냐?"

신산이 살짝 고개를 흔들며 눈치를 주자 섭총이 기어들어가는 음성으로 입을 열었다.

"아직 확실하지는 않지만… 크으."

대답을 하던 섭총의 입에서 신음이 흘러나왔다.

하후천이 앞에 놓인 찻잔을 냅다 집어 던진 것이었다.

찻잔에 부딪친 이마가 깨지며 흐른 붉은 피가 얼굴을 적셨음에도 섭총은 미동조차 할 수 없었다.

"확실한 것만 말해라. 누구냐?"

하후천이 착 가라앉은 음성으로 물었다.

불같이 화를 내는 것보다 지금처럼 냉정한 모습이 더욱 무섭다는 것을 알기에 섭총은 침을 꿀꺽 삼키며 대답했다.

"도, 독비신개. 독비신개 같습니다."

"독비… 신개?"

하후천이 눈살을 찌푸리며 신산을 바라보자 즉시 대답이 나왔다.

"개방의 전대 방주입니다. 사 년 전에 실종되었다고 알려졌지요."

"그래, 기억이 나는구나. 하면 그 실종된 기간 동안 우리 쪽에 숨어들어 와 있었단 말이더냐?"

"명부를 훔쳐 달아난 자가 독비신개가 맞다면 그리했을 것이라 추정됩니다. 아마도 하오문을 접수하는 과정에서 의심을 샀던 것이 개방의 이목을 끈 듯합니다."

"음, 하긴 그도 그렇군. 개방이라면 천하제일의 정보망을 가진 곳이니 말이다. 그나저나 그 거지 놈도 대단하구나. 명색이 방주라는 놈이 직접 뛰어들다니 말이야."

"그 정도 인물이었으니 그동안 발각되지 않은 것이라 생각됩니다."

동의한다는 듯 고개를 끄덕이던 하후천이 이내 정색을 하며 섭총을 노려보았다.

"그놈이 사 년 동안 설치고 다닐 때 네놈은 대체 뭘 하고 있었느냐?"

"……."

섭총은 할 말이 없었다.

그도 그럴 것이 일반적으로 감찰단은 조직의 구성원을 감시, 감찰하며 내부의 기강을 잡는 일이 주요 임무였다. 하지만 그가 수장으로 있는 구중천의 감찰단은 그런 감찰단의 역할에 더해 군사 신산이 이끄는 정보 조직인 투밀단(透密單)의 대원 일부를 배정받아 조직 내에 침입했거나 하려고 하는 적의 간세를 색출하는 역할까지 책임지고 있기 때문이었다.

"어째서 대답이 없느냐? 찢어진 입으로 변명이라도 해보란 말이다."

"죄, 죄송합니다."

섭총이 이마를 땅에 찧으며 잘못을 빌었다.

그렇잖아도 깨진 이마에서 엄청난 양의 피가 흘러나와 바닥을 적셨다.

보다 못한 신산이 거들고 나섰다.

"노기를 거두시지요. 감찰단주의 잘못이 크기는 하지만 독비신개가 어느 날 갑자기 월담을 하여 명부를 훔쳐 간 것도 아니고, 무려 사 년 동안이나 치밀하게 계획을 하며 기회를 엿보다 감행한 일입니다."

신산이 섭총에게 시선을 돌렸다.

"독비신개가 침입한 경로가 온갖 인종들이 득시글거리는 하오문 쪽이라 들었습니다."

"마, 맞네."

섭총이 얼떨결에 고개를 끄덕였다.

"비록 하오문을 거두기는 했으나 그리 오랜 세월이 흐른 것도 아닙니다. 감찰단이라도 그들 모두를 완벽하게 감시하는 일은 불가능하다 생각됩니다. 게다가 상대는 명색이 개방의 방주였습니다."

"그렇다 해도 명부를 잃은 죄를 용서할 정도는 아니다."

하후천의 음성은 여전히 싸늘했다.

"용서를 하시라는 말은 아닙니다. 다만 감찰단주에게 실수를 만회할 기회를 주셨으면 하는 바람입니다."

"기회?"

"예. 처음부터 벌어지지 않았으면 좋았겠으나 명부는 이미 놈의 수중으로 떨어졌습니다. 지금 중요한 것은 책임 소재를 가리는 것보다는 그 명부를 어떻게 회수하느냐일 것입니다. 명부를 찾은 이후에 감찰단주의 죄를 논한다 해도 늦지는 않으리라 봅니다."

"음."

묵묵히 듣고 있던 하후천이 고개를 끄덕였다. 신산의 말대로 가장 시급한 것은 명부를 찾는 것이었다.

"놈은 지금 어디에 있느냐?"

하후천이 다소 누그러진 음성으로 물었다.

"안휘성을 넘은 것으로 압니다."

"추격은 하고 있겠지?"

"예. 놈의 예상 도주 경로에 천라지망을 펼쳤습니다."

"천… 라지망?"

하후천의 눈썹이 또다시 꿈틀거렸다.

천라지망을 펼쳤다는 것은 이미 상당한 인원이 동원되었음을 의미하는 것이었고, 자칫하면 구중천의 존재를 만천하에 알릴 수도 있는 중대한 일이었다.

하후천의 변화를 읽은 신산이 재빨리 부연 질문을 했다.

"천라지망이라면 세간의 이목이 쏠리지 않겠습니까?"

섭총은 슬그머니 끼어들어 자신을 돕는 신산에게 내심 고마워하며 입을 열었다.

"놈을 추격하는 자들은 따로 있네. 내가 천라지망이라 일컬은 것은 인근 하오문도를 이용하여 놈을 완벽하게 추격할 수 있는 정보망을 구축했다는 것일세."

"잘하셨습니다."

"하면 누가 놈을 쫓고 있느냐?"

하후천이 물었다.

"비밀 지부의 병력을 지원받았습니다만, 주축은 쇄혼령(碎

魂令)입니다."

섭총이 당연한 표정으로 말했다.

쇄혼령.

구중천 내부의 일을 전문적으로 해결하는, 감찰단주가 휘하에 거느리며 휘두르는 칼.

구성 인원은 비록 열 명에 불과했지만 쇄혼령은 구중천의 해결사라 할 수 있는 숙살단, 그중에서도 가장 뛰어난 숙살일대와 버금가는 살예를 지닌 이들로 구중천의 무인들에겐 그야말로 저승사자와도 같은 이들이었다.

"쇄혼령이라……."

지금껏 단 한 번의 실패도 없다는 쇄혼령. 충분히 믿음이 갔다. 하나, 사안이 사안이니만큼 만약의 사태에 대비할 필요가 있었다.

"숙살단주, 거기 있느냐?"

하후천의 말에 유령과 같이 등장하는 인물이 있었다.

"예, 천주님."

흑색 무복과 장삼을 걸치고 얼굴마저 검은 면사로 가리고 있어 남자인지 여자인지 구분하기가 힘든 인물.

살짝 허리를 굽히며 대답하는 것이 마치 처음부터 그 자리에 존재했던 것처럼 너무도 자연스러웠다.

"들었느냐?"

"예."

"몇 명을 동원할 수 있겠느냐?"

"사흘 내로 오십, 안휘성에서 바로 합류를 시킨다면 열다섯 정도입니다."

"열다섯이면……."

"숙살이대가 그쪽에 있습니다."

"명을 내리거라."

"존명."

대답과 동시에 숙살단주의 모습은 사라졌다.

"불만은 없겠지?"

하후천이 섭총에게 물었다.

"따를 뿐이옵니다."

섭총이 머리를 조아렸다.

쇄혼령의 힘을 절대적으로 믿기에 숙살단의 힘까지 빌려야 한다는 것이 자존심 상하기는 했으나 내색할 수는 없었다.

그것을 눈치 챘는지 하후천이 한마디를 덧붙였다.

"숙살이대의 지휘권을 너에게 주겠다. 당장 떠나거라. 가서 명부를 회수해 오도록 하라."

하후천이 숙살이대의 지휘권을 준 것은 섭총에 대한 나름의 배려였다. 그것을 알기에 섭총 또한 감격해 마지않았다.

"존명!"

섭총이 머리를 땅에 찧으며 예를 올리고 바람과 같이 사라졌다.

인기척이 완전히 사라진 후 하후천이 혀를 끌끌 찼다.

"쯧쯧, 늙은 거지 한 놈 때문에 이 무슨 꼴인고."

"쇄혼령에 숙살대까지 움직였으니 별 탈 없이 명부를 회수할 것입니다."

"당연히 그래야겠지, 당연히!"

하후천의 눈에서 불꽃이 피어올랐다. 실패는 절대 용서할 수 없다는 단호한 표정이었다.

"속하도 이만 물러나겠습니다."

신산이 물러나려 하자 하후천이 손짓을 했다.

"아니, 잠시 기다리거라."

"하명하실 일이 있으십니까?"

하후천이 고개를 끄덕였다.

"명부 때문에 잠시 잊고 있었는데 지난번 말했던 대붕금시의 일은 어찌 되었느냐?"

신산이 다소 곤혹스런 표정으로 입을 열었다.

"철각비영 옥청풍의 수중에 떨어졌다는 것 이외에 다른 소식은 아직 접하지 못했습니다."

"완전히 사라졌다는 말이냐?"

"예."

"다른 놈이 다시 빼앗을 가능성은?"

"천하제일의 대도입니다. 그자의 손에 들어간 이상 다시 세상에 모습을 드러내기는 힘들 것 같습니다."

"흠, 그래? 그렇단 말이지……."

말끝을 흐린 하후천이 지그시 눈을 감자 신산은 공손히 시립한 자세로 다음 말을 기다렸다.

얼마간의 시간이 흐른 후, 하후천이 천천히 눈을 떴다.

"계획을 앞당겨야겠다."

순간, 차분하게 가라앉아 있던 신산의 눈동자가 흔들렸다.

"계획이라 하시면… 혹여 천붕지계(天崩之計)를 말씀하시는 겁니까?"

"맞다."

"하오나 아직 준비가 미흡합니다. 비부(秘府)에 대한 조사가 이제 겨우 끝났습니다."

"알고 있다. 하지만 명부까지 분실한 상황이다. 명부야 당연히 회수하겠지만, 어쩌면 천붕지계에 대한 비밀이 놈들에게 흘러들어 갈 수도 있음을 감안해야 한다. 자칫하면 지금까지의 일이 모두 수포로 돌아갈 터. 그리되느니 다소 부족한 감이 있더라도 일을 서두르는 것이 좋다는 생각이다. 내 생각이 틀렸느냐?"

"그렇지는 않습니다만……."

신산은 하후천의 말에 반박을 할 수가 없었다.

"하면 최대한 서둘러 일을 진행토록 하라."

"알겠습니다."

대답은 그리해도 앞으로의 일이 그리 간단치 않음을 알기에 신산의 표정은 무겁기만 했다.

그것을 아는지 모르는지 하후천이 또 다른 질문을 던졌다.

"한데 비부가 정말 텅텅 비었더란 말이냐?"

"예. 샅샅이 뒤졌지만 아무것도 없었다고 합니다."

"흠, 하면 전설이 거짓이란 말인데… 아깝군. 내 대붕금시를 얻는 자가 천하를 얻을 수 있다는 말을 곧이곧대로 믿은 것은 아니었으나 최소한 대업에 큰 도움이 될 수 있을 것이라 여겼는데 말이다."

기대가 크면 실망도 큰 법, 하후천이 아쉬움을 참지 못하고 입맛을 다셨다. 그러다 문득 불길한 표정으로 입을 열었다.

"설마하니 우리보다 앞서서 비부를 찾아낸 자들이 있는 것은 아니겠지?"

"예?"

신산이 당혹스런 표정으로 쳐다보자 하후천이 고개를 흔들었다.

"아니다. 천하에 모르는 것이 없다는 신산 네가 대붕금시의 비밀을 풀고자 얼마나 고생을 했는지 뻔히 보았건만 사람의 욕심이란……."

"송구합니다."

신산이 그 모든 것이 자신의 잘못인 양 허리를 꺾었다.

"그냥 아쉬워서 지껄여 본 말이니 신경 쓰지 말거라."

신경 쓰지 말라는 손짓을 보내는 하후천. 하나, 그 순간 그는 고개를 숙인 신산의 눈에서 번뜩이는 기광을 미처 보지 못하는 실수를 범하고 말았다.

*   *   *

한 치 앞도 볼 수 없는 어둠.

그 어둠을 뚫고 밀려들어 오는 적들은 야차와도 같았다.

얼마나 많은 적을 쓰러뜨렸는지 기억도 나지 않았다.

온몸을 적신 피가 그의 것인지 적의 것인지 알 길이 없었다.

죽이고 또 죽여도 적의 숫자는 조금도 줄어들지 않았다. 아니, 무한 증식이라도 하는 것처럼 한 명을 베고 나면 두 명이, 두 명을 베고 나면 곧바로 네 명이 달려들었다. 한결같이 끔찍한 얼굴과 괴성을 질러대면서.

시간이 갈수록 곳곳에 생긴 상처와 그곳에서 흘러나온 피로 인해 점점 힘이 빠져 갔다. 동작도 느려졌다. 하지만 전신에 요동치는, 미친 듯이 치미는 살기는 그에게 잠깐의 휴식도 허락지 않았다.

땅!

검이 부러지고 말았다.

그렇다고 끝은 아니었다.

이가 없으면 잇몸으로 싸운다고, 적을 쓰러뜨릴 방법은 무궁무진했다.

흉포한 웃음과 함께 달려드는 적을 향해 취혼수가 작렬했다.

손속에 인정을 두지 않았기에 취혼수에 맞은 적은 그대로 절명하고 말았다.

목이 부러지고 머리통이 수박처럼 박살이 났다.

양손이 순식간에 붉게 변했다.

검이 아니라 직접적으로 손을 통해 전해지는 감촉은 생각보다 통쾌했고 혈향은 진했다.

그는 괴소를 지르며 미친 듯이 날뛰었다.

그렇게 한참의 시간이 또 흘렀다.

사방을 뒤덮던 어둠은 조금 걷혀 있었고, 전신을 지배하던 살기 역시 어느 정도는 진정되었지만 어깨를 들썩이며 겨우 수족을 흔들고 있는 그의 모습은 조금 전보다도 더욱 참혹했다.

온몸을 난자당한 그는 더 이상 인간의 모습이 아니었다.

살아 있다는 것이, 숨을 쉬고 있다는 것이 이상할 정도로 망가진 상태였다.

하지만 그의 손에서 뿜어져 나오는 공격은 오히려 시간이 가면 갈수록 더욱 막강해졌다.

꽈꽈꽝!

굉음과 함께 주변을 에워싸던 적들이 무수히 나가떨어졌다.
 그 위력이 어찌나 강력했던지 지금껏 이어지던 공격이 잠시 주춤거릴 정도였다.
 그는 단번에 삼 장 이내의 모든 적을 쓸어버린 후, 움직임을 멈추고 우두커니 자신의 손을 바라보았다.
 이상했다.
 섬전보다 빠르다는 능광신법을 이용하여 적을 유린하고 풍뢰신장으로 사방의 적을 쓰러뜨렸음에도 쾌감 대신 왠지 모를 허무함이 밀려들었다.
 그가 멈칫하는 사이에 기회를 엿보던 한 자루의 검이 그의 아랫배를 관통했다.
 엄청난 고통에 전신의 세포 하나하나가 격렬하게 떨었다.
 그는 자신에게 고통을 안겨준 사내를 흔적도 없이 날려 버린 후 아랫배에 박힌 검을 뽑았다.
 그토록 흘렸음에도 어디에 남아 있었던 것인지 붉은 피가 분수가 되어 뿜어져 나왔다. 피와 함께 그의 뇌리를 꽉 채우고 있던, 몸과 마음을 지배하고 있던 살기가 새벽안개처럼 사라져 버렸다.
 그는 비로소 자신이 처한 정확한 상황을 인식할 수 있었다.
 꿈이었다.
 언제부터인가 매일 밤마다 찾아오는 일상적인 꿈.
 자신도 모르게 욕지거리를 내뱉었다.

그 순간, 어둠을 뚫고 환한 빛이 그의 머리 위로 쏟아져 내렸다.

빛은 더할 나위 없이 따뜻하고 포근했다.

온몸이 너무 노곤했다.

꿈을 깨기 위해선 죽음이 필요했다.

그가 살며시 눈을 감았다.

그의 살을 뜯고 피를 마시기 위해서 사방에서 적이 밀려들었다. 하지만 그들의 공격이 도착하기 전, 모든 것이 무(無)로 돌아갔다.

주화입마의 상태에서 사흘간 혼수상태였던 도극성은 그렇게 천천히 눈을 떴다.

죽음이 아니면 잠에서 깨지 않는다는 초혼잠능대법이 마침내 깨지고 말았다. 그리고 그것은 곧 삼원무극신공이 칠단계로 접어들었음을 의미하는 것이었다.

*　　　*　　　*

"이게 도대체 어찌 된 일이오?"

사마휘가 질문을 던졌다. 화가 난 음성도 부드러운 음성도 아니었다.

일심전에 모인 이들의 시선이 일제히 현음궁의 궁주 산정호에게 향했다.

"모르겠습니다."

산정호의 힘없는 대답에 설악이 날을 세워 추궁했다.

"모르다니? 말이 된다고 보십니까? 현음궁의 일을 궁주가 모르신다면 대체 누가 알고 있단 말입니까?"

사마휘가 눈짓으로 설악을 제지하고 다시 질문을 던졌다.

"사혈림주의 말씀대로 현음궁의 일을 궁주께서 모르신다는 것은 말이 되지 않소. 어째서 무석 분타의 병력이, 아니, 현음궁의 병력이 무석영가를 친 것이오?"

이미 사도천의 무석 분타주이자 현음궁의 소궁주 산우벽이 목숨을 잃은 일을 모르는 사람은 없었다.

문제는 그가 죽은 장소, 또한 대체 무슨 일을 하다가 죽임을 당했느냐는 것이었다.

"무석영가를 공격하라 명한 적은 없습니다."

산정호가 단호히 고개를 흔들며 부정하자 사마휘의 이마에 주름이 생겼다.

"아시다시피 소궁주가 목숨을 잃은 장소가 무석영가였소. 게다가 그곳의 식솔들이 떼몰살을 당하는 참변을 겪었다지요? 전 무림에 우리가 그들을 공격한 것이란 소문이 파다하게 퍼졌소이다."

산정호라고 그 소문을 듣지 못한 것은 아니었다. 소문이 퍼지기도 전에 무석 분타에서 날아온 급보를 통해 아들의 죽음을 접한 상태였다.

"그놈이 어째서 무석영가에서 목숨을 잃었는지는 알 수 없습니다. 다만 무석영가를 공격했을 때 그것이 어떤 결과를 가져올지도 모를 만큼 어리석지는 않습니다."

"하면 어째서 무석영가에 갔단 말입니까? 그것도 대거 병력을 이끌고 말이지요."

광풍곡의 곡주 오활이 답답하다는 듯 한숨을 내쉬었다.

"우리가 모르는 어떤 이유가 있을 겁니다."

"그러니까 그 이유가……."

"현재 조사 중이니 곧 이유가 밝혀질 것입니다. 다들 조금만 기다려 주십시오."

산정호가 정중하게 머리를 숙이며 양해를 구했다.

사도천에서도 자존심이 강하기로 유명한 산정호가 그토록 숙이고 들어오자 다들 조금은 민망한 표정을 지었다. 일이야 어찌 되었든 산정호는 독자인 산우벽을 잃고 수십 명이 넘는 수하들을 잃었기 때문이다.

손톱이 살을 파고들 정도로 주먹을 꽉 쥐고, 입술을 잘근잘근 깨무는 산정호의 모습에 사마휘가 슬며시 화제를 돌렸다.

"구파… 아니, 대정련에선 어떤 반응을 보이고 있소이까?"

질문을 받은 유명밀부의 부주 고휘가 산정호를 힐끗거리며 대답했다.

"아직 별다른 반응은 없습니다. 하나, 내부적으로 상당히 격앙되어 있는 것은 틀림없습니다. 특히 화산파에서……."

"흠."

사마휘가 이해했다는 듯 고개를 끄덕였다.

무석영가는 대정련의 군사 자리에 오른 영운설의 본가였고, 영운설은 화산파가 목숨만큼이나 귀하게 여기는 존재였으니 그런 반응은 당연한 것이었다.

"그래도 수라검문이 있는 한 쉽게 움직이지는 못할 것입니다."

"그렇기는 하나 방심할 수는 없는 노릇이오. 놈들의 움직임을 그 어느 때보다 각별하게 살펴야 할 것이오. 특히 무석에 모인 이들의 움직임을."

"알겠습니다."

사마휘가 잠시 동안 고휘에게 주었던 시선을 다시 산정호에게 돌렸다.

"우리들이 궁주를 너무 몰아붙인다고 서운하게 생각지 마시구려. 자칫 잘못하면 대정련과 전면전을 벌이게 될지도 모르는 중요한 사안이라……."

"이해합니다."

산정호가 짧게 대답했다.

어색한 침묵이 일심전에 맴돌았다.

무저갱보다 더 깊고 어두운 침묵은 마치 사도천의 앞날을 미리 보여주는 것 같았다.

第二十二章
선대의 약속(約束)

 광풍이 무석영가를 휩쓸고 간 지도 어느새 나흘이란 시간이 흐르고, 과거 무석영가의 가주가 사용하던 처소에 풍운의 주인공들이 마주하고 앉았다.
 "수습… 은 잘하셨나요?"
 단 사흘 만에 몰라보게 수척해진 영운설이 그녀만큼이나 핼쑥해진 도극성을 바라보며 물었다.
 도극성의 시선이 소벽하와 심드렁한 표정으로 앉아 있는 강호포에게 향했다.
 "이분들 덕분에요."
 "흥!"

강호포가 콧방귀를 뀌며 고개를 홱 돌리고, 그것이 민망했는지 소벽하가 멋쩍은 미소를 흘리며 고개를 흔들었다.
 "마음에 두지 마세요. 당연한 일이지요."
 "마음에 두지 말라니? 우리가 뭣 때문에 그 고생을 했는지 이해를……."
 "할아버지!!"
 "말을 해보거라. 내 말이 틀렸느냐?"
 "은혜, 마음 깊이 감사하게 생각하고 있습니다."
 도극성이 정중히 고개를 숙였다.
 갑자기 깨어나 본의 아니게 강호포와 무광의 싸움을 말리게 된 도극성은 다시 정신을 잃은 후 무려 사흘이 지난, 그러니까 지난밤에야 비로소 의식을 찾았다. 그의 몸과 마음을 점령한 채 그로 하여금 살귀로 변하게 만들었던 엄청난 살기는 이미 사라지고 없었다. 내부에 잠재되어 있던 정기와 선기가 끝간 데 없이 치미는 살기를 부드럽게 억눌렀기 때문이었다.
 그사이 소벽하의 주도 아래 수라검문의 무인들이 극성무관의 뒷수습을 맡았는데 말이 좋아 수습이지, 무석영가에서 숨진 인원만 삼십이 넘고 극성무관에서 숨진 인원까지 합하면 거의 칠십에 육박하는 인원이었다.
 그들 모두의 시신을 제대로 수습하기란 보통 힘든 일이 아니었다. 특히 몇몇 시신들은 그 훼손 상태가 워낙 심한지라 도저히 신분을 알 수가 없었다. 더구나 이튿날부터 내린 비로 인해 시신들의 부패가 급속도로 진행되자 소벽하는 주변에서 연고가 확인되어 식솔들에게 인도된 이들과 도극성의 부모님을 제외한 이들의 시신을 한데 묻을 수밖에 없었다.

그 모든 일이 도극성이 깨어나기 전, 사흘 만에 끝마친 일이었으니 그동안 수라검문의 고생은 이루 말할 수가 없는 것이었다.

그것을 알기에, 더구나 정신을 차리자마자 소벽하의 세심한 배려로 부모님의 장례를 무사히 치른 도극성은 소벽하와 강호포를 비롯하여 수라검문에 진심으로 고마워하고 있었다.

물론 소벽하의 진면목, 천괴성의 정기를 받고 태어난 그녀가 수라검문의 후계자이자 그 언젠가 동정호 군산에서 만난 적이 있다는 것을 알게 되어 당황스럽고 다소간 화도 났지만 그런 마음은 잠시 잠깐이었고, 지금은 그저 고맙고 감사한 마음뿐이었다.

도극성의 정중한 태도에 강호포는 슬며시 얼굴을 붉혔다.

"험험, 생색을 내고자 함은 아니다. 그저 그렇다는 것이야."

'으이구!'

소벽하는 얼굴을 찡그리며 고개를 숙이고 말았다.

"몸은 좀 어떠세요?"

별다른 표정 변화 없이 그들을 살피던 영운설이 조심스레 질문을 던졌다.
"괜찮습니다."
도극성이 살짝 고개를 흔들며 대꾸했다.
순간, 영운설의 시선이 소벽하에게 향했다.
소벽하가 그 시선의 의미를 알고 고개를 끄덕였다.
"다행이군요."
영운설의 얼굴에 안도의 빛이 흘렀다.
사흘 전 밤에 보여줬던 도극성의 상태는 인간의 것이라고 하기엔 무리가 있을 정도로 살벌한 것이었다. 괴성을 지르며 깨어났던 잠깐의 순간에도 그런 느낌을 받았을 정도였으니 무자비하게 살수를 뿌려댔을 상황을 떠올렸을 땐 끔찍하기까지 했다. 행여나 정신을 차린 이후에도 그런 상태가 계속될까 염려가 되었건만 걱정과는 달리 그녀가 보기에도 도극성은 멀쩡했다.
"그럼 이제 본론으로 들어가 볼까요?"
영운설의 음성이 착 가라앉았다.
나직했으나 그녀의 음성엔 모든 이들로 하여금 절로 긴장케 하는 힘이 있었다.
"아시다시피 사흘 전, 극성무관과 본 세가에 참담한 일이 벌어졌습니다. 그리고 흉수는……."
"새삼스레 흉수는… 사도천 놈들이 아니더냐?"
강호포가 대뜸 끼어들었다.

"할아버지!"

소벽하가 강호포의 팔을 잡아채며 인상을 찡그렸다.

강호포가 못마땅한 표정으로 입을 다물자 영운설의 말이 이어졌다.

"어르신 말씀대로 사도천이 가장 유력한 용의자인 것은 맞습니다. 여러 가지 정황을 살펴봤을 때도 그렇고요. 애당초 극성무관에서 두 분이 본 세가로 오신 이유도 사도천의 침입 때문이라고 알고 있습니다."

"그렇습니다. 당시 무관의 유일한 생존자에게 들은 말이었으니까요."

도극성이 고개를 끄덕이며 대답했다.

"하지만 그 생존자라는 노인은……."

영운설이 소벽하를 바라보자 소벽하가 고개를 흔들었다.

"찾을 수가 없었어요."

한껏 의심을 담은 도극성의 시선이 소벽하를 향했다.

"사흘 내내 찾았지만 그 어디에도 노인의 흔적은 없었어요. 이상한 것은 주변 사람들도 그에 대해선 전혀 모른다는 것이고요."

"어쨌건 사도천이 영가를 공격한 것은 맞지 않습니까?"

도극성이 그날 일을 떠올리며 물었다. 그러자 영운설이 고개를 흔들었다.

"그것도 확실한 것은 아니에요."

"확실하지 않다면……?"

"그날 사도천이 본 가에 있었던 것은 틀림없는 사실이나 그들이 단지 본 가에 있었다는 것과 공격을 했다는 것은 전혀 다른 이야기예요."

"이해를 할 수가 없군요."

도극성이 고개를 갸웃거리자 영운설이 차분한 눈빛으로 그에게 질문을 던졌다.

"그날 사도천이 본 가를 공격하는 모습을 직접 보셨나요?"

"예?"

영운설은 도극성이 자신이 던진 질문의 요지를 이해하지 못하자 이번엔 소벽하에게 물었다.

"소저께선 보셨나요?"

"그게……."

소벽하 역시 쉽게 대답을 하지 못하고 말을 더듬었다. 그러더니 곧 고개를 흔들었다.

"모르겠어요. 아니, 보지 못했다는 것이 정확하겠군요. 공격을 했는지 안 했는지는 모르겠지만 확실한 것은 우리가 도착했을 땐 싸움은 이미 끝나 있었어요."

"하면 확인도 하지 않고 무작정 공격을 했단 말인가?"

영운설의 곁에서 지금껏 침묵을 지키고 있던 양도선이 다소 언성을 높였다.

"지금 뭐……!"

"할아버지."

양도선의 가시 돋친 말에 강호포가 발끈하려 하자 소벽하가 그의 말을 제지했다.

그녀 역시 그런 양도선의 태도가 가히 마음에 들지 않았으나 도극성의 손에 제자를 잃은 심정을 헤아리기에 마음에 담아두지 않았다.

"상황이 그랬으니까요. 어느 누가 그런 상황에서 전후 사정을 따질까요? 더구나 눈앞에 부친의 시신까지 놓여 있는 상황에서 말이지요."

"후~"

애당초 말을 던져 놓고도 스스로 억지라 생각하고 있던 양도선이 한숨을 내쉬었다.

"말하고자 하는 요점이 무엇입니까?"

도극성이 참지 못하고 물었다.

"이상하다는 것이에요."

영운설이 이마를 살짝 찡그렸다.

"뭐가 이상하다는 것이냐?"

이번엔 강호포가 물었다.

"아무리 생각해도 사도천이 본 가를 공격할 이유가 없거든요. 본 가를 공격했다는 것은 곧 대정련과의 전면전을 각오한다는 것이니까요."

"흥, 대정련이 뭐가 무섭다고? 사도천에도 제법 뱃심이 있는 놈이 있을 수도 있는 것이지."

강호포가 콧방귀를 뀌자 영운설이 입가에 차가운 미소를 지으며 대꾸했다.

"사도천에 대정련을 무시할 뱃심을 지닌 자가 있는지는 알 수 없지만, 어부지리(漁父之利)를 모르는 사람이 있다고는 생각하지 못하겠군요. 수라검문이 버티고 있는데 그런 어리석은 짓을 할까요? 대정련과 사도천이 싸우면 수라검문만 이득을 볼 것이 뻔한데 말이지요."

"험험."

할 말이 없는지 강호포가 헛기침을 하며 딴청을 피웠다.

"그것을 뒤집어 말하면, 당시의 일이 누군가가 사도천과 대정련이 충돌을 하도록 꾸민 음모일 수도 있어요."

"뭐라? 하면 우리가 그따위 치졸한 흉계를 꾸몄단 말이냐!"

강호포가 불같이 화를 내며 소리쳤다.

산천초목이 떤다는 강호포의 살벌한 눈빛을 마주 보면서도 영운설은 조금의 흔들림도 없었다.

"오해하지 마세요. 수라검문이란 말은 하지 않았어요."

"그게 그 말 아니더냐?"

영운설은 더 이상 대꾸하기 싫은지 고개를 돌리며 말을 이어갔다.

"이상한 점은 또 있어요."

"무엇입니까?"

도극성이 얼른 질문을 던졌다.

"무공이요. 만약 사도천이 본 가를 공격했다면 식솔들의 몸엔 당연히 사도천의 무인들이 사용하는 무공의 흔적이 남아야 했어요. 물론 남기는 했어요. 하지만 어설퍼요."

"어설프… 다면?"

"아무리 흉내를 잘 낸다고 해도 원래의 것과 모방한 것은 분명 차이가 있기에 마련이지요. 식솔들의 몸에 남은 무공 흔적은 사도천의 것이 아니라 그들의 무공을 흉내 낸 것에 불과해요."

영운설은 그것을 알아내기 위해 시체들과 한나절이 넘는 시간을 씨름했다는 것을 굳이 말하지 않았다.

"확실한 겁니까?"

"확실해요."

영운설의 단언에 누구 하나 의심을 품지 못했다.

누가 뭐래도 그녀는 팔룡 중 으뜸이라는 자미성.

그녀의 재지는 어릴 때부터 이미 천하를 울리고 있었기 때문이었다.

"음."

도극성의 입에서 묵직한 신음이 흘러나왔다.

뭐가 뭔지, 일이 어찌 돌아가는 것인지 알 수가 없었다. 모든 것이 혼란스러웠다.

"이상 의문스러운 점을 간단히 정리해 보면 이래요. 첫째, 수라검문이 기회를 노리는 상황에서 사도천이 본 가를 공격해서 대정련과 충돌할 이유가 없고, 둘째, 식솔들의 몸에 난 무공 흔적이 언뜻 보기엔 사도천의 것이 맞기는 하나 분명 흉내 낸 것에 불과하며, 셋째로는 극성무관에서 만났다는 그 노인, 두 분을 본 가로 이끈 그 정체불명의 노인이 감쪽같이 사라졌다는 거예요. 그 누구도 그의 정체를 알 수가 없고요. 그리고 마지막으로 사건이 벌어지던 날을 전후로 인근에 수상한 무리가 출몰했다는 개방의 전언이 있었어요. 지금 그들의 행적을 쫓고 있다고는 하는데 아직 그들의 정체를 밝혀내지는 못했다고 하는군요."

"그래서? 그래서 결론이 뭐냐?"

강호포가 답답하다는 듯 표정을 감추지 못하고 물었다. 조금 전 불같이 화를 내던 모습은 이미 사라지고 없었다.

모두의 의문 어린 시선을 받으며 영운설은 가볍게 숨을 내뱉었으며 말을 이었다.

"말은 장황하게 늘어놓았지만 결론은 간단해요. 극성무관과 본 가를 공격한 흉수는 사도천이 아니라는 것. 아니, 사도천 역시 음모에 희생된 것에 불과하지요. 사도천과 대정련을 충돌케 하려는 음모에. 분명 다른 세력이 개입을 했어요. 그리고……."

영운설이 잠시 말을 끊고 주변을 둘러보았다.

다들 무거운 침묵으로 그녀의 말을 기다렸다.

"사도천과 대정련을 이간질시킬 수 있을 정도로 무모한 짓을 할 곳은 많지 않다는 것입니다. 아니, 거의 없다고 해도 과언이 아니지요."

순간, 강호포가 탁자를 후려치며 벌떡 일어섰다.

"내 이럴 줄 알았다. 결국 우리가 음모를 꾸몄다는 말이지 않느냐!"

"너무 앞서 가시는군요."

"앞서 가? 방금 전 네가 분명히 말했다. 사도천과 대정련을 이간질시킬 수 있는 세력은 많지 않다고. 뭐, 그 말도 맞다. 일이 잘못되면 돌아올 대가가 어떠하리라는 것을 감안했을 때 웬만한 간덩이를 지니고는 그딴 짓을 못하지. 그럴 이유도, 필요도 없겠지만 당금 천하에 오직 수라검문만이 그만한 힘을 지녔다. 네가 하고 싶은 말이 그것이 아니더냐?"

영운설이 의미를 알 수 없는 미소를 지으며 강호포를, 또한 그와 마찬가지로 불만스런 표정을 짓고 있는 소벽하를 번갈아 응시했다. 그리곤 조용히 물었다.

"정말 그만한 세력이 수라검문뿐이라고 생각하시는 건가요?"

약간은 놀랐다는 듯한 표정과 말투에 오히려 강호포가 당황하는 모습을 보였다.

"당연하지 않느냐?"

"소저도 그렇게 생각하나요?"

영운설이 소벽하에게 물었다.

소벽하는 별다른 대꾸를 하지 않았지만 침묵 속에는 긍정의 의미가 담겨 있었다.

영운설이 그녀와는 어울리지 않는 웃음을 피식 흘리며 고개를 흔들었다.

"실망인걸요. 천하의 수라검문이 무림의 정세에 이토록 어둡다니 말이지요."

"뭣이!"

어느새 자리에 앉은 강호포가 발끈하려 하자 소벽하가 소맷자락을 잡아 저지시켰다.

강호포가 어찌 반발할 것을 뻔히 알고 있을, 게다가 천하의 모든 이들이 알고 있는 사실을 부정하는 영운설의 말에 뭔가 다른 의미가 있다고 여긴 것이다.

그것은 영운설의 입가에서 미소가 사라지면서 구체화됐다.

"얼마나 오래되었는지, 어느 정도의 인원과 힘을 지니고 있는지 전혀 알 수가 없지만 당금 천하엔 사도천과 수라검문, 대정련에 버금가는, 아니, 어쩌면 능가할지도 모르는 세력이 있습니다."

"마, 말도 안 되는!"

강호포가 경악으로 부릅떠진 눈으로 고개를 흔들었다.

소벽하의 얼굴에도 불신의 빛이 가득했다.
 영운설의 말에 별다른 반응을 보이지 않은 사람은 이미 그 내용을 알고 있는 양도선뿐이었다.
 "사도천이나 수라검문에 버금가는 세력이 있다는 말은 믿기 힘들군요. 자세한 설명을 부탁드려도 되겠습니까?"
 강호포나 소벽하 정도는 아니지만 약간은 당황스런 표정을 짓고 있는 도극성이 물었다.
 "구중천이라는 이름을 아시나요?"
 영운설의 반문에 도극성이 고개를 흔들었다.
 "아시나요?"
 영운설이 고개를 돌리며 다시 물었지만 강호포와 소벽하는 대답을 하지 못하고 오히려 되물었다.
 "뭐 하는 곳이냐? 문파냐?"
 강호포의 의문에 영운설도 고개를 흔들었다.
 "아직 밝혀진 것은 없어요."
 강호포의 얼굴에 어이가 없다는 빛이 흘렀다.
 "하면 너 또한 제대로 알지 못한다는 말이 아니더냐?"
 "아직까지는요. 하지만 곧 밝혀질 것입니다."
 소벽하는 영운설의 말에 짚이는 것이 있었다.
 '단순히 다니러 온 것이 아니었구나.'
 영운설이 화산파의 동문들을 데리고 본 가를 방문하는 것은 이해할 수 있었다. 하나, 거기에 개방의 사람들과 소림사의 제사까지 따라붙은 것은 분명 과함이 있었다. 특히 소림사가 심혈을 기울여 키운 무광까지 단순히 그녀를 수행하기 위해 산문을 나섰다는 것은 그녀가 아무리 대정련의 군사라 하더라도 이해할 수가 없는 일이었다.

"밝혀진다? 어찌 밝혀진다는 것이냐?"

강호포의 물음에 영운설이 다소 곤란한 표정을 지으며 고개를 흔들었다.

"기밀사항인지라 그것까지는 말씀드리기 힘들군요. 아, 그래도 한 가지 정도는 알려 드리지요. 혹, 남경대학살 사건을 알고 계신지요?"

"남경대학살이라면… 하오문에서 일어난 사건을 말하는 것이냐?"

"예."

"당연히 알고 있다. 그게 어째서?"

"당시 곤란에 처한 하오문을 돕기 위해 많은 이들이 나선 적이 있는 것 또한 알고 계실 겁니다."

"돌려서 말하지 마라. 돕기는 뭘 도와? 때는 이때다 싶어 너도나도 하오문을 꿀꺽하기 위해 달려들었지."

당시 하오문을 차지하기 위해 수라검문도 혼신의 힘을 다했음을 알고 있던 강호포가 빈정거리며 말했다.

"어쨌거나 이후, 하오문은 완벽히 사라졌습니다. 또한 표면적으론 그 어떤 문파도 하오문을 차지하지 못한 것으로 알려졌고요."

표면적이라는 말에 강한 의혹을 가진 소벽하가 끼어들었다.

"표면적이라 하면… 설마 하오문을 차지한 문파가 있었다는 말인가요?"

소벽하의 질문이 어떤 의미를 담고 있는지 이해한 강호포의 얼굴이 딱딱하게 굳어졌다.

"하오문을 차지한 문파가 있더란 말이냐? 그리고 그 문파가 혹 구… 중천?"

영운설이 무겁게 고개를 끄덕였다.

"말도 안 된다. 당시 하오문엔 천하의 모든 세력이 이목을 집중시키고 있었다. 속이는 것이 가능하다고 보느냐?"

"그것을 해냈기에, 모두의 이목을 완벽하게 숨기고 하오문을 접수했기에 구중천이 무서운 겁니다."

"음."

동시에 강호포와 소벽하의 입에서 무거운 신음이 흘러나왔다.

도저히 믿을 수 없는 말이었지만 영운설이 저토록 정색을 하고 말하는데 믿지 않을 도리가 없었다.

무엇보다 대정련에서 이미 파악하여 대책을 강구하고 있는 적에 대해서 전혀 알지 못한다는 것은 큰 문제가 아닐 수 없었다.

'이 망할 놈들을 그냥!'

대정련에 개방이 있다면 수라검문에는 그에 상응하는 첩보 조직인 은월대(隱月隊)가 있었다.

소속된 인원으로 따지자면 수라검문 내에서 따를 곳이 없다는 은월대.

명목상 대주는 군사인 천리심안 가등전이었지만 지금은 부군사인 여전이 실질적으로 운용하고 있는 터, 강호포는 돌아가는 즉시 은월대와 여전을 단단히 혼을 내리라 마음먹었다.

"하면 그자들이 흉수란 말입니까?"

도극성이 착 가라앉은 음성으로 물었다.

"확실하지는 않아요. 그래도 의심은 하고 있어요. 조금 전에 말씀드렸다시피 당금 무림에 수라검문을 제외하고 대정련과 사도천을 건드릴 세력은 없으니까요. 지금 당장 말씀드리기는 곤란하지만 구중천의 실체가 보다 자세히 드러나면……."

영운설이 소벽하 등의 존재를 의식하며 말끝을 흐렸다.

"음."

도극성이 묵묵히 고개를 끄덕였다.

"그런데 어째서 구중천의 존재를 우리에게 알려주는 것이지요?"

소벽하는 영운설의 내심을 경계하고 있었다.

그런 마음을 읽기라도 한 듯 영운설이 여유로운 웃음을 흘렸다.

"알려진 적보다는 알려지지 않은 적이 더 무섭고 곤란한 법이지요. 행여나 수라검문이 놈들에게……."

영운설은 수라검문의 체면을 생각해서라도 '굴복하거나 흡수당하면 곤란하다'라고 말을 할 생각은 없었다. 하지만 그 정도도 유추하지 못할 소벽하가 아니었다.

"그런 일은 절대로 없을 거예요. 그래요. 인정할 것은 하지요. 이번엔 확실히 한 수 뒤졌어요. 그러나 앞으로는 아니에요."

"당장은 불가능해도 원한다면 놈들의 정보를……."

"거절하겠어요. 하오문을 접수한 자들이 바로 구중천. 정보는 그것이면 됐어요. 이유야 어찌 되었든 소중한 정보에 문주님을 대신해 감사드려요."

정중히 인사를 한 소벽하가 다소 굳은 표정으로 몸을 일으켰다.

"이만 물러갈게요. 오해가 완벽하게 풀린 것은 다행한 일이나 구중천의 존재가 마음을 무겁게 하는군요."

따지고 보면 수라검문이 대정련에게 굴욕이라면 굴욕을 당한 상황. 영운설은 돌아간다는 소벽하를 말리지 않았다.

소벽하가 일어나자 도극성도 자리에서 몸을 일으켰다. 그리곤 영운설을 향해 고개를 까딱이곤 몸을 돌리려 하였다.

바로 그때였다.

"잠시만요."

영운설의 말에 도극성은 물론이고 막 방문을 나가려던 소벽하와 강호포도 발걸음을 멈췄다.

"하실 말씀이라도……."

"한 가지 여쭤볼 말이 있어서요."

"무엇인가요?"

"혹… 한빙음살마혼장에 대해 아시나요?"

담담한 표정으로 질문을 던졌지만 영운설은 은연중에 소벽하와 강호포의 반응을 면밀히 살피고 있었다.

"한빙… 음마살혼장이요?"

소벽하가 고개를 갸웃거리는 것과 대조적으로 강호포는 딱딱하게 굳은 얼굴이 되었다. 순간, 영운설의 눈동자가 반짝 빛났다.

"네가 어찌 그걸 아느냐?"

강호포의 물음에 영운설은 대답하지 않았다.

애당초 대답을 기다리지 않았던 강호포가 다소 긴장된 어조로 말을 이었다.

"한빙음살마혼장은 과거 암흑마교의 살수들이 사용한 무공으로 음한지기를 상대의 몸속에 침투시켜 목숨을 빼앗는 최강의 무공이다. 특히 위력도 위력이지만 무공의 흔적이 전혀 남지 않기에 더욱 공포스러웠지."

소벽하가 고개를 끄덕였다. 그러고 보니 언젠가 들어본 적이 있었다.

짧은 설명을 마친 강호포가 영운설을 직시했다.

"물은 이유가 있을 터, 이제 말을 해보거라."

"말씀드리기 전에 하나만 더 여쭙지요. 혹, 수라검문에 그 무공이……."

영운설의 질문이 끝나기도 전에 강호포가 고개를 가로저었다.

"없다. 유감스럽게도 그 무공은 전해지지 않았다."

유감이란 말을 유난히 강조하는 것이 수라검문에서 한빙음살마혼장을 얻지 못한 것을 무척이나 아쉬워하는 듯했다.

영운설은 강호포의 말에서 이미 진위 파악을 끝냈는지 이내 고개를 끄덕였다.

"그렇군요."

"이제 말을 해보거라. 어째서 우리에게 그런 질문을 던진 것이냐?"

"최근에 대정련, 아니, 정도 문파의 여러 명숙들께서 목숨을 잃는 사건이 발생했어요. 그리고 그 사건은 여전히 진행 중이지요."

"그래? 그런데?"

수라곡에 은거했다가 이후엔 소벽하를 따라나서느라 현 무림이 어찌 돌아가는지 그다지 관심이 없었던 강호포가 홍

미롭다는 얼굴로 귀를 쫑긋 세웠다.

"처음엔 그분들께서 단순 노환이나 불의의 사고로 돌아가신 줄 알았지요. 하지만 근래 들어 그분들을 죽음으로 몰고 간 원인이 바로 한빙음살마혼장이란 무공임이 밝혀졌습니다."

순간, 강호포의 얼굴이 경악으로 물들었다.

"한빙음살마혼장이 무림에 나타났단 말이냐?"

"예. 나타난 정도가 아니지요. 벌써 그 무공에 열 명이 넘는 명숙들께서 목숨을 잃으셨으니까요."

"음."

"한 가지 덧붙이자면, 최초 그 무공이 나타났을 때 가장 의심을 받았던 곳이 바로……."

"수라검문이겠지."

"암흑마교의 후계자를 자처했으니까요."

콧방귀를 뀌는 강호포를 대신해 소벽하가 조용히 물었다.

"그래서 흉수는 밝혀졌나요?"

"아직이요."

"본 문이 가장 의심을 받겠군요."

"부인하지 않겠어요. 수라검문뿐만 아니라 사도천도 용의선상에는 올라와 있어요. 그리고……."

"구… 중천?"

"그래요."

"암흑마교와 구중천이라……. 구중천을 파헤쳐야 할 또 한 가지 이유가 늘었군요."

"건투를 빌겠어요."

"그럼."

고개를 까딱인 소벽하가 천천히 몸을 돌려 방문으로 향하자 문에 기대어 그들의 대화를 귀 기울여 듣고 있던 도극성도 몸을 움직였다.

바로 그때였다.

영운설이 이번엔 도극성을 불러 세웠다.

"도 공자님."

"제게도 하실 말씀이 있습니까?"

도극성이 의아한 표정으로 물었다.

영운설의 낯빛이 살짝 붉어졌다.

그것을 가장 먼저 눈치 챈 소벽하의 눈동자가 반짝거렸다.

"선대의 약속을……."

"예?"

난데없는 말에 도극성이 살짝 이맛살을 찌푸렸다.

"선대의 약속은 어… 찌하실 생각인지요?"

말을 끝으로 영운설이 고개를 푹 숙였다.

숙인 그녀의 고개가 붉게 물들었다고 느낀 사람 역시 소벽하뿐이었다.

"선대의 약속이라니요?"

도극성이 눈을 깜빡이며 되물었다. 순간, 영운설의 몸이 살짝 떨렸다.

"……."

천하를 아우르는 기재라 해도 여인은 여인. 영운설이 말을 잇지 못하자 보다 못한 양도선이 나섰다.

"있으니까 말하는 것 아닌가? 자넨 사부님으로부터 선대의 약속도 듣지 못했는가?"

시큰둥하기만 한 도극성의 태도에 알면서도 일부러 장난을 친다고 여겼는지 양도선의 말투엔 짜증이 다소 묻어 있었다.

"그런 것도 있었습니까?"

도극성이 얼굴을 일그러뜨리며 다시 물었다.

"장난하자는 건가?"

양도선의 음성이 싸늘해졌다.

그런 양도선의 모습에 도극성은 아차 싶었다.

사부인 소무백이 각 문파의 신물을 빼앗아온 것처럼 화산파와 또 엉뚱한 일을 만들었다고 여긴 것이었다.

'그러면 말이라도 해주시던가!'

이내 고개를 흔들고 말았다. 애당초 그런 것을 일일이 말해줄 사부가 아니었다.

도극성은 눈에서 불이라도 뿜을 것 같은 양도선의 눈빛에 정중히 허리를 꺾었다.

"죄송합니다. 하지만 사부님으로부터 아무런 언질도 받지 못한 터라… 선대의 약속이 무엇인지 잘 알지 못합니다."

"……."

양도선은 어이가 없다는 듯 멍한 눈으로 도극성을 응시했다.

"정말… 듣지 못했는가?"

"예."

도극성도 답답한 표정으로 어깨를 늘어뜨렸다.

바로 뒤에 있던 강호포가 웃음을 참지 못하고 큭큭거렸다.

"크크크! 역시 무명신군답군. 하긴 뭐, 그다지 중요한 일도 아니니 잊어먹을 수도 있겠……."

강호포의 말은 더 이상 이어지지 못했다.

그의 말을 멈추게 한 것은 노한 표정으로 당장에라도 달려들 태도를 보인 양도선이 아니라 슬그머니 고개를 들고 노려보는 영운설의 눈빛이었다.

"험험험."

강호포가 헛기침을 해대자 도극성이 때를 놓치지 않고 물었다.

"어르신도 알고 계시는 일입니까?"

강호포가 기다렸다는 듯 대답했다.

"약속? 암, 알지. 알다마다."

모를 리가 없었다.

그와 영운설을 놓고 무석영가와 무명신군이 맺은 약속은 당시엔 꽤나 화제가 되었으니까. 사실 도극성 본인이 모르고 있다는 것이 가장 이상한 일이었다.

"무슨 약속이었습니까?"

도극성이 다시 물었다. 그러자 강호포가 영운설의 눈치를 보며 어색한 웃음을 흘렸다.

"당사자에게 들어야지 내가 밝힐 것은 아니다. 뭐, 그래도 말이 나왔으니 당시 그 자리에 있던 사람으로서 한 가지는 말해줄 수 있지."

"뭔가요?"

"따지고 보면 그 약속 자체가 억지라는 것."

"억지… 라니요?"

당황한 도극성이 영운설 등을 힐끗거리며 물었다.

"상대의 의견은 전혀 듣지 않고 무명신군이 그저 일방적으로 선포했으니 그걸 어찌 약속이라 할 수 있겠느냐?"

"예? 약속을 어떻게 일방적으로……."

"알면서 뭘 묻느냐? 그게 네 사부다."

맺힌 게 많은지 소무백의 얘기를 하던 강호포의 표정이 가히 좋지 않았다.

그의 표정을 보면서, 또한 함께 일그러지는 영운설과 양도선의 표정을 보면서 도극성은 고개를 떨구고 말았다.

'후~ 이번엔 도대체 무슨 말도 안 되는 이유로 억지를 부리신 것인가?'

절로 한숨이 흘러나왔다.

그러고 보면 항상 일을 벌이는 것은 사부였고, 뒤치다꺼리를 하는 것은 자신이었다.

어쨌거나 일단 수습은 하고 봐야 했다.

"너무 신경 쓰지 마십시오. 저는 사부님께서 억지로 맺으신 약속을 강요할 생각은 없습니다."

"그게… 무슨 말인가?"

묻는 양도선은 물론이고 영운설까지 당황한 표정이 역력했다.

"선대의 그 약속, 없던 일로 하겠습니다."

순간 좌중에 침묵이 맴돌았다.

양도선과 강호포는 황당한 표정으로, 소벽하는 약간 상기된 표정으로, 그리고 영운설은 뭐라 표현하기 힘든 애매한 표정으로 입술을 꼬옥 깨물었다.

"선대의 약속이네. 그 내용도 모르면서 함부로……."

양도선이 영운설을 슬쩍 살피며 입을 열었지만 도극성은 그다지 대수롭지 않게 받아들였다.

"돌아가실 당시 이런저런 얘기를 하시면서 제게 몇 가지 당부를 하셨는데 화산파에 대해선 그 어떤 말씀도 듣지 못했습니다. 옛날에 어떤 약속을 하셨는지는 몰라도 아마 잊으신 모양입니다. 게다가 일방적으로 주장하신 약속이라 하니 더 이상 신경 쓰지 마십시오. 그냥 심술을 부리신 것이라 생각하시면 편하실 겁니다."

도극성은 나름 화산파를 배려한다고 사부의 체면을 약간은 깎아가며 말을 하였다.

그 말에 양도선은 뭐라 말을 잇지 못했고, 살짝 고개를 숙인 영운설은 입술을 질끈 깨물며 꽉 쥔 손을 파르르 떨고 있었다.

'후~ 그만큼이나 분한 약속이었나? 사부가 얼마나 억지를 부렸으면 저 정도로 홍분을 한단 말인가.'

도극성이 약속을 백지화시킨 자신의 결정에 흡족해하며 고개를 끄덕이는 사이 천천히 고개를 든 영운설이 떨리는 음성으로 물었다.

"약속을 하신 분들은 모두 돌아가시고, 그 약속은 저희 대로 내려왔습니다. 하여 다시금 여쭙겠습니다. 정말 약속을 지키실 생각은 없는 건가요?"

"선대의 약속, 후손 된 입장으로서 당연히 따라야 하겠지요. 하나, 약속도 약속 나름입니다. 상대방에 대한 배려도 없이 일방적으로 맺어진 그런 쓸.데.없.는. 약속은 지킬 필요가 없습니다."

영운설이 확실히 다짐을 받고자 하는 것으로 여긴 도극성이 애서 힘을 주며 대꾸했다.

영운설의 표정이 뭐라 말을 하기가 힘들 정도로 묘하게 변하였다.

잠시 도극성의 얼굴을 살피던 그녀가 다소 상기된 얼굴로 입을 열었다.

"마지막으로 물어보겠어요. 선대의 약속, 지키실 생각은 없나요? 선대의 약속은 꽤나……."

그녀의 말은 이어지지 않았다. 도극성이 단호하게 말을 잘랐기 때문이었다.

"백지화시키겠습니다."

엉뚱한 소리만 해대는 도극성이 너무도 답답했던 양도선이 한심하다는 듯 물었다.

"내용이 무엇인지는 알고 있는가?"

"알아서 뭘 하겠습니까? 이미 없었던 것으로 하겠다고 선언까지 한 것을 말입니다."

"말이란 내뱉으면 주워 담을 수 없고, 약속은 깨지면 끝입니다."

도극성은 어째서 영운설의 음성이 그토록 싸늘해졌는지 의식도 못하고 건성으로 고개를 끄덕였다.

"하하하! 물론이지요."

"알겠습니다. 그렇게까지 말씀하시는데 더 이상 거론하는 것은 무의미하겠군요."

어느새 영운설은 처음의 냉정한 자세로 돌아와 있었다.

"부디 오늘의 결정에 후회가 없으시길 바라겠어요. 그럼."

그 말을 끝으로 영운설은 싸늘히 식은 찻잔을 집어 들며 고개를 돌려 창밖을 바라보았다.

더 이상 대화를 나누고 싶지 않다는 의미. 명백한 축객령이었다.

도극성은 갑작스런 영운설의 태도 변화에 의아해하면서도 별다른 생각 없이 방을 나섰다.

뭐가 그리 재미있는지 강호포는 연신 흘흘거리며 웃음을 흘렸고, 고개를 돌린 영운설을 물끄러미 바라보다 짧은 한숨을 내뱉은 소벽하가 마지막으로 방문을 나섰다.

그들이 방문을 나선 얼마 후, 방에선 찻잔이 깨지는 소리가 들려왔다.

* * *

"후~"

무석영가의 문을 두드리는 도극성의 안색은 심란함 그 자체였다.

대정련의 정보력에 멋지게 한 방 얻어맞은 강호포와 소벽하는 아침 해가 뜨기 무섭게 구중천에 대한 대책을 세우고자 서둘러 수라검문으로 떠났다.

그들을 배웅한 뒤 홀로 남아 한참 동안이나 극성무관을 서성이며 혼란스런 마음을 다잡던 도극성이 무석영가에 도착한 것은 해가 중천에 뜰 무렵이었다.

지난밤, 강호포로부터 영운설이 언급한 선대의 약속이 무엇인지 알게 된 뒤 앞으로 영운설을 어찌 대면해야 할지 걱정이 태산 같았다.

"오셨군요."

이미 떠날 준비를 갖추고 도극성을 기다리던 영운설이 인사를 했다.

허둥지둥 인사를 받은 도극성이 머뭇거리며 입을 열었다.

"지, 지난밤에는 본의 아니게 큰 실수를……."

"괜찮아요. 이미 끝난 일인걸요."

어쩔 줄을 몰라 하는 도극성과는 달리 영운설은 그다지 대수롭지 않다는 표정이었다.

선대의 약속을, 그것도 혼인과 관계된 일을 실로 하찮은 약속으로 만들어 버리고 무효화시켜 버렸으니 화를 내는 것은 당연한 이치건만 영운설은 전혀 내색을 하지 않고 평소와 다름없는 태도였다. 하지만 도극성은 그녀의 눈동자 저 깊은 곳에서 피어나는 분노를 은연중 느끼고 있었다. 그랬기에 더욱더 좌불안석이었다.

"제가 약속의 내용도 제대로 모르고……."

도극성이 자꾸만 약속 운운하며 어정쩡한 태도를 보이자 영운설이 나직이 한숨을 내쉬며 다소 싸늘한 시선을 보냈다.

"제가 지난밤에 말씀드렸지요. 말을 한 번 내뱉으면 주워 담을 수 없고 약속은 깨지면 끝이라고요. 기억하시나요?"

도극성이 얼떨결에 고개를 끄덕였다.

"그렇다면 이제부터라도 그에 대한 언급은 하지 말아주세요. 이미 끝난 얘기니까요. 부탁드려요."

영운설이 허리까지 숙이며 부탁을 하자 도극성은 민망하기 그지없었다.

"알겠… 습니다."

힘없이 대답하는 도극성.

그런 도극성의 반응까지 자신이 신경 쓸 일이 아니라는 듯 고개를 홱 돌린 영운설이 한 발 물러나 있던 양도선을 불렀다.

"사부님."

"알았다."

고개를 끄덕인 양도선이 영운설을 보호하고자 대정련에서 급파한 무인들을 바라보며 말했다.

"가지."

양도선이 선두에서 길을 잡고 성큼성큼 걷기 시작했다.

영운설과 나머지 일행이 그 뒤를 따르고, 마치 가시방석에라도 앉은 듯 불편한 표정의 도극성이 맨 후미로 뒤처져서 걷기 시작했다.

'죽겠군.'

생각 같아선 당장에라도 떠나고 싶었지만 그렇게 할 수도 없었다. 부모님의 죽음이 구중천과 연관되었을 가능성이 높은 지금 조그만 단서라도 찾기 위해선 당분간은 영운설과 행동을 함께해야만 했다.
'혼인이라니! 후~'
그저 한숨만이 터져 나올 뿐이었다.

第二十三章
목숨 빚

"하아. 하아."

노인의 입에서 거친 숨소리가 터져 나왔다.

가슴이 터질 것 같고, 팔다리가 당장에라도 끊어질 듯 고통스러웠지만 발걸음을 멈추지 않았다.

빽빽이 우거진 숲, 한 치 앞도 보기 힘든 어둠도 그를 제지하지 못했으나 산 중턱에 이르자 더 이상은 버티기 힘들었는지 나뭇등걸에 털썩 주저앉아 가쁜 숨을 몰아쉬었다.

본능적으로 옆구리에 차고 있던 물주머니를 집어 입에 대 보았다.

"으으."

물은 이미 떨어진 상태였고 극도의 허기가 밀려옴에도 해결할 방법이 없었다.
 때마침 밤하늘 높이 치솟은 달빛이 수목을 뚫고 쏟아지자 노인은 물주머니를 내려놓고 지그시 눈을 감았다.
 악몽과도 같았던 지난 며칠이 주마등처럼 스쳐 지나갔다.
 구중천을 탈출한 지 벌써 열흘이 흘렀다.
 사 년간의 잠행으로 하오문을 집어삼킨 구중천의 실체를 제대로 파악했고, 그들의 숨통을 쥘 수 있는 명부까지 확보했다.
 문제는 그것을 세상에 제대로 알릴 수가 있느냐는 것.
 필사적으로 비밀을 지키려는 구중천의 추격은 실로 집요하고 몸서리쳐질 만한 것이었다.
 탈출 이후 반 시진 이상 잠을 자본 적이 없었고, 일각 이상을 한곳에 머물러 본 적이 없었다. 아니, 그렇게 하도록 적이 놔두지를 않았다.
 열흘간 얼마나 많은 이들의 목숨을 빼앗았던가?
 그럼에도 추격자의 수는 여전히 줄지 않고 오히려 몇 배로 늘었다. 또한 점점 강한 상대가 나타났다.
 '하긴, 지금까지 살아 있는 것 자체가 기적인지도……'
 노인의 입가에 쓰디쓴 미소가 지어졌다. 하나, 웃음은 이내 지워졌다.
 "여기까지 온 이상 놈들의 정체를 천하에 알린다. 반드시 그리할 것이다."

어느새 뜬 눈에선 죽음으로도 가로막지 못할 그 어떤 결연한 의지가 피어났다.

어느 정도 가쁜 호흡이 진정됐다고 여긴 노인이 벌떡 일어났다.

적의 추격은 계속될 것이고 찰나의 시간도 아껴야 했다. 더구나 언제부터인지 모르나 매우 불길한 기운이 다가오고 있음을 느끼고 있었다. 지금까지 만났던 그 어떤 상대들보다 무시무시한 실력자들이 자신을 쫓고 있음을 직감적으로 느낀 것이다.

"사흘이다. 앞으로 사흘만 버티면 된다."

구중천을 탈출하기 직전에 한 번, 그리고 바로 지난밤 두 번째의 연락을 취했다.

오직 개방의 방도들만이 알아볼 수 있고 해독할 수 있는 비어(秘語)는 지금 이 순간 숨 가쁘게 전해지고 있을 것이다. 과거에도 그랬고, 현재에도 개방의 정보망은 천하제일일 테니까.

노인은 개방의 정보망에 대한 실로 절대적인 자부심을 지니고 있었다.

스스스스.

노인이 잠시 머물며 휴식을 취하던 곳에 일단의 무리들이 나타난 것은 그가 자리를 떠난 뒤 정확히 한 시진 후였다.

달빛마저 고개를 돌릴 정도로 어둠과 완벽하게 동화된 사내들의 숫자는 정확히 열이었다.

"놈이 머문 흔적이 틀림없습니다."

한 사내가 노인이 앉았던 나뭇등걸과 그 주변을 살피며 말했다.

"얼마나 차이가 나느냐?"

"한 시진 이내입니다."

"한 시진이라……."

사내의 입꼬리가 묘하게 뒤틀렸다.

"닷새 전 놈의 흔적을 찾아냈을 때 고작 세 시진 정도밖에 차이가 나지 않았다. 그런데도 여전히 한 시진이나 차이가 난단 말이지. 대단하군, 대단해."

쇄혼령의 령주 적혈(赤血)은 어이가 없었다.

지금껏 그들의 손을 피해 사흘을 버틴 사람이 과연 있었던가? 단언하건대 결코 없었다. 그러나 이번의 도망자는 달랐다. 그는 막강한 무공과 온갖 경험을 동원하여 추격을 따돌리며 그를 쫓는 하오문과 쇄혼령을 철저하게 농락했다.

이를 부득 갈은 적혈이 수하들을 향해 입을 열었다.

"다들 알고 있겠지? 숙살단이 움직이고 있다."

쇄혼령의 대원들은 침묵으로 응답했다.

"무슨 일이 있어도 놈들보다 빨리 놈을 잡고 명부를 회수해야 한다."

적혈이 수하들 하나하나의 눈을 마주 보며 힘주어 말했다.

"이는 우리들의 자존심뿐만 아니라 단주님의 명예까지 걸려 있는 일이다. 늦으면, 오직 죽음만이 명예를 회복할 길임을 명심해라."

"존명!"

모두의 대답이었지만 그 소리는 한 사람이 내뱉은 음성보다도 작았다.

"귀견(鬼見)."

"예, 령주님."

맨 처음 도망자의 흔적을 추적했던 사내가 대답했다.

"어느 쪽이냐?"

"동북쪽으로 향했습니다."

"동북쪽이면… 황산(黃山)을 넘을 생각인가?"

사내가 가리키는 방향을 바라보며 뭔가를 생각한 적혈이 곧 입을 열었다.

"단주님께서 도착하시기 전에 놈을 잡는다. 앞장서라, 귀견."

명을 내리는 적혈의 음성은 먹이를 눈앞에 둔 맹수의 으르렁거림과 다르지 않았다.

*　　　　*　　　　*

무석영가를 떠난 영운설 일행은 항주로 방향을 잡고 부지런히 움직였다.

하루 하고 반나절을 쉬지 않고 움직인 일행은 항주 외곽에 위치한 조그만 장원에 도착했다.

규모도 보잘것없고, 제대로 관리가 되지 않는 것인지 곳곳이 무너지고 수풀이 무성한 것이 영 볼품은 없었지만, 그래 봬도 대정련의 항주지부로 내정된 개방의 분타가 바로 그곳이었다.

"기다리고 있었습니다."

그들이 도착했다는 소식을 듣고 며칠 전에 미리 도착해 있던 무광이 반가이 달려와 일행을 맞았다. 개방의 제자들을 진두지휘하며 그를 돕고 있던 유운개의 모습도 보였다.

그들의 안내를 받아 방으로 들어선 영운설이 자리에 앉기가 무섭게 물었다.

"연락은 있었나요?"

"방금 전, 독비신개 어르신께서 남기신 것으로 보이는 암호가 도착했소이다."

"내용은요?"

"접촉 장소를 바꾸고자 하십니다. 아무래도 적의 추격이 거센 모양입니다."

어두워진 무광의 표정만큼이나 영운설의 표정 또한 심각

해졌다.

"아무래도 그렇겠지요. 그자들이야 무슨 수를 써서라도 어르신을 잡으려고 하겠지요. 우리는 반드시 그것을 막아야 하고요. 그래, 장소가 어딘가요?"

"독비신개 어르신께선 사흘 후······."

무광의 말은 이어지지 못했다.

대화와는 상관없이 오직 한쪽 구석에 처박혀 앉아 있는 도극성만을 노려보던 유운개가 말을 잘랐기 때문이었다.

"잠깐!"

무광과 영운설의 시선이 동시에 향하자 유운개가 도극성에게 노골적인 적의를 보이며 입을 열었다.

"그와 같이 중차대한 일을 외인이 있는 곳에서 함부로 말을 해서야 되겠는가?"

사람들의 시선이 일제히 한 사람에게 쏠렸다.

그런 식으로 주목을 받게 될 줄은 몰랐던 도극성이 조금은 당황한 표정으로 머뭇거리자 유운개가 언성을 높였다.

"솔직히 저놈이 어째서 이 방에 들어왔는지도 의문이군."

"장로님."

무광이 난처한 표정으로 말리고 나섰다.

"내 말이 틀렸는가?"

"지난번의 일은 이미 오해라는 것이······."

영운설이 거들고 나서자 유운개는 단호히 고개를 흔들었다.

"혐의는 풀렸다지만 당시 저놈이 한 짓 역시 흉수와 다를 바 없지 않던가? 난 야수와 같은 눈으로 칼을 휘둘러 대는 저놈의 모습을 똑똑히 기억하고 있네."

도극성을 노려보던 유운개가 침통한 표정을 짓고 있는 양도선에게 고개를 돌렸다.

"자네는 어찌 생각하는가? 놈의 칼에 무참히 쓰러진 화산파 제자들의 피가 아직 식지도 않았건만 놈과 마주 앉아 이토록 중요한 일을 함께 논의해야 한다고 보나?"

"……."

양도선은 별다른 대답을 하지 않았다. 하지만 아무런 말도 하지 않는다는 것은 이미 유운개의 생각과 같음을 의미하는 것이나 마찬가지였다.

방 안의 분위기는 급격히 냉랭하게 변해갔다.

도극성은 자신에게 쏟아지는 차가운 시선에 씁쓸함을 감출 수가 없었다. 동시에 은근히 부아도 치밀었다.

극성무관을 떠나 항주에 도착할 때까지 그는 이미 자신이 철저하게 소외당하고 있음을 알고 있었다.

영운설은 필요할 때 겨우 몇 마디 할 정도로 극도로 말을 아꼈고, 다른 사람들과는 하루에 한마디를 나누기 힘들 정도였다. 특히 화산파와 관련이 있는 사람들은 아예 쳐다보지도 않았다. 심지어는 노골적인 살기마저 품는 자들까지 있었다.

하지만 도극성은 자신이 저지른 일을 알고 있기에 아무런 반응도, 대꾸도 하지 않으며 그런 불편함을 묵묵히 감수했다. 솔직히 화산파의 제자들이 죽은 동문의 복수를 하겠다고 덤비지 않는 것만 해도 다행이란 생각이었다.

'아무리 그래도 그렇지!'

무시를 당하는 것도 하루 이틀이지 항주까지 와서 푸대접을 받자 턱밑까지 욱하고 치미는 뭔가가 있었다.

무엇보다 아무리 자신이 실수를 했다 해도 당사자인 화산파에서도 더 이상 언급을 하지 않는데 자꾸만 이놈, 저놈 해대며 욕을 하는 유운개의 말투가 영 마음에 들지 않았다.

때마침 도극성의 눈이 자신을 벌레 보듯 바라보는 유운개의 눈빛과 부딪쳤다. 순간, 소무백과 지내는 동안 무의식적으로 형성된 도극성의 만만치 않은 성격이 슬며시 고개를 쳐들기 시작했다.

"흐음."

고개를 꺾어 천천히 한 바퀴 돌리는 도극성의 입꼬리가 살짝 치켜 올라갔다.

만약 소무백이 보았다면 그런 도극성의 모습이 약이 올라도 바싹 올랐을 때, 그리고 뭔가 배알이 뒤틀렸을 때 자연스레 나타나는 모습이라는 것을 파악했을 텐데 방 안의 그 누구도 신경 쓰는 사람이 없었다. 오직 영운설만이 그의 변화를 다소간 의식하고 있었다.

"죄송한 말씀이오나······."

행여나 도극성이 지난번처럼 돌변할 것을 염려한 영운설이 황급히 입을 열었다.

"도 소협을 자리에 청한 것은 바로 접니다."

사실이 그랬다.

뭔가 중요한 사안에 대해 논의한다고 여겨 뒤로 물러나는 도극성을 굳이 부른 것이 바로 영운설이었다.

"어째서?"

유운개가 못마땅한 듯 쳐다보았다.

"어르신 말씀대로 그가 외인인 것은 맞지만 이번 일과 아주 연관이 없다고 볼 수는 없습니다."

"전 방주님을 구하는 데 무슨 관련이 있다는 말인가?"

"잊으셨습니까? 본 가가 참화를 당할 때 그의 가문 역시 끔찍한 피해를 입었습니다. 구중천이 흉수일 가능성이 있는 바 연관이 아주 없다고 할 수는 없지요."

"그거야 나중에 밝혀지면 자연스레 알 일이고, 지금 이 자리까지 끼어들 사안은 아닌 것 같군."

영운설의 말에도 유운개는 고집을 꺾지 않았다.

유운개가 그토록 완강히 거부할 줄은 미처 몰랐던 영운설이 난처한 표정을 지었다. 그렇다고 끝까지 자신의 의견을 고집할 수도 없었다. 비록 자신이 이번 일을 주관한다고는 해도 독비신개는 엄연히 개방의 사람이었고, 무엇보다 그의 말에 틀린 점이 없었기 때문이었다.

영운설이 입을 다물자 유운개가 결정되었다는 듯 도극성을 노려봤다.

"귓구멍이 막혔느냐? 대충 얘기를 들었으면 당장 나갈 것이지 뭣 때문에 아직도 버티고 앉아 있는 것이냐?"

바로 그 순간, 도극성은 문득 묵죽신개에게 줘버린 타구봉을 떠올렸다.

자신에게 여전히 타구봉이 있었다면 어찌 되었을까? 그때도 유운개가 저토록 날뛸 수 있었을까?

타구봉을 받고 무릎을 꿇으며 감격해하던 묵죽신개의 반응을 생각했을 때 감히 그럴 수 없을 것이란 생각이 들었다.

도극성의 입가에 자신도 모르는 비릿한 미소가 지어졌.

"그 웃음은 뭐냐?"

유운개가 못마땅한 표정으로 소리치자 도극성이 슬며시 웃음을 지우며 대답했다.

"뭐, 별거 아닙니다. 그나저나 저 같은 놈이 끼어들 자리가 아닌데 눈치도 없이 괜히 소란만 일으켰군요."

"그걸 이제야 알았느냐?"

"그래도 기왕지사 자리에 앉은 몸, 차나 한 잔 마시고 가겠습니다."

도극성은 유운개의 대답과는 상관없이 탁자 위에 놓인 찻잔을 들더니 엷은 김이 모락모락 피어오르는 차를 단숨에 들이켰다.

탁.

찻잔을 내려놓는 소리가 유난히 귀를 자극했다.

"잘 마셨습니다."

좌중을 휘둘러보며 고개를 숙인 도극성이 몸을 빙글 돌려 방을 나서자 열린 문을 통해 외부의 공기가 조용히 밀려들었다. 순간, 와지끈 하는 소리와 함께 탁자가 산산조각이 나며 무너져 내리고 탁자 위에 놓였던 찻잔은 먼지가 되어 사라져 버렸다.

"허!"

"세, 세상에!"

저마다의 입에서 놀라움의 탄성이 터져 나왔다.

방문을 나서기 전, 도극성의 마지막 시선을 받았던 유운개는 이제는 한낱 조그만 나무 파편으로 변해 버린 탁자를 보며 침을 꿀꺽 삼키고 말았다.

벌컥. 벌컥.

술을 들이켤 때마다 목젖이 요란스레 움직인다.

유운개를 비롯한 여러 사람들의 눈치로 인해 자리를 박차고 나선 도극성은 인적이 드문 장원 북쪽의 담 위에 앉아 은은한 달빛을 벗 삼아 술을 마셨다.

"후~ 답답하네."

단숨에 술을 비운 도극성이 한숨을 내쉬며 빈병을 던졌다.

파삭.

사기로 만든 술병이 바닥에 부딪쳐 산산조각이 나며 사방으로 흩어졌다. 다른 술병을 찾았지만 방금 전 마셔 버린 것이 마지막이었다.

"젠장."

독하디독한 화주를 벌써 세 병째 비웠건만 도대체가 취하질 않았다.

도극성은 이번엔 더욱 독한 술을 구해야겠다는 생각을 하며 담장에서 뛰어내렸다.

몇 걸음을 옮겼을까?

그를 막아서는 사람들이 있었다.

"네놈이 도극성이냐?"

목소리가 꽤나 호전적이다.

도극성이 달빛에 모습을 드러낸 사람의 얼굴을 살폈다.

나이는 사십대 후반 정도에 건장한 체구, 부리부리한 눈이 꽤나 괄괄한 성격을 지닌 듯싶었다.

"네놈이 도극성이냐 물었다."

사내가 으르렁거리며 소리쳤다.

'나 원. 이제는 개나 소나 다 이놈, 저놈이군.'

도극성은 속이 뒤틀렸으나 애써 내색하지 않고 고개를 끄덕였다.

"맞소만."

"내 이름은 은선풍(銀仙風)이다."

어떤 반응을 기대한 것은 아니었으되 막상 도극성이 무표정한 얼굴로 바라보자 은선풍이 입술을 꽉 깨물었다.

"네가 죽인 좌립이 바로 내 제자다."

'좌… 립?'

도극성의 눈동자가 살짝 흔들렸다.

들어보지 못한 이름이다. 하지만 짚이는 것이 있었다. 아마도 자신의 손에 목숨을 잃은 화산파 제자 중 한 명일 터.

도극성이 엷은 한숨을 내쉬며 주변을 살폈다.

은선풍의 뒤로 어느새 십수 명의 사람들이 모여 있었다.

화산파의 복장을 하고 있는 사람은 대여섯 정도였고, 대다수는 각기 다른 복장을 한 것으로 보아 딱히 자신을 목표로 한 것이 아닌 단순히 구경을 하기 위해 몰려든 사람들 같았다.

'어쩐다?'

고민스러웠다. 자신이 저지른 일도 있고 해서 화산파와는 가급적 엮이고 싶은 마음이 없었다. 문제는 눈앞에서 도끼눈을 치켜뜨고 있는 상대였다.

"사형께선 네놈을 용서하셨는지 모르겠지만 나는 그럴 수가 없다. 무기를 들어라."

도극성이 대답없이 손을 늘어뜨리고 있자 은선풍이 검에서 손을 떼며 말했다.

"무기를 잡지 않겠다면 나 역시 맨손으로 상대해 주지."

은선풍이 다짜고짜 손을 뻗었다.

휘류룽.

바람이 분다.

펄럭이는 옷소매에서 나는 소리는 아니었다.

여인네처럼 향낭(香囊)을 찬 것도 아닐 텐데 향기도 난다.

도극성은 그것이 화산파가 자랑하는 난화불수(蘭花拂手)라는 것도 모른 채 몸을 틀었다.

기분 좋은 향기가 코끝을 스쳤다.

향기는 좋았으나 거기에 실려 오는 기운은 결코 부드럽지 않았다.

두려워하거나 목숨을 걱정해야 할 정도는 아니었으나 살짝 스치고 지나가는 기운이 주는 압박감은 상당했다.

도극성이 손을 흔들어 그 기운을 해소했다.

"타핫!"

힘찬 기합성과 함께 도극성을 노리는 은선풍의 움직임이 더욱 영활해졌다.

비록 나이가 어리고 강호초출이기는 해도 이미 운룡기협이라는 명성도 얻었고, 혼자 화산파 제자 일곱의 목숨을 끊은 상대이기에 도극성을 압박하는 은선풍의 공격엔 추호의 방심도 없었다.

"오!"

"멋진 수법!"

빠르고 날카로우며, 더없이 강맹한 공격에 다들 감탄성을 터뜨렸다.

'멋지긴 하지. 그러나……'

환호성을 듣는 도극성의 입가에 다소간의 비웃음이 깃들었다. 남들 눈엔 은선풍의 공격이 어찌 보일지는 몰라도 슬며시 발걸음을 옮기며 몸을 흔드는 그의 눈엔 부족한 점이 꽤 보였기 때문이었다.

그 웃음을 은선풍이 보고 말았다.

"네놈이 감히!"

은선풍이 피가 묻어나도록 입술을 깨물었다. 동시에 그의 몸이 요상하게 흔들리기 시작하더니 마치 분신술이라도 쓰듯 전후, 좌우 사방에서 그의 모습이 느껴졌다.

표영이환보의 보로를 따라 느긋하게 움직이던 도극성의 표정이 살짝 변했다. 갑자기 변한 상대의 움직임에 다소 긴장한 모습이었다.

쉬쉬쉭!

은선풍의 손이 움직일 때마다 예의 날카로운 파공성과 짙은 향기가 사방으로 퍼져 나가고 폭풍과도 같은 기세가 도극성을 노리며 짓쳐들었다.

너나 할 것 없이 주변 사람들 모두가 피를 토하고 쓰러질 도극성의 모습을 상상했다.

하지만 표영이환보와 취혼수를 적절히 이용하며 단 한 번의 공격도 허용하지 않고 완벽하게 막아내는 도극성의 모습을 보며 그들은 감탄인지, 아니면 야유인지 모를 괴성을 질러댔다.

그와 같은 함성을 들을 때마다 은선풍은 죽을힘을 다해 공격을 해댔다.

"이제 그만 하시지요."

공격권에서 멀찌감치 벗어난 도극성이 손을 늘어뜨리며 말했다.

가급적 정중히 말하기는 했어도 목소리가 착 가라앉은 것이 인내력에 어느 정도 한계가 온 듯했다.

"그만 해? 사람을 죽여놓고도 그따위 말을 지껄이느냐?"

"오해로 빚어진 실수였습니다."

"오해? 실수? 가증스럽구나. 사람을 죽여놓고도 그따위 변명으로 일관하다니!"

"하면 어쩌란 말입니까?"

도극성이 버럭 소리를 질렀다.

"사람을 죽였으면 목숨으로 응당 그 대가를 치러야지!"

"……"

은선풍의 차가운 일갈에 도극성은 눈살을 찌푸렸다. 그렇다고 딱히 뭐라 대꾸할 말이 없었다.

'목숨이라…….'

불현듯 목숨 빚은 오직 목숨으로 갚아야 하니 함부로 인명을 해쳐 원한을 사지 말라고 했던 사부의 말이 떠올랐다.

그때는 으레 하는 말이라 여겨 한 귀로 흘려듣고 말았건만 막상 상황이 닥치고 보니 사부가 어째서 그런 당부를 했는지 뼈저리게 느낄 수 있었다.

"알았으면 목숨을 내놓거라."

잠시 숨을 고른 은선풍이 재차 공격을 시작했다.

파파파팍!

눈으로 쫓기가 힘들 정도로 날카롭고 빠르며 변화무쌍한 손 그림자가 주변을 뒤덮었다.

'음.'

도극성의 눈이 살짝 빛났다.

무척이나 빠르고 날카로웠지만 피하고자 마음만 먹으면 옷깃 하나 스치지 못하게 할 수 있었다. 아니, 그 공격을 단숨에 무력화시키고 반격을 가해 은선풍을 궁지로 몰아넣을 수도 있었다. 그러나 그럴 수가 없었다.

'빌어먹을!'

도극성의 얼굴이 무참히 일그러졌다.

상대의 손이 코앞까지 이르렀음에도, 간단히 피하고 도리어 반격을 가할 수 있음에도 꼼짝하지 못하고 당하는 심정은 뭐라 표현할 수가 없었다.

퍽!

마침내 은선풍의 난화불수가 도극성의 가슴에 작렬했다.

퍽퍽퍽!

연속적으로 꽂히는 난화불수.

그때마다 도극성의 몸이 갈대 흔들리듯 휘청거렸다.

"와아아!"

은선풍이 승기를 잡았다고 여긴 관객(?)들이 환호성을 질렀다.

퍽퍽퍽!

세 번의 공격이 더 작렬한 후에야 무차별적으로 이어지던 은선풍의 공격이 멈춰지고, 처음 있던 자리에서 칠팔 장이나 계속 밀려나며 공격을 허용했던 도극성도 비틀거리는 몸을 바로 세웠다.

가슴팍을 어루만지며 애써 고통을 참는 도극성.

입고 있던 옷은 이미 걸레 조각으로 변해 버린 지 오래고 백지장보다 창백한 얼굴과 입술을 헤집고 흘러내리는 핏줄기는 그가 내상을 당했음을 보여주고 있었다.

은선풍이 공격을 멈추자 사람들은 끝장을 낼 수 있음에도 손속에 인정을 봐준 것이라 여기며 은선풍의, 화산파의 너그러움에 고개를 끄덕였다.

하나, 정작 공격을 하고 있는 은선풍의 낯빛은 가히 좋지 않았다.

짧은 시간이나마 겪어본 실력을 감안했을 때 도극성이 그토록 무방비하게 공격을 허용할 위인이 아닌 데다가 손끝으로 전해오는 느낌이 영 이상했다.

"무슨… 짓이냐?"

은선풍이 의혹에 사로잡힌 얼굴로 묻자 주변 사람들의 얼굴도 덩달아 의혹으로 물들었다.

"어째서? 어째서 막지 않은 것이냐?"

사람들은 은선풍의 말을 이해하지 못했다.

뒷골목을 거들먹거리는 하류잡배도 아니고, 비록 사형인 양도선에 비할 바는 아니나 화산파의 이대제자 중 몇 손가락 안에 꼽힌다는 은선풍이었다. 그런 고수의 공격을 일부러 막지 않는 것은 그야말로 자살행위나 다름없는 것이었다. 그렇다고 은선풍이 저토록 진지하게 묻는 것을 보면 정확히 아니라고 단정 지을 수도 없는 노릇이었다. 다들 침을 꼴깍 삼키며 도극성의 말을 기다렸다.

"그럼 이만."

도극성은 은선풍이, 사람들이 원하는 대답을 하지 않고 고개를 살짝 숙인 다음 몸을 돌렸다.

그냥 보내줄 은선풍이 아니었다.

"멈춰랏!"

은선풍이 그의 앞을 가로막으며 소리쳤다.

"더 하실 생각입니까?"

도극성이 무심한 눈빛으로 그를 응시했다.

그 어떤 감정도 녹아 있지 않은, 그야말로 무심한 눈빛에 은선풍은 자신도 모르게 움찔하고 말았다.

"어, 어째서 막지……."

그의 말은 이어지지 않았다. 그와 도극성 사이에 벌어진 소란에 장원에 모여 있던 모든 이들이 몰려들었기 때문이다. 그들 중엔 당연히 한창 회의에 열중이던 수뇌들까지 포함되어 있었다.

"무슨 일이냐!"

유운개가 카랑카랑한 음성으로 소리쳤다. 그러자 개방의 제자로 보이는 사내가 냉큼 달려가 방금 벌어진 일에 대해 설명을 했다.

고개를 까딱거리며 건성으로 설명을 듣던 유운개가 사내의 말이 미처 끝나기도 전에 도극성을 향해 삿대질을 했다.

"제 버릇 개 못 준다고 하더니만 여기가 감히 어디라고 소란을 피우는 것이냐?"

"노선배가 끼어들 일이 아닙니다."

차갑게 내뱉은 도극성이 은선풍에게 말했다.

"가보겠습니다."

도극성의 턱 선을 타고 흐르는 핏물을 보며 은선풍이 주저하고 있을 때 유운개를 수행하고 나선, 개방의 항주 분타주가 노한 음성으로 소리쳤다.

"듣던 대로 건방이 하늘을 찌르는구나! 뭣들 하느냐! 당장

놈을 잡아랏!"

명이 떨어지기가 무섭게 개방의 제자들 십여 명이 도극성을 둘러쌌다.

"선배님!"

무광과 영운설이 깜짝 놀라 분타주를 말렸다. 동시에 유운개를 바라봤다. 도극성이 어떤 실력을 지녔는지 이미 알고 있던 그들은 어서 빨리 싸움을 말리라는 눈짓을 보냈다.

도극성의 건방진 태도에 분개를 하면서도 유운개 역시 그의 무서움을 알기에 싸움은 말리고자 했다.

"쳐랏!"

"하아아앗!"

유운개가 말리기도 전에 분타주의 명을 받은 이들이 도극성을 공격했다.

사람들은 은선풍의 공격을 수차례나 허용한 도극성이 사방에서 이뤄지는 개방의 공격에 잠시도 버티지 못할 것이라 생각했다. 그들 개개인이 은선풍 정도의 고수는 아니더라도 몸놀림을 보아 다들 한가락 하는 고수들로 보였기 때문이었다.

팍팍!

둔탁한 마찰음이 일었다.

십여 명이 넘는 인원이 포위 공격을 하느라 도극성의 모습이 보이지 않아 상황을 정확히 파악하기는 힘들었지만 결과는 보지 않아도 뻔했다.

결과를 기다리던 몇몇은 무참히 쓰러져 있을 도극성을 떠올리며 이맛살을 찌푸렸다.

아무리 잘못을 했고 건방진 태도를 보였다 해도 부상을 당한 상대를 포위 공격하는 것은 무림인으로서 부끄러운 일이 아니던가.

한데 그들의 예상을 보기 좋게 비웃기라도 하듯 그 누구도 예상치 못한 일이 벌어졌다.

퍽!

조금 전 소리와는 차원이 다른 둔탁한 소리가 터져 나오며 엄청난 충격파가 주변을 휩쓸었다.

"크악!"

"커으윽!"

단말마의 비명 소리와 함께 도극성을 공격했던 이들 중 세 명이 허공으로 떠올랐다가 땅에 처박혔다.

"마, 막아랏!"

대답 대신 사방에서 고통스런 비명이 터져 나왔다.

안타깝게도 그들의 공격은 방금 전, 도극성의 아랫배와 허벅지를 한 차례씩 가격했던 것이 처음이자 마지막이었다.

마침내 봉인(?)을 풀어버린 도극성이 무시무시한 반격을 가하자 그를 공격했던 개방의 제자들은 맹수 앞에 놓인 토끼 신세나 다름없었다.

쫙!

"크아악!"

한 사내가 피를 뿌리며 붕 떠오르더니 장원의 담벼락에 그대로 충돌했다.

그 힘이 어찌나 강력했던지 담벼락 한쪽이 무너져 내리며 상당한 양의 먼지를 부스스 피워 올렸다.

퍽퍽!

쫘악! 쫘악!

두 번의 놀림은 없었다.

팔이 한 번씩 움직일 때마다 겁을 집어먹고 뒷걸음질치는 개방의 제자들은 완벽하게 무장해제를 당하며 쓰러져 갔다.

상대의 혼을 쏙 빼놓는다는 취혼수.

그 누구도 막지 못했고 피하지도 못했다.

도극성이 지나간 자리엔 그저 뺨을 부여잡고 쓰러져 화산처럼 터져 나오는 코피와 땅바닥의 모래, 자갈 등과 뒤섞여 버린 이빨은 찾을 엄두도 내지 못하고 그저 죽음의 공포에 덜덜 떠는 이들만 존재할 뿐이었다.

"빨리 공격을 멈추라 하십시오."

무광이 전광석화와도 같은 몸놀림으로 개방 제자들을 유린하는 도극성을 살피며 소리쳤다.

급박한 상황을 인식한 유운개가 분타주에게 명을 내리려는 찰나에 힘없이 쓰러지는 수하들을 보며 참지 못한 분타주가 분기탱천하여 달려들었다.

"이놈!"

접근하는 움직임이 영활하기 그지없고, 신묘한 발놀림과 목을 노리며 짓쳐드는 손의 변화가 한 지역을 책임지는 우두머리다웠지만 도극성의 눈엔, 그리고 지켜보는 무광 등의 눈엔 그저 불을 찾아 뛰어드는 불나방의 모습과 다르지 않았다.

퍽!

분타주를 돕기 위해 왼편에서 기습을 감행한 사내의 복부를 발로 걷어차 버린 도극성이 목덜미를 노리고 접근하던 분타주의 손길을 쳐내며 도리어 그의 목줄기를 그대로 틀어쥐었다.

"컥!"

분타주의 입에서 고통스런 비명이 터져 나왔다.

목이 잡히는 순간, 힘이 빠져 버린 분타주는 온몸을 축 늘어뜨린 채 도극성의 처분만을 기다리는 상황이 돼버렸다.

"무, 무슨 짓이냐?"

기겁을 한 유운개가 소리를 질렀다.

도극성이 고개를 돌려 그를 바라봤다. 그리곤 조용히 말했다.

"공격을 한 쪽은 이자들입니다. 난 그저 내 몸을 보호했을 뿐이지요."

"당장 놔……."

"목을… 꺾어버릴 수도 있습니다."

차갑기 그지없는 한마디에 유운개의 몸이 그대로 굳어버렸다. 야차와도 같은 모습으로 화산파 제자들을 도륙하던 도극성의 얼굴이 떠오른 것이었다.

"정말 그러실 건가요?"

영운설이 한 발 앞으로 나서며 물었다.

도극성이 피식 웃으며 고개를 가로저었다.

"물론 그리하지는 않을 겁니다. 그럴 이유가 없지요."

툭.

손을 풀자 이미 눈을 까뒤집으며 혼절을 한 분타주가 바닥에 힘없이 쓰러졌다.

"하지만 지금부터는 아닙니다."

아니라는 말에 유난히 힘이 들어갔다.

그것은 경고였다.

지금까지는 참았지만 앞으론 참지 않겠다는 무시무시한 경고.

조용히 읊조렸다고는 하나 그 말의 의미를 모를 사람은 아무도 없었다.

특히 도극성을 수차례나 공격하여 가격했던 은선풍은 꽤나 큰 충격을 받고 있었다.

그가 보기에 도극성에게 쓰러진 분타주의 실력은 상당한 편이었다. 솔직히 자신의 상대는 아니었지만 저런 꼴로 쓰러질 실력은 결코 아니었다. 더구나 혼자도 아닌 수하들의 도움을 받은 공격임에도 도극성은 마치 어린아이 손목 비틀 듯 간단히 농락해 버린 터, 자신의 공격이 성공할 수 있었던 것은 결국 도극성이 사정을 봐주었기 때문임을 알았다.

'으으으.'

제자의 복수를 하기 위해 나선 일이었다.

그런데 복수는커녕 오히려 동정을 받았으니 무인으로서 그만한 조롱거리가 없었다.

"네놈이 감히 나를!"

자존심에 치명적인 상처를 입은 은선풍이 누가 말릴 사이도 없이 도극성을 향해 덤벼들었다.

"사제!"

"사숙!"

양도선과 영운설이 깜짝 놀라 제지했으나 그는 이미 도극성의 면전에 도착해 있었다.

도극성이 눈살을 살짝 찌푸렸다.

양보는 이미 충분히 했다. 또한 경고까지 한 상태였다.

언제까지 그런 식으로 물러설 수는 없었던 도극성이 양손에 힘을 모았다.

웅웅웅웅!

웅후한 굉음과 함께 도극성의 손을 중심으로 공기가 요동을 치기 시작했다.

'위험하다.'

공격을 감행하던 은선풍이 본능적으로 위기를 느꼈다. 그러나 공격을 멈추기엔 너무 늦었다.

꽈꽈꽈꽝꽝!

우렛소리와 함께 노도와 같은 거대한 장력이 은선풍을 향했다. 그 힘은 은선풍의 난화불수를 모래성 허물 듯 단숨에 무너뜨려 버리고 은선풍의 가슴팍을 파고들었다.

'이럴 수가!'

위험하다고 느끼기는 했지만 난화불수를 그토록 간단히 무너뜨리는, 이토록 압도적인 무공일 줄은 꿈에도 상상 못한 은선풍은 미처 피할 생각도 하지 못했다.

"인정을!"

이미 그와 같은 결과를 예측한 영운설이 놀라 부르짖고 뒤늦게 무광이 뛰어들었지만 공격을 막아내기엔 거리가 너무 멀었다.

퍽!

"크윽!"

가죽 터지는 소리와 함께 은선풍의 입에서 짧은 비명이 흘러나왔다. 동시에 허공을 붕 떠오른 그의 신형이 끊어진 연처럼 날아갔다.

도극성을 막기 위해 몸을 날린 무광이 은선풍의 몸을 낚아챘다.

황망히 달려온 양도선이 은선풍을 불렀다.

"사제!"

이미 혼절을 한 은선풍은 아무런 대답이 없었다.

"사, 사… 제."

양도선의 얼굴에 불안감이 깔리자 은선풍의 몸을 살피던 무광이 고개를 흔들었다.

"괜찮습니다. 잠시 혼절을 하신 것뿐입니다."

그리곤 도극성에게 시선을 돌리며 말을 이었다.

"손속에 인정을 두어 고맙네. 힘들었을 텐데 용케도 힘을 거두어들였군."

위력이 센 무공일수록 출수가 힘든 법.

방금 도극성이 자신의 공격을 거둬들이기 위해 꽤나 무리를 했음을 무광은 알고 있었다.

"운이 좋았을 뿐이오."

순간적으로 화가 치밀어 풍뢰신장을 사용했던 도극성이 씁쓸한 표정을 지었다. 그리곤 무척이나 곤란한 표정을 짓고 서 있는 영운설을 바라보며 말했다.

"아무래도 저는 이곳에 있어선 안 될 것 같습니다. 화산파에 진 빚은 언젠가 꼭 갚도록 하겠습니다. 그리고 구중천에 대해선… 후~"

모든 말이 부질없다고 여긴 도극성은 하려던 말을 마저 끝내지 못하고 고개를 흔들며 몸을 돌렸다.

분노한 개방의 제자들이 그의 앞을 막으며 유운개의 명을 기다렸다.

 도극성은 아무런 말도, 행동도 하지 않았다.

 "어르신."

 더 이상 분란을 원치 않던 영운설이 유운개를 바라봤다.

 유운개는 몹시 못마땅한 표정을 지으며 도극성에 당한 분타주와 수하들을 바라보았다. 마음 같아선 당장 공격을 하여 물고를 내고 싶었으나 그러기 위해서 어떤 피해를 감수해야 할지 알 수가 없었다. 더구나 영운설의 말을 마냥 무시할 수도 없는 터, 결국 길을 터주라는 고갯짓을 하고 말았다.

 도극성은 온갖 감정을 담은 수십 쌍의 눈빛을 한 몸에 받으며 천천히 걸음을 옮겼다.

 애써 문을 찾을 필요는 없었다.

 개방 제자들과의 충돌로 인해 무너진 담장을 넘어가면 그만이었다.

 그가 막 담장을 넘어 장원 밖으로 나서려는 순간, 한줄기 전음이 귓전을 파고들었다.

 [황산이에요, 황산. 잊지 마세요. 사흘 뒤예요.]

 영운설의 전음을 받은 도극성이 짧게 숨을 내뱉었다.

 굳이 대답을 하지 않았지만 그녀의 마음씀씀이에 고마움이 느껴졌다.

 그러다 문득 한 가지 의혹이 들었다.

다른 사람들에게 듣기도 그랬고, 그가 판단한 영운설의 무공은 자미성의 기운을 타고난 기재로서 또한 어려서부터 화산에서 수련을 했다고 여겨질 만한 수준은 그저 제 한 몸을 지킬 정도였다.

한데 방금 전, 그에게 보내온 전음의 수준은 실로 고수가 아니면 시전조차 할 수 없는 그런 전음이 아닌가.

'설마하니 내가 잘못 본 것인가?'

도극성이 의혹에 찬 눈으로 고개를 갸웃거렸다.

직접 확인을 한 것이 아니기에 정확하게 판단을 내릴 수는 없었으나 자신의 눈을 속일 정도라면 그녀가 지닌 무공은 최소한 세상에 알려진 정도는 아닐 것이다. 어쩌면 그 누구도 추측하지 못할 정도의 무공을 감추고 있을지도 모른다는 생각이 들었다.

'자미성이라……'

도극성의 입가에 묘한 미소가 지어졌다.

第二十四章

백인비무(百人比武)

"그러니까 무림에 구중천인가 뭔가 하는 놈들이 꿈틀대고 있단 말이냐?"

소벽하가 강호를 떠돌아다닌 일로 인해 강한 추궁을 받던 강호포는 좌패천의 노한 표정에서 안도의 한숨을 내쉬었다.

좌패천의 노기는 곧 자신이 아닌 다른 사람에게 향하게 될 터, 다소 미안한 마음이 들었지만 사안의 심각성을 생각할 때 어차피 좌패천이 아니더라도 자신이 물고를 낼 심산이었다.

"예. 지난번 하오문을 접수한 놈들이 바로 그놈들이라고 하였습니다."

"하오문이라… 갑자기 사라지기는 했지."

당시 하오문을 접수하기 위해 수라검문에서 꽤나 심혈을 기울였던 것이 떠올랐는지 좌패천의 얼굴엔 아쉬움이 가득했다.

"문제는 우리가 그런 사실을 전혀 눈치 채지 못한 반면에 대정련 쪽에선 놈들의 움직임을 파악하고 이미 조사에 들어갔다는 것입니다."

"어느 정도까지 파악을 한 것 같더냐?"

"자세한 사실을 말해줄 놈들이 아니지요. 하나, 상당히 근접한 것으로 보입니다. 이미 모종의 계획을 꾸미는 눈치였습니다."

"흠."

좌패천의 안색이 심각하게 굳었다.

하룻밤에도 수많은 문파들이 세워지고 사라지는 드넓은 무림에 어떤 신비 문파가 있는지 낱낱이 파악을 할 수는 없었다. 하지만 구중천 정도의 거대한 세력의 준동을 눈치 채지 못했다는 것은 큰 문제였다. 더구나 대정련에서 파악하고 있는 일을 전혀 모르고 있다는 것은 문제의 심각성을 넘어 실로 끔찍한 일이 아닐 수 없었다.

"여전."

"예……."

"어찌 된 일이냐?"

"그, 그것이……."

"입이 있으면 말을 해보란 말이다!"

쩌렁쩌렁한 노호성이 대전을 울렸다.

앞에 놓인 자단목이 쩍쩍 갈라질 정도로 후려치며 외치는 좌패천의 음성이 어찌나 살벌했는지 다들 숨도 못 쉴 지경이었다.

"죄, 죄송합니다."

수라검문의 부군사이자 첩보 조직 은월대의 수장인 여전은 감히 자리에 앉지도 못하고 바닥에 납작 엎드려 용서를 구했다.

"에라이!"

여전의 얼굴로 찻잔이 날아들었다.

다행히 얼굴이 아닌 어깨에 맞아 큰 부상은 면했지만 찻잔을 집어 던진 사람이 다른 누구도 아닌 좌패천이었다. 여전은 어깨가 으스러질 것 같은 고통을 느끼면서도 신음조차 내뱉지 못했다.

"군사."

좌패천이 천리심안 가등전을 불렀다.

"예, 문주님."

불안한 얼굴의 가등전, 그의 대답이 끝나기도 전에 좌패천의 화난 음성이 이어졌다.

"넌 뭐 했어?"

"예?"

"수라검문이 이처럼 까막눈이 될 동안 널 뭘 했느냔 말이다."

"……."

가등전은 대답을 못했다.

제자인 여전에게 은월대를 넘겨주고 군사 직에서도 물러난 뒤 그는 정원의 화초를 가꾸고 산수화(山水畵), 낚시질에 세월 가는 줄 몰랐다. 물론 사나흘에 한 번씩 여전의 보고를 받고 있기는 했지만 근래 들어선 그것마저 멈추고 말았다. 사실상 완전히 은퇴를 한 것이다.

좌패천도 그것을 알고 있었고, 또 용인을 했다. 오랜 세월 동안 수라검문을 위해 전력을 다한 그의 공로를 인정한 것이었다. 하지만 상황이 급박했다.

"긴말 필요 없고, 복귀해."

"네?"

가등전이 깜짝 놀라 되묻자 좌패천이 콧방귀를 뀌며 대답했다.

"그러게 손을 떼려면 확실히 가르쳐 놓고 떼야 할 것 아니냐?"

"나름 최선을……."

"시끄럽고. 복귀하라면 복귀해."

"알… 겠습니다."

자신의 말을 단박에 잘라 버리는 좌패천의 말에 가등전은 오만상을 찌푸리며 대답했다.

가등전의 표정 따위에 신경 쓸 리 없는 좌패천이 왼손으로 턱을 괴며 물었다.

"대책은?"

번갯불에 콩이라도 굽듯 이제 막 일선에 복귀한 가등전에게 던질 질문은 아니었으나 그런 좌패천의 행동에 너무도 익숙했던 가등전은 별다른 내색 않고 대답을 했다.

"현재 그들의 행적이 드러난 것은 오직 하오문과 연관된 일뿐입니다. 우선 그쪽을 파고들어야겠지요."

"이미 사라졌다지 않느냐?"

좌패천의 질문에 가등전은 고개를 흔들었다.

"수뇌부가 사라졌을 뿐, 하오문을 구성하는 구성원들은 여전히 우리 곁에 존재합니다. 객점에, 기루에, 악단에… 과거와는 달리 그저 드러내 놓고 활동하지 않을 뿐이지요."

"흠, 그도 그렇구나. 좋은 생각이야."

썩어도 준치라고 복귀하자마자 재빠르게 상황을 수습해 가는 가등전을 보며 좌패천이 흡족한 표정으로 고개를 끄덕였다.

"영운설이라 했던가요, 대정련의 군사가?"

"그렇다. 영운설이라는 계집이야. 영악하기는 해도 꽤나 똑똑해 보이더군."

강호포가 떨떠름한 표정으로 대답했다.

"자미성의 주인이니까요. 어쨌든 그녀가 구중천 때문에 움직인 것으로 확인된 이상 예의 주시할 필요가 있습니다. 여전."

가등전이 풀이 팍 죽어 있는 여전을 불렀다.

"예, 사부님."

"은월대는 지금부터 모든 가용 인원을 투입하여 하오문과 구중천을 쫓는다. 영운설 등의 움직임을 확인해라. 그들의 행적 또한 놓쳐서는 안 될 것이다."

"알겠습니다."

명을 받은 여전은 좌패천에게 예를 표하곤 어깨가 축 처진 모습으로 대전을 나섰다.

그런 제자의 뒷모습을 보는 가등전의 심사도 가히 좋지 않았다.

"후~"

한숨 소리를 들은 좌패천이 혀를 찼다.

"쯧쯧, 한숨은 무슨. 비록 큰 실수는 했다지만 뭐, 좋은 경험이 되겠지. 그건 그렇고 한 가지 더 알아볼 것이 있다."

"뭡니까?"

평소의 가등전이라면 결단코 드러내지 않을 표정과 가시 돋친 음성이었지만 좌패천은 피식 웃으며 말을 이을 뿐이었다.

"한빙음살마혼장이 출현했다고 하는구나."

"한빙… 음살마혼장입니까?"

그 무공이 지닌 의미를 알기에 가등전의 표정이 사뭇 심각해졌다.

"그래, 그러니까……."

좌패천이 슬쩍 좌측으로 고개를 돌리며 바라보자 그를 대신해 소벽하가 입을 열었다.

"군사께선 근래 들어 구파일방의 명숙들이 목숨을 잃은 사건을 알고 계십니까?"

"예, 그렇다고 들었습니다."

가등전이 여전의 보고를 떠올리며 고개를 끄덕였다.

"한데 영운설 소저의 말에 따르면 그 죽음이 단순한 자연사나 사고사가 아닌 암살이었다고 하더군요. 그리고 그 살수가 사용한 무공이 바로 한빙음살마혼장이었고요."

"흠, 저쪽에서 난리가 났겠군요. 무공이 무공인지라 본 문을 의심하기도 했을 것이고……."

"예. 그쪽에서도 꽤나 논란이 있는 것으로 압니다. 일단 부인을 하긴 했지만 의심을 완전히 거두기는 쉽지 않을 것 같습니다."

소벽하가 살짝 이마를 찌푸리자 좌패천이 코웃음을 쳤다.

"흥! 의심을 하든 말든 상관없다. 제놈들이 어쩔 거야?"

"무석영가의 일처럼 대정련과 우리를 충돌케 하려는 함정일 수도 있어요. 영운설 소저도 그것을 걱정하는 눈치였고요."

"상관없다니까. 이놈이고 저놈이고 걸리적거리면 치워 버리면 그만이다."

연신 코웃음을 치며 소리치는 좌패천의 자신감은 하늘을 찔렀다.

"그래도 일단 조사하는 것이 좋겠습니다."

가등전이 조용히 말했다.

"맘대로 해."

건성으로 허락을 하며 태사의에 몸을 파묻던 좌패천이 문득 생각이 난다는 듯 몸을 앞으로 내밀며 물었다.

"그런데 그건 어찌 되었지? 대붕금신가 뭔가 하는 거 말이야. 더 이상 소식은 없는 것이냐?"

* * *

"크하하하하!"

한 사내가 웃고 있다.

나이 열일곱에 무림에 출두하여 지금껏 수백 번의 도적질을 완벽하게 해낸, 그러면서 단 한 번도 잡히지 않아 그 존재조차 제대로 알려지지 않았던 인물.

관리와 상인, 무림세가, 문파를 가리지 않고 담을 넘는 대담성에 한 번 목표가 된 곳은 반드시 털고야 마는 집요함을 갖춘 인물.

나이 스물에 산적과 수적 떼로 대표되는 녹림과 장강수로연맹의 보물 창고까지 깔끔하게 털어버리고 서른 살이 되던 해엔 지금껏 그 어떤 외인의 접근도 허락하지 않았던 황궁 무고에 가서 오줌을 싸지른 뒤 이듬해엔 소림사의 장경각에 어린아이 팔뚝만 한 똥 덩어리를 선물한 인물.

워낙 상대가 상대이니만큼 훔친 물건은 없었지만 그 두 곳에 아무도 모르게 자신의 흔적을 남겼다는 것만으로도 사람들을 경악하게 만든 인물.

도둑질을 단순한 범죄 행위가 아니라 예술의 경지까지 이르게 하여 언제부터인가 중원 최고의 대도라는 명예(?)를 얻게 된 그의 이름은 철각비영 옥청풍이었다.

한데 그가, 노린 목표물은 반드시 털고 염라대왕의 추격이라도 간단히 조롱하며 뿌리친다는 옥청풍이 한 꾀죄죄한 동굴에 앉아 웃고 있었다.

얼마 동안이나 세수를 하지 못했는지 얼굴에 땟국물이 자르르 흘렀고, 머리카락엔 이가, 옷엔 벼룩이 득시글거렸다. 게다가 피골이 상접한 것이 제대로 먹지도 못한 것 같았다.

그럼에도 그는 웃고 있었다.

동굴이, 아니, 온 산이 떠나가라 미친 듯이 웃고 있었다.

"드디어! 드디어 알아냈다. 크하하하하!"

옥청풍은 불이라도 뿜어낼 것 같은 안광을 빛내며 눈앞에 고고한 자태를 뽐내고 있는 대붕금시를 바라보고 있었다.

"마침내… 마침내!"

미친 듯이 웃던 그의 눈에 눈물이 고였다.

기쁨과 회한과 억울함과 수치심이 한데 깃든 묘한 눈물.

눈물이 흘러 얼굴을 적시고 턱으로 흘러내렸지만 그는 오직 대붕금시와 온갖 기호와 글, 그림으로 뒤덮여 있는 종이만 바라볼 뿐이었다.

쓰윽.

한참이 지나 눈물을 닦고 동굴을 나온 그가 허리를 쫘악 펴고 가슴을 탕탕 두드리며 소리쳤다.

"내가 누구더냐? 천하제일 대도! 내가 바로 옥청풍이다!"

한데 그 외침이 끝나기도 전에 한줄기 음성이 들려왔다.

"헛소리하지 말고 기어들어 와."

움찔 놀란 옥청풍이 동굴로 고개를 돌리자 어느새 한 노인이 잔뜩 굳은 얼굴로 그를 바라보고 있었다.

순간, 천하에 대고 자신의 이름을 외치던 옥청풍의 자신감은 어디로 갔는지 사라지고 그는 황급히 달려가 노인의 면전에 납작 엎드렸다.

"오, 오셨습니까?"

노인이 눈살을 찌푸리며 소리쳤다.

"유난떨지 말고 똑바로 앉아."

옥청풍이 자세를 바로 하고 앉자 노인이 대붕금시와 그 옆에 놓인 종이를 보며 물었다.

"풀었느냐?"

"예."

대답을 하는 옥청풍의 얼굴에 뿌듯함이 드러났다.

"어디냐?"

"복우산(伏牛山)입니다."

"정확하게."

"주봉인 노군봉(老君峰)에 있다는 것까지밖에는 모릅니다. 나머지는 조금 더 시간이 있어야……."

"노군봉이라… 정확한 것이냐?"

"물론입니다. 제 명예를 걸고 말씀드릴 수 있습니다."

옥청풍이 가슴을 탁탁 치며 말하자 노인이 코웃음을 쳤다.

"지나가는 개가 웃겠다. 도적놈 명예도 명예더냐?"

옥청풍의 얼굴이 그대로 일그러졌다. 그래도 그는 감히 반발한다거나 따질 엄두를 내지 못했다.

"맞는 것 같기는 한데… 큰일이군."

"예?"

옥청풍이 이상하다는 듯 되물었지만 노인은 아무런 대꾸도 하지 않았다.

'젠장, 해도 정말 너무하는군. 맞으면 맞는 거지 큰일은 무슨 큰일!'

옥청풍은 노인이 보지 못하게 슬그머니 고개를 숙이며 입을 삐죽거렸다.

그도 그럴 것이 결정적인 순간에 대붕금시를 낚아챈 자신을 개 잡듯 잡으며 인적 없는 산속 동굴에 처박아놓고 비밀을 풀라고 할 때는 언제고, 막상 풀어놓으니 이상한 소리만 해댄다고 여긴 것이다.

"가자."

노인이 갑자기 일어나며 말했다.

"예? 어디를……."

노인은 대답 대신 무심한 눈빛으로 옥청풍을 바라보았다.

"아, 알았습니다."

노인은 벌떡 일어나는 옥청풍을 보며 몸을 돌렸다.

"어차피 비밀을 알고 있는 사람은 없습니다. 뭘 그렇게 서두르십니까?"

옥청풍이 머리를 북북 긁으며 툴툴거렸다. 그동안 꿈도 꾸지 못할 일이었으나 그래도 지금은 대붕금시의 비밀을 일부라도 엿본 터, 나름 용기를 낸 행동이었다.

노인이 걸음을 멈췄다.

슬그머니 고개를 돌리는 옥청풍.

그의 뒤통수로 기절초풍할 소리가 들려왔다.

"대붕금시가 가리키는 비고가 복우산의 노군봉에 있다는 것은 이미 밝혀졌다. 아마 모르는 사람이 없을 게야."

노인의 말을 이해하지 못한 옥청풍이 고개를 갸웃거리다

어느 순간 두 눈을 치켜떴다.

"지, 지금 무슨 소리를 하시는 겁니까? 밝혀졌다고요?"

"그래. 밝혀진 정도가 아니라 다들 광분하여 달려가고 있다."

"누, 누가 그럽니까? 어느 미친놈이!"

그동안 대붕금시의 비밀을 풀기 위해 얼마나 고생을 했던가!

제대로 씻지도, 먹지도 못하고 밤낮을 하얗게 지새가며 간신히, 정말 죽을힘을 다해 밝혀낸 비밀이었다. 한데 노인의 말이 사실이라면 그런 노력이 그야말로 아무것도 아닌 게 돼 버리고 마는 것이다.

"말씀 좀 해보십시오! 대체 누가 그 비밀을 알고 있단 말입니까!!"

옥청풍이 노인에게 달려가 눈을 부라리며 소리쳤다.

"천하가 다 알고 있다."

"……."

옥청풍은 흔들리는 눈으로 노인을 바라봤다.

노인의 얼굴에선 일절의 변화도 없었다.

옥청풍은 전신에서 힘이 빠지는 것을 느끼며 그대로 주저앉고 말았다.

"이런 개 같은……."

뒷말을 이을 힘도 그에겐 없었다.

*   *   *

"좋군."

아침 연공을 끝낸 도극성이 만족한 얼굴로 미소를 지었다.

정신은 더없이 맑았고, 온몸엔 힘이 넘쳐흘렀다.

"삼원무극신공… 정말 대단한걸."

극성무관에서의 일로 인해 몸속에 잠자고 있던 살기가 눈을 뜨고 그 힘을 해소하는 과정에서 육단계를 넘어선 뒤 아무리 애를 써도 요원하기만 하던 삼원무극신공이 칠단계에 접어들게 되자 그가 이룬 성취는 실로 놀랄 만큼 대단했다. 무엇보다 초혼잠능대법이 깨지면서 마음껏, 그리고 편안하게 잠을 잘 수 있다는 것에 너무도 행복했다.

"흐흐흐, 지금이라면 풍뢰신장은 물론이고 붕천삼식까지 마음껏 사용할 수 있겠다."

도극성이 팔을 휘휘 내저으며 웃었다.

하지만 사부인 소무백이 있어 그의 말을 들었다면 당장 불호령이 떨어질 터였다.

은현선문의 무공을 완벽하게 시전하고 진정한 위력을 발휘하려면 삼원무극신공이 최소한 칠단계, 그리고 오성 이상은 되어야 했다. 특히 각 무공의 최후 초식은 십성을 넘지 않으면 감히 시도조차 할 수 없는 것들이기 때문이었다.

연공을 마치고 간단히 짐을 꾸린 도극성은 객실에서 나와 일층에 있는 주루로 내려왔다.

비교적 이른 아침임에도 불구하고 사람들이 꽤나 많았다.

그들 대다수가 인근에 있는 황산을 구경하러 온 관광객들이었지만 무기를 소지한 이들도 제법 눈에 띄었다.

짐작이 가는 바가 있었다.

'백인비무를 보러 온 사람들인가 보군.'

도극성은 지난밤에 객실로 안내하던 점소이가 침을 튀겨가며 설명하던, 오늘 정오에 황산추가(黃山秋家)에서 검후의 열한 번째 비무가 벌어진다는 것을 상기했다.

'흠, 백인비무라……'

회가 동했다. 어차피 황산은 코앞이고 영운설이 말한 날에서 하루가 남아 있는 데다가 검각엔 전할 물건도 있었다.

검각하니 문득 기억나는 얼굴이 있었다.

'유… 선이라고 했던가?'

도극성이 언젠가 소군산에서 만났던 앳된 여아의 얼굴을 떠올렸다. 전체적인 윤곽은 가물가물했지만 눈이 정말 예뻤다는 것만은 기억이 났다.

"주문하신 것 나왔습니다."

점소이가 김이 모락모락 나는 만두 한 접시와 닭고기로 육수를 만든 소면을 내왔다.

"백인비무를 보려면 어디로 가야 하지?"

그러자 점소이가 어이가 없다는 표정으로 바라봤다.

"당연히 황산추가로 가야지요."

"그러니까 황산추가가 어디에 있냐고?"

"황산에요."

"……."

도극성이 얼굴을 찡그리자 점소이가 혀를 낼름거리며 웃었다.

"주루를 나가서 큰길을 쭈욱 타고 가시다 보면 왼편으로 비단집이 있습니다. 비단집을 끼고 돌아 직진을 하다가 다시 우회전을 하시면 황산추가로 향하는 길이 보일 겁니다."

도극성이 찡그린 얼굴을 펴지 않자 점소이가 몇 마디를 덧붙였다.

"정 찾기 힘드시면 그냥 사람들을 따라가시든지요. 무기든 사람이라면 모조리 그쪽으로 몰려갈 테니까요."

도극성은 대답 대신 동전 하나를 휙 던졌다.

재빨리 동전을 낚아챈 점소이가 기분 좋게 웃으며 은근한 어조로 입을 열었다.

"저기 입구에 앉아 있는 무사들 보이지요? 저 사람들을 따라가세요. 추가로 간다고 했으니까."

도극성이 그들에게 고개를 돌리는 사이 점소이는 바람과 같이 사라졌다.

"하여간."

쓸쓸히 고개를 흔든 도극성이 만두 하나를 집어 들어 덥석 베어 물었다.

만두 안에 들어간 고기가 조금 질기기는 하였지만 맛은 제법이었다.

눈 깜짝할 사이에 접시를 비운 도극성이 소면을 먹기 위해 젓가락을 들었다.

바로 그때, 그의 귓가로 흥미로운 말이 들려왔다.

"그러니까 뭐야? 대붕금시의 비밀이 밝혀졌단 말이야?"

"그렇다니까. 다들 난리도 아니야."

"허! 그 소문이 사실이었나 보네."

"나도 깜짝 놀랐어."

"어디래?"

"복우산 어디라고 했는데……."

사내가 머리를 긁적거리자 다른 사내가 말을 받았다.

"소문에는 노군봉이라고……."

"맞다, 노군봉. 노군봉이라고 했어."

"그런데 그거 믿을 수 있는 얘기야?"

한 사내가 회의적인 표정으로 물었다. 그러자 정색을 한 대답이 들려왔다.

"거짓이면 미쳤다고 사람들이 그 난리를 피겠어. 듣자니 구파일방은 물론이고 수라검문, 사도천까지 대거 병력을 보냈다고 하던데. 또한 온갖 어중이떠중이들까지 모조리 복우산으로 몰려가고 있다고."

"이거 우리도 가봐야 되는 것 아냐?"

"아서. 날고 기는 사람들이 우르르 몰려가는 판에 우리 같은 놈들에게 건더기 하나 돌아오겠어? 목숨 부지나 하면 다행이지."

"하긴, 그도 그래."

"오르지 못할 나무는 쳐다보지도 말라고 했어. 괜한 욕심 부리지 말고 빨리 먹기나 해. 정오까지 추가에 도착하려면 서둘러야 해."

그 말을 끝으로 대화는 끝이 났다.

하지만 도극성은 주점 이곳저곳에서 대붕금시에 대한 얘기를 하고 있음을 알 수 있었다. 내용은 앞서 들은 것과 큰 차이가 없었다.

한동안 세상을 떠들썩하게 만들었던 대붕금시의 비밀이 풀렸고, 수많은 사람들이 비고가 있다는 복우산 노군봉으로 몰려가고 있다는 소문.

'대붕금시라… 재밌군.'

그게 전부였다.

애당초 보물 따위는 흥미가 없었기에 도극성은 곧 대붕금시에 대한 이야기를 잊고 말았다. 지금 그의 관심은 정오에 있을 백인비무와 황산에서의 약속뿐이었다.

도극성은 주루를 떠난 지 꼭 한 시진 만에 황산추가에 도착할 수 있었다.

점소이 말대로 굳이 길을 찾아 헤맬 것도 없었다. 그저 무기를 들고 삼삼오오 무리를 지어 움직이는 이들을 따라 걸으면 그만이었다.

황산추가의 주변엔 벌써 꽤나 많은 사람들이 모여 있었다.

정오가 되려면 조금 이른 시간이었지만 다들 검후의 행렬을 기다리며 들뜬 표정이었다.

도극성도 그들 무리에 끼어 검후의 행렬을 기다렸다.

얼마간의 시간이 흐르고, 태양이 바로 머리 위에서 이글거릴 즈음 저 멀리서부터 웅성거리는 소리가 들려왔다.

"왔다!"

"검후다!"

아직 행렬은 보이지 않았지만 검후의 행렬이 모습을 드러냈다는 말은 이미 정문 앞까지 도착해 있었다.

황산추가의 무인들이 우르르 쏟아져 나오더니 정문을 중심으로 좌우로 늘어서며 공간을 확보했다.

한참 뒤로 밀려나게 된 도극성은 까치발을 딛고도 제대로 보이지 않자 뒤편에 자라고 있는 나무 위로 올라갔다. 조금 떨어지기는 했어도 행렬을 보는 데 전혀 지장이 없었다. 오히려 시야가 탁 트인 것이 그 어떤 자리보다 좋았다.

"호오."

도극성은 저 멀리서 한 무더기의 사람들이 몰려오는 것을 보며 탄성인지 비아냥인지 구별하기 힘든 소리를 내뱉었다.

검후의 행렬은 생각보다 규모가 컸다.

무리의 한가운데에 있는 마차를 중심으로 앞뒤로 삼십여 명의 검수들이 보호를 하고 좌, 우는 나이를 가늠키 어려운 노파들이 지켰는데 생김새가 똑같은 두 노파는 각기 금장(金杖)과 은장(銀杖)을 짚고 있었다.

도극성은 안력을 집중하여 마차의 내부를 살피고자 했으나 거리가 너무 멀고 좌우로 흔들리는 주렴으로 인해 정확히 식별할 수가 없었다. 그저 누군가 타고 있다는 것, 그리고 그 사람이 여인이라는 것 정도만 알 수 있을 뿐이었다.

"그건 그렇고… 저놈들은 또 뭐야?"

도극성이 마차 뒤편에서 줄줄이 따라오는 이들을 보며 고개를 갸웃거렸다.

어림잡아도 칠팔십은 되어 보이는 인원들.

조금 전 같은 복장에 마치 한 몸처럼 움직이며 마차를 호위하던 검수들과는 달리 하나같이 자유로운 복장에 들고 있는 무기들도 달랐다. 게다가 절도있고 기품이 느껴졌던 검수들과는 확연히 비교될 정도로 자기들끼리 웃고 떠들고 하는 것이 그 분위기가 실로 천양지차였다.

"도대체 저놈들은……."

궁금증은 금방 풀렸다. 사람들이 웅성거리는 소리가 들렸기 때문이었다.

"호화단(護花單)이다."

"그새 또 늘은 것 같은데?"

"크크크, 꽃을 보고 벌이 꼬이는 것은 당연한 이치지."

사람들이 호화단이라 불리는 자들을 살피며 낄낄댔다.

"호화단? 별……."

꽃을 보호하는 단체라니!

정신 나간 놈들이 틀림없었다.

도극성이 고개를 절레절레 흔드는 사이 행렬이 정문 앞에 도착했다.

사람들이 보다 가까이에서 검후를 보고자 밀려들었으나 그들은 추가의 무인들과 웃고 떠들던 분위기에서 갑자기 돌변하여 기세를 드러낸 호화단의 거친 위협 속에 감히 앞으로 움직일 수가 없었다.

마차가 멈추고 주렴이 걷히면서 한 여인이 모습을 드러냈다.

순간, 그토록 소란스러웠던 주변이 일시에 침묵으로 빠져들었다.

몸에 착 달라붙는 선홍빛 궁장으로 인해 고스란히 드러난 몸매 때문은 아니었다. 물론 쉽게 볼 수 없는 아름다운 몸매인 데다가 착 달라붙은 궁장으로 인해 묘한 상상력을 불러일으키기는 하였으나 사람들이 숨을 죽인 것은 단지 그런 이유 보다는 한 걸음 움직일 때마다 주변으로 퍼져 가는 기운의 영향이 컸다. 그것은 속된 말로 일컫는 색기, 요기가 아니라 사람들로 하여금 자신도 모르게 고개를 숙이게 만드는 고결함, 성스러움, 또는 위압감이라 말할 수 있었다.

그때 정문에서 걸어나온 중년인이 그 침묵을 깨뜨렸다.

"어서 오십시오. 가주께서 기다리고 계십니다."

중년인의 이름은 추일소(秋溢燒).

차기 가주로 내정받은 자로 황산추가의 미래라 해도 과언이 아닌 인물이었다. 그만큼 무공도 강했고, 세가 내에서는 물론이고 무림에서의 인망도 두터웠다.

하지만 그런 추일소조차도 언행과 몸가짐을 조심하게 만들 만큼 검각의, 아니, 검후의 위세는 대단했다.

검후가 고개를 살짝 끄덕이며 걸음을 옮기고 두 노파가 어느새 그녀의 곁으로 따라붙었다.

검후가 정문을 통과하고 그녀를 수행하는 검수들, 호화단이 들어선 다음에야 다른 사람들의 입장이 허락되었다. 나무에서 내려온 도극성도 서둘러 걸음을 옮겼다.

백인비무의 장소는 황산추가의 연무장이었다.

사방 이십여 장은 되어 보일 듯한 거대한 연무장과 연무장을 중심으로 빽빽이 들어선 전각들.

사람들은 황산추가의 방대한 규모에 놀라면서 하나둘 자

리를 잡았다.

추일소의 안내를 받은 검후는 그가 안내하는 자리를 거절하고 연무장 한가운데에 우뚝 섰다. 그리곤 검을 꺼내더니 검신을 툭 건드렸다.

찌이이이잉.

검신에서 시작된 진동이 사방으로 퍼져 나갔다.

주변에 무수한 검이 있었으나 그 진동에 반응한 검은 오직 하나뿐이었다.

우우우웅.

추월산(秋月山)은 자신의 검이 울고 있음을 느끼며 놀라움을 금치 못했다.

'검으로써 검을 청하는구나.'

그의 나이 칠십. 이미 사그라들었다고 여긴 호승심이 들불 일어나듯 솟구쳤다.

"좋구나!"

자신도 모르게 외치며 검을 꺼내 든 추월산이 연무장 가운데로 뛰쳐나갔다.

"황산추가 십일대 가주 추월산, 검후께 인사드리오."

추월산이 배검하며 예를 차리자 검후는 다시 한 번 검을 튕겼다.

일견 무례해 보이는 태도라 여길지 모르나 그것이야말로 검으로써 모든 것을 말한다는 검각의 전통적인 방식이라는 것을 알기에 누구도 힐난하지 않았다.

"백인비무의 열한 번째 상대로 선택된 것을 영광으로 생각하오. 한 수 가르침을 청하겠소."

추월산이 호흡을 가다듬으며 자세를 잡았다.

순간 그의 몸에서, 검에서 뭔가 거대한 기운이 일어나더니 연무장을 뒤덮기 시작했다.

"오오!"

"광룡승천검(狂龍昇天劍)이다!"

사람들이 함성을 내질렀다.

추월산의 자세가 황산추가의 독문검법이자 무림일절로 꼽히는 광룡승천검의 기수식임을 알아본 것이었다.

사람들의 함성에도 검후는 일체의 동요도 없었다.

검후가 옆으로 뉘었던 검끝을 살짝 아래로 내렸다.

정면에 곧추세운 추월산의 자세와 사선으로 약간 내린 검후의 자세.

거리는 삼 장.

스윽.

검후가 한 걸음 움직이자 추월산은 그 반대로 뒤로 물러났다.

스윽.

검후가 한 걸음 더 앞으로 다가오자 추월산은 또다시 물러났다.

'단번에 그의 기세를 꺾어버렸군.'

도극성은 처음 하늘마저 뚫을 만큼 기세등등했던 추월산의 기세가 이미 한풀 꺾였음을 느끼고 있었다.

그것을 가장 잘 느끼는 사람은 검후를 정면으로 상대하고 있는 추월산 본인이었다.

'훌륭하다. 벌써 이런 경지라니.'

추월산은 고요하기 그지없는 검후의 눈동자를 보며 침을 꿀꺽 삼켰다. 면사로 얼굴을 가렸지만 밖으로 드러난 두 눈에서 그는 가히 절대자의 풍모를 느꼈다.

'과연 벅찬 상대.'

백인비무의 일곱 번째 상대였던 비호철권(飛虎鐵拳) 곽사천(郭師天)은 자신도 무시할 수 없는 상대였고, 네 번째 상대였던 무정도(無情刀) 조렴(趙廉) 역시 승부를 장담할 수 없는 무시무시한 고수였다. 하지만 그들 모두 검후의 검에 꺾이고 말았다. 그것도 변명의 여지가 없을 정도로 철저하게.

처음부터 이긴다는 생각은 하지 않았다. 그렇지만 부끄러운 상대가 될 수는 없었다. 훗날, 패했지만 멋진 승부였다는 말을 듣고 싶었다.

스읏.

검후가 다시 한 걸음 접근했다.

추월산의 발걸음도 움직였다.

후퇴가 아닌 전진.

그녀와 추월산의 거리가 이 장여로 줄어들었다.

일체의 소란은 사라진 지 오래였다.

말소리는 물론이고 심지어 숨소리조차 들리지 않았다.

둘의 거리가 일 장여로 접근을 하자 마침내 추월산의 검이 움직였다.

"타핫!"

칠십 평생 이룩했던 명예, 그동안 갈고 익혔던 실력을 오직 단 한 번의 공격에 실었다.

검끝에서 뻗어나간 예기는 하늘을 찌를 듯했고 전신에서 뿜어져 나온 힘이 연무장에 휘몰아쳤다.

광룡승천검의 마지막 초식, 광룡천멸(狂龍天滅)은 이름 그대로 무시무시했다. 마치 세상 모든 것을 소멸시켜 버리겠다는 듯 천지사방을 휩쓸어갔다.

추월산의 공격을 보며, 그 압도적인 위력을 직접 느끼면서 사람들은 생각했다.

어쩌면 검후가 패할지도 모른다고.

검각의 신화가 깨질지도 모른다고.

최소한 고전은 할 것이라고.

하나 모든 이들이 그런 생각을 할 때, 호화단원들은 물론이고 심지어 검각의 검수들까지 얼굴을 굳힐 때, 몇몇 사람들의 생각은 전혀 달랐다.

검각의 두 노파가 그랬고, 도극성이 그랬으며, 호화단의 한 인물이 그랬다.

그들의 믿음을 증명이라도 하듯 검후의 검이 움직였다.

그녀의 검은 약했다.

절대의 검을 지녔다는 명성과는 달리 그다지 큰 힘이 느껴지지도 않았다.

공격은커녕 폭풍처럼 밀려드는 검기를 막아내기도 힘들 것처럼 여리기만 했다.

그러나 그녀의 움직임이 딱 멈췄을 때, 사람들은 기적을 보았다.

연무장을 휩쓸던 검기와 패도적인 기운은 어느새 씻은 듯이 사라져 버렸다.

검은 부러졌으며, 추월산은 손을 축 늘어뜨린 채 망연자실한 표정을 짓고 있었다.

그런 그의 목을 검끝이 살짝 찌르고 있었다.

추월산이 들고 있던 검을 툭 던지며 순순히 패배를 인정했다.

"졌… 소이다."

"좋은 승부였어요."

검후는 그다지 감정이 실리지 않은 어조로 대꾸를 하며 검을 거둬들였다.

사람들의 함성이 터져 나온 것은 바로 그 직후였다.

"와아아아!"

"검후가 이겼다!!"

다들 눈으로 보고도 믿지 못하는 표정이었다.

추월산이 보여준 공격은 실로 막강했다.

한데 그런 공격을 삽시간에 무너뜨리는 실력이라니!!

방금 전, 검후의 실력에 잠깐이나마 불신을 했던 것을 의식이라도 한 듯 비무의 결과에 사람들은 미친 듯이 열광했다.

"세상에! 무슨 검이 저리도 빠르단 말인가?"

"쾌검도 이런 쾌검이 없네. 단 일 초식으로 끝장을 내다니. 그것도 저런 막강한 검기를 뚫고 말이야."

"추 가주의 실력도 무시무시했건만 과연 검후야."

"검후의 전설은 역시 대단하군."

사람들은 저마다 감상평을 쏟아내며 검후를 칭송했다.

"……."

도극성은 말이 없었다.

심각한 표정으로 검후만 바라볼 뿐이었다.

주변 사람들이 미처 눈치 채지 못한 검후의 진정한 실력을 알아보았기 때문이었다.

'엄청난 쾌검이다. 보고도 믿지 못하겠구나.'

도극성은 어느새 축축이 젖은 손바닥을 비비며 침을 꿀꺽 삼켰다.

'일 초식이라고? 말도 안 되는 소리지.'

언뜻 보기엔 일 초식으로 보일 수도 있었으나 그건 검후의 진정한 실력을 알아보지 못한 자들이 내뱉는 소리였다.

승부는 결코 일 초식으로 끝나지 않았다.

'정확히 일곱 초식이었다. 일곱 초식.'

도극성은 자신도 모르게 입술을 축이고 있었다. 그만큼 긴장했다는 증거였다.

'상대의 공격을 좌우로 쳐내면서 완벽하게 몸을 보호하고, 폭풍과도 같은 강기막을 뚫으며 전진하는 과감성에 조금의 머뭇거림도 없이 최단거리로 찔러 넣는 그 빠름. 게다가 그 모든 것이 하나의 동작으로 보일 정도라니.'

그랬다.

추일산을 쓰러뜨리기 위해 검후는 꽤나 많은 움직임을 보여줬다. 하지만 그 동작들이 워낙 빨리 이루어지는 바람에 그것을 눈치 챈 사람은 그야말로 극소수였고, 다들 비무가 싱겁게 끝났다고 여기고 있었다.

'나라면… 막을 수 있을까?'

쉽게 결론을 내릴 수가 없었다.

'패하지는 않겠지만……'

그렇다고 이긴다고 장담할 수도 없었다.

그만큼 검후가 보여준 무위는 대단했다.

도극성은 두 눈을 지그시 감고 방금 전의 비무를 차분히 되살리며 한참 동안이나 생각에 잠겼다.

그사이 패배감을 떨쳐 버린 추월산이 검후에게 정중히 청했다.

"이 늙은이, 오늘에서야 하늘 밖에 하늘이 있음을 알았소. 또한 백인비무의 상대로 노부를 선택해 준 검후께 진정 감사 드리오."

"별말씀을요. 추 가주님께서 보여주신 무공에 안계를 넓혔습니다."

검후 역시 정중히 대답했다.

"노부의 얼굴에 금칠을 하시는구려. 아무튼 검후께서 황산 추가를 방문해 주시고, 보잘것없는 늙은이를 상대해 주신 것에 대한 보답으로 약소하나마 간단한 연회를 준비했소."

"말씀은 고맙지만……."

"정성을 봐서 부디 거절치 말아주시오. 물론 갈 길이 바쁘다는 것은 알고 있으나 다음 상대를 찾아가는 길은 제법 멀다고 들었소이다."

추월산은 검후의 대답을 듣지도 않고 군웅들에게 소리쳤다.

"아울러 백인비무를 보러 본 가를 방문해 주신 모든 분들께 진심으로 감사를 드리외다. 비록 차린 것은 없지만 다들 함께 해주신다면 그만한 영광이 없을 것이오."

대답은 우렁찬 함성과 환호로 돌아왔다. 그러한 반응이 조금 부담이 되는지 검후가 난처한 듯 뒤를 돌아봤다.

금장파파가 나직이 말했다.

"정성을 무시하는 것은 예의가 아니지요."

"잠시 휴식을 취하는 것도 나쁘지는 않다고 생각합니다."

은장파파가 검각의 검수를 힐끗 바라보며 맞장구를 쳤다.

은장파파의 시선을 따라 고개를 돌리던 검후는 기대에 찬 검수들의 표정을 보며 살짝 한숨을 내쉬었다. 그리곤 고개를 끄덕였다.

검후의 말과 행동에 모든 초점을 맞추고 있던 군웅들은 검후의 고개가 끄덕여지자 또 한 번 일제히 환호성을 질러댔다.

第二十五章
호화단(護花單)

분위기는 무르익었다.

대낮부터 술판을 벌이기엔 다소 무리가 있을 텐데도 너나 할 것 없이 잔을 부딪치며 검후에 대해, 백인비무에 대해, 그리고 근래 들어 최고의 화젯거리로 등장한 대붕금시에 대해 의견을 주고받았다.

그렇게 얼마간의 시간이 흐르고 주변의 이야기를 안주 삼아 홀로 몇 잔의 술을 마시던 도극성이 검후를 만나기 위해 자리에서 일어났다. 하나, 거리는 얼마 되지 않았지만 검후를 만나기란 쉬운 일이 아니었다.

처음엔 그 누구도 그의 행보를 눈여겨보지 않았지만 그가 검후가 앉아 있는 곳으로 다가갈수록 점차 따가운 시선이 그를 향해 쏟아졌다.

노골적으로 적대감을 보인 이들은 자칭 호화단이라 불리는 자들이었다.

"무슨 일이오?"

한 사내가 길을 막으며 소리쳤다. 불콰해진 얼굴이 술깨나 마신 듯했다.

"검후를 만나려고 하오만."

검후란 말이 언급되기가 무섭게 대뜸 반말이 터져 나왔다.

"돌아가라. 이곳은 너 같은 자가 접근할 곳이 아니다."

"너… 같은 자? 나 같은 자가 어때서?"

"꺼지라고 했다!"

사내의 음성이 커지자 주변의 시선이 일제히 그들에게 쏠렸다.

새로운 볼거리라 여겼는지 군웅들은 둘의 싸움을 은근히 기대하는 눈치였고, 검후를 대접하는 자리에서 소란이 벌어지는 것을 원치 않는 추가의 사람들은 안색을 굳혔다.

추월산이 건넨 술 한 잔을 끝으로 일체의 술을 입에 대지 않고 있던 검후와 늘 그렇듯 좌우에서 시위하고 있는 두 노파의 시선도 소란이 이는 곳으로 향했다.

검후의 표정엔 변화가 없었지만 두 노파의 얼굴엔 노기가 가득했다.

검후를 위해 열린 연회에서 소란이라니!

있을 수 없는 일이었다.

"귓구멍이 막혔느냐! 당장 꺼지……."

모든 이들의 주목을 받으며 기세등등하게 외치던 사내가 갑자기 말문을 닫았다.

"그냥 앉아서 마시던 술이나 자셔."

도극성이 사내의 어깨를 잡아 누르며 말했다.

보기엔 그냥 어깨 위에 살포시 손을 얹은 것으로 보였으나 막상 당하는 이는 그렇지 않은 듯했다.

오만상을 찌푸리며 잠시 버티는가 싶던 사내는 어깨로부터 천근만근으로 짓눌러 오는 압력에 견디지 못하고 몸을 휘청거리더니 결국 무릎을 꿇고 말았다.

단순한 압력만은 아니었다. 어찌 된 일인지 온몸을 옴짝달싹할 수가 없는 것이 마치 포승줄에 꽁꽁 묶인 것 같았다.

도극성이 어깨 위에 올렸던 손을 뗐음에도 사내는 움직일 줄을 몰랐다.

"조용히 마시라고."

다시 한 번 사내의 어깨를 툭 친 도극성이 발걸음을 옮겼다. 그러나 미처 두어 걸음을 내딛기도 전에 호화단의 장막에 의해 막히고 말았다.

호화단은 도극성의 도발을 검후에 대한 모욕이요, 자신들에 대한 도전이라 생각했다. 게다가 수많은 이들 앞에 볼썽사

납게 나뒹군 사람은 다름 아닌 호화단의 단원이었기에 다들 기세가 험악했다.

"당장 무릎을 꿇고 사죄를 하시오. 하면 없던 일로 해주겠소."

호화단의 정면에 선 사내가 나직한 경고를 보냈다.

지그시 사내를 살피는 도극성의 눈이 이채를 띠었다.

조금 전의 사내처럼 경박하지도 않았고 말도 함부로 하지 않았다. 더구나 은연중 드러나는 기품 또한 남달랐다.

"창천방(蒼天幇)의 후계자로군."

"창천소룡(蒼天少龍) 노일선(魯溢仙) 공자다."

사내를 알아본 이들이 놀라움을 감추지 못했다.

그도 그럴 것이, 비록 역사는 구파일방이나 여타 무림세가에 비해 일천하기는 하나 창천방은 강소 지역에서 꽤나 영향력이 있는 방파였고, 노일선은 장차 창천방을 이어받게 될 장손이었다. 그런 그가 설마하니 호화단의 단원으로 움직일 줄은 꿈에도 생각지 못한 것이었다.

사실 대다수가 정체를 숨기고 있어 확 드러나지는 않았지만 비단 노일선이 아니라도 호화단에는 알게 모르게 명문세가, 문파의 제자와 후손들이 속해 있었다.

어쨌든 창천소룡이라 불리며 후기지수 중 발군의 실력을 자랑하는 노일선이 도극성의 앞을 가로막았다. 그리고 사과를 요구했다. 다만 도극성은 그런 요구를 받아들일 마음이 조금도 없었다.

"당신들과 말다툼 따위를 하고 싶지 않소. 난 그저 검후를 만나러 왔을 뿐이오."

너무도 자연스럽게 호화단의 위협 따위는 아무것도 아니라는 듯 태연스레 내뱉는 도극성의 태도에 군웅들마저도 감탄을 금치 못했다. 그 감탄은 곧 동정과 비웃음으로 갈렸다.

"권주를 마다하고 굳이 벌주를 원한다면 어쩔 수 없는 일이겠지."

노일선의 말에 도극성이 피식 웃으며 말했다.

"벌주? 그대들이 대체 무슨 권한으로 그따위 말을 하는 것이지? 검후가 당신들에게 명을 하였는가, 아니면 청을 하였는가? 검각의 제자들도 하지 않는 행동을 이토록 당당히 할 수 있는 이유가 정말 궁금하군."

"닥쳐라!"

노일선 바로 뒤에 있던 사내가 당장에라도 덤벼들 듯한 기세로 소리쳤다.

"시끄럽고. 나는 검후를 만나야겠다."

"정말 말로는 안 되겠군."

노일선이 노한 얼굴로 검을 빼 들었다.

그렇잖아도 호화단이니 뭐니 하며 수십 명이 우르르 몰려다니는 꼴이 영 마음에 들지 않았던 도극성의 입꼬리가 살짝 치켜 올라갔다.

호화단(護花單) 163

"나 역시 계집 꽁무니나 쫓아다니는 네놈들하고 더 이상 말을 섞기 싫다."

그 한마디.

계집 꽁무니 운운하는 순간, 사태는 걷잡을 수 없는 지경으로 치달았다.

말이 끝나기가 무섭게 노일선의 검이 짓쳐들었고 삽시간에 포위망을 구축한 호화단의 공격이 사방에서 밀려들었다.

도극성의 입가에 비릿한 미소가 떠오른 것은 노일선의 검이 그의 어깨에 거의 근접하는 순간이었다.

도극성이 무릎을 살짝 굽히는가 싶더니 그의 신형이 삽시간에 사라졌다.

목표를 잃은 검이 허무하게 허공을 가르자 당황한 노일선이 도극성을 찾아 시선을 움직일 때, 안타까운 부르짖음이 들려왔다.

"위험해!"

노일선의 심장이 차갑게 식었다.

도극성을 시야에서 놓칠 때부터 위험하다는 것은 알고 있었으나 어찌 대처를 해야 할지 감을 잡을 수가 없었다.

'왼쪽!'

좌측에서 미세한 기척이 느껴진다고 여긴 노일선이 맹렬히 몸을 틀며 검을 휘둘렀다.

이번에도 그의 검은 허공을 가르고 말았다.

대신 그 반대편에서 차가운 음성이 들려왔다.

"이쪽이다."

노일선은 목소리를 듣자마자 반대편으로 몸을 날렸다. 하지만 도극성은 이미 그의 앞을 가로막고 있었다.

"느려."

쫘악!

노일선의 얼굴에 취혼수가 작렬했다.

"크윽!"

외마디 비명과 함께 땅바닥을 굴러 처박히는 노일선을 보며 도극성이 조용히 중얼거렸다.

"네 검이 나의 심장이 아닌 어깨를 노렸다는 것을 다행으로 여겨라. 그런 점에서 너는 운이 좋았다."

딱히 좋을 것도 없었다.

단 한 방으로 노일선의 의식은 끊어지고 말았으니까.

호화단 내에서도 꽤나 강한 축에 끼는 창천소룡 노일선이 변변한 공격은커녕 제대로 대응도 하지 못하고 나가떨어지자 주변의 분위기는 급변했다.

"막아랏!"

도극성이 다시 움직이자 잠시 충격에 빠져 있던 호화단원들이 일제히 공격을 시작했다.

전후좌우 가리지 않고 달려드는 공격에 도극성도 쉽게 나아가지는 못했다. 하지만 애당초 수준 자체가 달랐다. 비록 호화단에 많은 인재들이 있다고는 해도 도극성과 같은 고수를 어찌할 수 있는 인물은 없다고 해도 과언이 아니었다.

도극성은 표영이환보와 취혼수를 조합하며 호화단을 유린하기 시작했다.

그 누구도 그의 일 초식을 감당하지 못했으며 옷깃 하나 스치지 못했다.

반 각도 되지 않아 열 명도 넘는 인원이 바닥을 굴렀다.

하나같이 코피를 흘리고, 더러는 이가 왕창 빠진 사람도 있었는데 그들 모두의 공통점은 모두 얼이 빠진 사람처럼 바닥에 주저앉아 있다는 것이었다.

강자존의 법칙이 지배하는 무림.

언제나 새로운 강자의 등장을 환영하고 숭배하는 곳.

군웅들은 금방 고꾸라질 줄 알았던 도극성이 오히려 호화단을 여유롭게 몰아붙이는 활약을 펼치자 열광하기 시작했다.

조금 전, 그의 만용을 비웃던 이들은 자신이 언제 그랬냐는 듯 더욱 큰 목소리로 응원을 해댔다.

한데 바로 그때, 같은 호화단이면서도 싸움엔 참여하지 않으며 오히려 흥미로운 표정으로 바라만 보는 이가 있었다.

"후아~ 저런 몸놀림이라니… 대단한 인물인걸."

사내가 거의 분신술에 가까울 정도로 현란하게 움직이는 도극성을 보며 탄성을 내지르자 바로 옆에 있던 사내가 못마땅한 표정으로 벌떡 일어났다.
"왜?"
"언제까지 그냥 놔둘 수는 없잖습니까?"
"그래서? 네가 가서 저 친구를 막겠다고?"
"밟아버리고 오겠습니다."
그가 무기를 꺼내 들자 사내가 손에 든 호박빛 술을 단숨에 비우며 말했다.
"장운(張雲)."
사내의 부름에 장운이 잠시 걸음을 멈췄다.
"관둬. 밟히기 싫으면."
"예?"
"네 상대가 아니다."
장운이 믿을 수 없다는 표정을 짓자 사내가 고개를 흔들었다.
"수준 자체가 달라. 너라도 안 돼. 개망신당하기 싫으면 가만히 앉아 있어."
"믿을 수 없습니다."
"믿기 싫으면 말든가. 알아서 해. 굳이 망신을 당한다는 데야 말릴 이유가 있나?"
사내가 그리 나오자 장운의 얼굴이 일그러졌다.
그가 아는 한 눈앞의 사내는 결코 허튼소리를 하는 인물은 아니었다.

장운이 자리에 털썩 주저앉았다.

"왜? 밟아준다며?"

"됐습니다. 한데 그냥 보고만 계실 겁니까?"

"아니, 그럴 수야 없지. 저런 자를 나의 여신에게 접근시킬 수야 있나!!"

사내가 대답을 하며 소란 속에서도 한 점 흐트러짐 없이 앉아 있는 검후를 바라보았다.

삽시간에 풀리는 눈, 사내의 눈에선 어느 사이 초점이 사라지고 표정 또한 몽롱하게 변해 버렸다.

그런 사내의 모습에 장운은 한숨을 내쉬었다.

'병이야, 병.'

무림에 출도하자마자 백인비무에 나선 검후를 만난 것은 그야말로 저주였다.

검후를 본 사내는 그날 이후부터 만사를 제쳐 두고 그녀를 쫓아다녔다. 아무리 만류를 하고 설득을 해도 검후를 향한 마음을 멈추게 할 수가 없었다. 이제는 은연중에 호화단의 수장 노릇을 하는 것을 보고 아예 포기를 한 상태였다.

그사이에도 싸움은 계속 이어져 비명이 끊이지 않았다. 하지만 초반과는 달리 도극성을 향해 덤비는 호화단원들의 수도 급격히 줄어들었다. 심지어 몇몇은 너무도 막강한 그의 무위에 겁을 집어먹고 뒷걸음질치는 이도 있었다.

"자, 이제는 무대도 만들어졌고… 내가 나설 차례인가?"

때가 되었음을 느낀 사내가 천천히 몸을 일으켰다.

난데없이 나타나 연회장을 난장판으로 만들어 버리고 추풍낙엽처럼 호화단을 물리친 뒤 검후의 안위에 위협을 가하는 인물. 그리고 그런 상대를 물리치는 자신을 그리며 사내는 만족스런 웃음을 지었다. 그만하면 검후도 자신의 존재를 확실히 인식할 수 있으리라 여겼다.

하지만 사내의 바람은 이루어지지 않았다. 그토록 치열하던 싸움이 순식간에 끝나 버린 것이었다.

갑작스런 상황 변화에 사내가 당황해하며 이유를 궁금해하던 그 순간에 도극성은 자신의 앞에 선 은장파파를 바라보고 있었다.

"네놈은 누구냐?"

의도한 것은 아니나 결과적으로 연회를 방해하게 된 도극성의 행동을 은장파파는 검후의 권위를 무시한 것으로 받아들였는지 말투가 그다지 호의적이지 않았다.

"……."

도극성은 은장파파를 가만히 쳐다보았다.

잠깐의 갈등 후, 순순히 이름을 밝혔다.

"도극성이라 합니다."

주변이 잠시 웅성거리기 시작했다.

무림을 쩌렁쩌렁 울릴 정도의 이름은 아니었으나 사도천과의 충돌에서 얻은 운룡기협이란 별호는 그래도 제법 명성을 날리고 있었기 때문이다. 하지만 도극성이란 이름 따위는 들어본 적도 없는지 이름을 밝혔음에도 은장파파의 반응은 여전히 차가웠다.

"도극성? 뭐 하는 놈이냐?"

또 '놈' 이었다.

더 이상 참을 필요는 없었다. 솔직히 따지고 보면 아쉬운 것은 검각이 아니던가.

"됐습니다. 없던 것으로 하지요."

대답과 함께 빙글 몸을 돌려 버리는 도극성에 은장파파는 할 말을 잃고 잠시 멍한 얼굴이 되었다. 하나, 곧 더없이 성난 얼굴로 도극성을 불러 세웠다.

"네 이놈! 네놈이 감히 우리를 우롱하려는 것이냐?"

성질이 불같아서 늘 말보다는 행동이 앞서는 은장파파.

그녀는 자신이 어째서 도극성 앞에 나섰는지도 잊은 채 은장을 높게 치켜들며 몸을 날렸다.

은장파파가 싸움판에 끼어든 것은 도극성에 흥미를 가진 검후가 그를 만나고자 했기 때문이었다. 한데 엉뚱하게도 본인이 싸움을 하고 있는 것이었으니.

멀리서 이를 지켜보던 검후가 금장파파를 불렀다.

"금장."

별다른 감정이 느껴지지 않는 음성이었으나 금장파파는 그 음성 속에 녹아 있는 미세한 감정, 노여움을 감지하곤 바싹 긴장을 했다.

"소신이 가서 말리겠습니다."

금장파파가 황급히 몸을 날리려고 하자 검후가 살짝 손을 들어 만류했다.

"됐어. 한 번 당해봐야 저 급한 성격을 고치지."

순간, 금장파파의 얼굴이 딱딱하게 굳었다.

'당한다고?'

믿을 수가 없었다.

방금 전의 싸움을 보면서 도극성의 무위를 대충 짐작할 수 있었다. 나이에 어울리지 않는 침착함, 빠른 몸놀림과 과감한 판단력. 그리고 그것을 가능케 하는 뛰어난 무공은 그녀 역시 놀랄 만한 수준이었다.

하지만 그게 전부였다. 대단하기는 했지만 그렇다고 두려움을 느낄 정도의 수준은 아니었다. 한데 누구보다 자신들의 실력을 잘 알고 있는 검후가 그런 말을 한다는 것이 마음에 걸렸다.

자신들이 누구던가?

어지간한 문파의 문주 따위는 한 주먹으로 날려 버릴 수 있다고 자부하는 검각의 장로가 아니던가!

"설마하니 그 정도입니까?"

"두고 보면 알겠지."

검후의 말에 금장파파는 소름이 돋는 것을 느꼈다.

검후의 말속에서 그녀가 이미 은장파파의 패배를 확신하고 있다고 여긴 것이다.

금장파파가 두려운 눈으로 고개를 돌렸다.

그녀의 눈에 도극성을 매섭게 몰아치는 은장파파의 모습이 보였다. 분명 은장파파가 기선을 잡고 도극성을 몰아붙이고 있었으나 이를 보는 금장파파의 안색은 가히 좋지 않았다.

필사적으로 공격을 퍼붓는 은장파파에 비해 도극성은 비교적 여유있게 공격을 막아내고 있음을 알아본 것이었다.

금장파파는 그 즉시 몸을 날렸다.

지금 당장은 몰라도 시간이 지날수록 그 차이는 크게 나타날 터, 더 이상 두고 보았다가는 수많은 사람들 앞에서 망신을 당할 것이라 생각했기 때문이었다.

서둘러 몸을 날리는 금장파파를 보면서도 검후의 태도엔 변화가 없었다. 다만 그 어떤 보석보다 맑고 영롱하며 깊이를 알 수 없는 눈동자가 유난히 반짝였는데 그 눈 속에 연회장을 난장판으로 만들어 버린 도극성, 바로 그가 들어 있었다.

금장파파의 등장으로 새롭게 전개될 것만 같았던 싸움은 오히려 싱겁게 막을 내리고 말았다.

꼴불견이었던 호화단, 그리고 안하무인이었던 은장파파의

행동에 배알이 뒤틀려 싸움을 벌이기는 했지만 은장파파 이상의 실력자로 보이는 금장파파가 등장하자 구중천의 문제를 앞둔 지금 시점에서 쓸데없는 곳에 힘을 쓸 필요가 없다고 여긴 도극성이 뒤로 물러났기 때문이었다.

맹렬히 공격을 하면서도 언제 반격이 올지 몰라 전전긍긍하며 공격을 퍼붓던 은장파파가 허탈한 표정으로 움직임을 멈추자 어느새 그녀의 옆으로 다가온 금장파파가 핀잔을 주었다.

"쓸데없는 싸움이나 하고."

금장파파의 말에 은장파파의 안색이 확 변했다. 비로소 검후의 명을 어기고 싸움을 벌인 것을 의식한 것이다.

은장파파의 기세를 꺾은 금장파파가 도극성을 향해 조용히 입을 열었다.

"꽤나 건방진 아이구나."

"누가 건방진지 모르겠소만."

비아냥 섞인 말에 금장파파의 얼굴이 잠시 굳었으나 곧 표정을 바꾸며 말했다.

"따르거라. 검후께서 기다리신다."

"됐소."

내뱉듯 던지는 대답에 금장파파의 볼이 씰룩거렸다.

"볼일이 있었지만 이제는 싫소. 사실 이렇게 용을 써가며 만날 필요도 없는 것이었고."

그 말을 끝으로 도극성은 더 이상 할 말이 없다는 듯 몸을 빙글 돌렸다.

실로 오만방자하면서도 겁을 모르는 행동에 금장파파와 은장파파는 일순 할 말을 잃었고 숨죽이며 지켜보던 군웅들조차도 입을 쩍 벌리며 어이없어했다.

"저런 빌어먹을 놈이!"

은장파파로 인해 자신이 나설 기회를 잃었던 호화단 단주가 벌떡 일어나며 분통을 터뜨렸다. 하지만 이번에도 그는 나설 기회를 잡지 못했다.

"검후께서 너를 보자고 하신 이상 가고 싶다고 마음대로 갈 수 없다."

금장파파와 은장파파가 길을 막으며 소리치자 도극성이 가소로운 표정을 지으며 말했다.

"내가 오고 싶으면 오는 것이고, 가고 싶으면 가는 것이오. 천하의 그 누구도 내 발걸음을 막을 순 없소. 당신들 또한 마찬가지요."

아무리 검후의 명이 지엄하다 해도 이쯤 되면 금장파파도 참을 수가 없었다.

"이놈!"

은장파파의 무공보다 한 수 위의 무위를 지닌 것으로 알려진 금장파파의 호통은 그야말로 사자후가 되어 연회장을 강타했다.

자신이 그랬듯 금장파파 역시 검후의 명을 받고 온 것일 터, 금장파파가 흥분을 하자 이번엔 은장파파가 그녀를 달랬다.

"검후께서 보고 계십니다."

확실히 그 말은 효과가 있었다. 살기로 충만했던 금장파파가 필사적으로 화를 참아내며 다시 입을 열었다.

"애당초 검후께 볼일이 있다고 이런 소란을 피운 것이 아니더냐?"

도극성이 귀찮다는 표정으로 품 안을 뒤적거렸다.

"그랬소이다. 뭐, 처음엔 이 물건을 전해주려고 왔지만……."

문득 며칠 전 자신을 벌레 대하듯 했던 유운개의 얼굴이 떠올랐다. 그때 만약 자신의 손에 타구봉이 있었다면 감히 그런 행동을 하지 못했으리라!

'흐음.'

도극성이 입가에 사악한 미소를 지으며 꺼내 든 것은 일곱 가지 색이 교묘히 조화를 이루며 만들어진 조그만 조각품이었다.

이름하여 칠채나녀상(七彩裸女像).

순간, 검후의 몸이 어느새 의자를 박차고 뛰어올랐다.

단 한 번의 도약으로 도극성의 면전에 도착한 검후의 눈동자가 마구 흔들렸다.

"그, 그것은……."

당황하는 두 노파의 모습을 은근히 기대하고 있던 도극성은 갑자기 나선 검후로 인해 조금은 실망한 표정이었다.

그러나 이내 팔을 쭈욱 뻗으며 칠채나녀상을 내밀었다.

"검각의 물건으로 알고 있습니다."

배알이 뒤틀려 장난을 좀 치려고 하였지만 검후가 직접 나선 이상 그럴 필요를 느끼지 못했고, 어차피 돌려주려던 물건이었기에 한 치의 망설임도 없었다.

검후가 떨리는 손으로 조각상을 받아 들었다.

난데없는 상황에 군웅들이 이해하지 못한 표정으로 웅성거리고 있을 때 검후의 손에 들린 칠채나녀상에서 갑자기 눈부신 빛이 뿜어져 나오기 시작했다.

혹시나 하는 표정으로 바라보고 있던 금장파파와 은장파파는 그 빛을 보고 그 즉시 무릎을 꿇었고, 검각의 검수들 역시 모조리 오체투지를 했다.

"아!"

칠채나녀상이 자신과 반응을 한다는 것, 진품임을 확인한 검후의 입에서 환희와도 같은 탄성이 흘러나왔다.

칠채나녀상이 진품임을 확인한 검후가 공력을 거두어들이자 주변을 환히 밝혔던 빛도 점점 사그라들었다.

검후가 금장파파에게 칠채나녀상을 건네자 극도로 조심을 하며 칠채나녀상을 받아 든 금장파파는 감개무량한 표정을 감추지 못했고 은장파파의 눈에선 하염없이 눈물이 흐르고 있었다.

'쓸데없는 장난을 치려 했구나.'

도극성은 칠채나녀상의 귀환에 그토록 감격해하는 두 노파와 검각의 제자들을 보면서 사정이야 어찌 되었든 잠시나마 심술을 부리려 했다는 것을 내심 부끄러워했다.

"무명신군의 제자가 각 파의 보물을 되돌려주고 있다는 소문은 어렴풋이 들었지만 설마하니 이곳에서 칠채나녀상을 볼 줄은 꿈에도 몰랐어요."

검후가 요동치는 마음을 애써 진정시키며 말했다.

"무사히 전할 수 있어 다행입니다."

"뭐라 감사의 말을 해야 할지 모르겠군요. 도… 극성… 도공자님."

순간, 도극성이 깜짝 놀란 눈으로 검후를 쳐다보았다.

"내 이름은 어찌… 아!"

방금 전 금장파파에게 자신의 이름을 밝혔음을 기억한 도극성이 멋쩍은 미소를 흘리자 검후의 입가에 알 듯 말 듯한 미소가 지어졌다.

"소년은 잊었는지 몰라도 소녀는 동정호의 뱃길을 아직 기억하고 있지요. 또한 팔룡전설을 깨겠다는 당찬 소년과의 만남도요."

검후의 말에 느껴지는 것이 있었다.

도극성이 검후의 얼굴을 찬찬히 뜯어보았다.

면사가 앞을 가로막아 볼 수 있는 것이라야 눈뿐이었지만 그것만으로도 충분했다.

도극성의 눈앞에 그림과도 같은 소군산의 풍경과 함께 그 어떤 보석보다도 아름다운 눈동자를 지닌 소녀의 얼굴이 떠올랐다. 그 어린 얼굴이 점점 자라 곧 눈앞의 여인으로 변했다.

"유… 선."

도극성이 자신도 모르게 검후의 이름을 불렀다.

"험험."

아무리 관대한 무림이라지만 여인의 얼굴을 그렇게 뚫어져라 보는 것은 예의가 아닌 터, 금장파파가 헛기침을 하며 불쾌감을 드러냈다.

그제야 자신의 실수를 알아챈 도극성이 황급히 고개를 돌리자 검후는 전혀 개의치 않는다는 듯 환히 웃으며 말했다.

"기억하고 있었군요."

"빌어먹을!"

사내가 단숨에 술을 들이켜고 다시 잔을 채웠다. 그 잔도 순식간에 비워졌다.

기계와도 같은 움직임으로 벌써 얼마를 마셨는지 모른다.

사내 앞에 놓인 술병이 순식간에 쌓여갔다.

　장운은 근심스런 표정으로 사내를 바라만 볼 뿐 감히 말릴 생각을 하지 못했다.

　"장운."

　착 가라앉은 사내의 음성에 장운이 바싹 긴장을 하며 대답했다.

　"예."

　"조사해 봐, 저 자식. 머리에서 발끝까지 하나도 빠짐없이."

　말을 하면서도 사내의 시선은 검후와 술잔을 주고받는 도극성에게 고정되어 있었다.

　검후는 자신은 물론이고 지금껏 그 누구에게도 보여주지 않았던 웃음을 도극성에게 보여주고 있었다. 그것도 부족해 술잔까지 기울이고 있었으니.

　"망할!"

　사내가 이를 부득 갈았다.

　팍!

　사내의 손에 들려 있던 잔이 가루가 되어 흩어졌다.

　한 사내가 질투심에 몸을 부르르 떠는 사이에도 검후가 앉아 있는 상석의 분위기는 너무도 화기애애했다.

　'도극성이라고 했던가? 뼈를 갈아 마셔도 시원치 않을 놈 같으니! 네놈이 감히… 감히 나의 여신과…….'

어찌할 바를 모르고 온몸을 부르르 떨며 원독에 찬 눈으로 도극성을 노려보는 사내. 그 서슬에 장운마저 슬며시 몸을 빼 물러나고 마니 질투에 눈이 먼 그의 이름은 담사월(潭死月)이 었다.

* * *

황산 초입, 검후와의 짧은 만남을 뒤로하고 길을 나선 도극성이 부지런히 걸음을 옮기고 있었다. 아직 약속된 시간까지는 여유가 있었으나 드넓은 황산의 규모를 감안해서 미리미리 움직인 것이었다.

본격적으로 산길에 접어들자 공기가 싸늘해졌다. 하지만 주변의 싸늘함은 단지 찬바람 때문이 아니었다.

도극성이 걸음을 멈추었다.

적막했다. 숲에선 흔하디흔한 새소리나 곤충 소리도 들려오지 않았다.

"나와라."

도극성이 전방을 주시하며 소리쳤다.

조금씩 어둠이 찾아오는 숲에선 아무런 반응도 없었다.

살짝 이마를 찌푸린 도극성이 작은 돌멩이 하나를 집더니 어린아이 돌팔매질하듯 던졌다.

쐐애애액!

슬쩍 던진 것 같았으나 손을 떠난 돌멩이의 속도는 어마어마했다.

파파팍!

돌멩이에 스친 나뭇가지들이 우수수 부러져 나갔다.

쾅!

돌멩이는 두께가 한 자는 되어 보이는 나무에 깊은 상처를 남기고서야 멈췄다. 돌멩이에 부딪친 거목이 몸살을 앓듯 흔들리며 무수한 잎을 떨궜다.

"과연 대단하군."

흩날리는 나뭇잎 사이로 천천히 모습을 드러내는 상대는 다름 아닌 장운이었다.

"누구냐?"

"네놈의 목을 가져갈 사람."

"목이라… 왜 내 목숨을 노리는 것이지?"

"알 것 없다."

도극성의 얼굴에 싸늘한 웃음이 깔렸다.

"이유도 없이 목숨을 노린다? 내 목을 원한다면 네놈 목 역시 걸어야 한다는 것은 알고 있겠지?"

"능력이 있으면 가져가 봐라."

장운이 피식 웃으며 신호를 보내자 그의 뒤로 십수 명의 사내가 모습을 드러냈다.

'음.'

그들을 바라보는 도극성의 얼굴이 짜증으로 물들었다. 도대체 저들이 무슨 일로 자신의 목숨을 노리는 것인지 알 수가 없었다.

'속전속결.'

황산에서 어떤 일이 기다리고 있는지 모르는 상황에서 괜스레 힘을 낭비할 필요는 없는 터, 어차피 벌어진 싸움이라면 최대한 빨리 싸움을 끝내리라 마음먹었다.

도극성이 손을 뻗어 나뭇가지 하나를 꺾었다.

"무시하는군."

장운의 얼굴에서 웃음이 싹 가셨다.

사내들의 얼굴도 살기로 번들거렸다.

"쳐랏!"

장운이 명을 내리자 그의 뒤에 서 있던 십수 명의 사내들이 순식간에 도극성을 포위했다.

그들의 움직임을 예리한 눈으로 살피던 도극성이 힘찬 기합성과 함께 도약을 하더니 왼쪽 무릎으로 전면으로 짓쳐드는 사내의 턱을 짓뭉개 버렸다. 사내가 검을 찌르며 막으려 하였으나 그 검은 이미 도극성이 휘두른 나뭇가지에 의해 하늘 높이 치솟은 다음이었다.

"크악!"

턱이 뭉개진 사내가 핏줄기를 토해내며 쓰러지고, 그의 어깨를 발로 디뎌 재차 도약을 한 도극성이 다음 상대를 향해 나뭇가지를 내리찍었다.

"크으으."

사내가 검을 들어 필사적으로 막았으나 애당초 내력 차이가 너무도 컸다.

공력을 감당하지 못한 사내의 발이 땅속으로 파고들더니 눈 깜짝할 사이에 허벅지까지 박혀 버렸다.

도극성은 하체가 땅에 박혀 옴짝달싹하지 못하는 상대의 가슴을 어깨로 들이받아 간단히 쓰러뜨린 뒤 잔뜩 공력을 끌어올리며 땅바닥을 힘차게 굴렀다.

순간, 그를 중심으로 땅거죽이 갈라지며 온갖 파편이 허공으로 치솟고 흙먼지가 일어 주변을 온통 황토 빛으로 물들였다.

"놈이 도망치려 한다! 놓치지 마랏!"

도극성이 흙먼지 속으로 모습을 감추자 당황한 장운이 황급히 소리쳤다.

그 말이 끝나기가 무섭게 도극성의 비웃음이 터져 나왔다.

"도망? 내가? 난 아무런 이유도 없이 남의 목숨을 원하는 놈들을 그냥 두고 도망칠 생각은 없다."

도극성은 한 치 앞도 보이지 않는 흙먼지 속에서 천천히 나뭇가지를 움직였다.

나뭇가지를 따라 조금씩 공기의 파동이 생겨났다.

우우우웅.

묵직한 공기의 떨림과 함께 흙먼지의 중심에서 맹렬한 회오리가 형성됐다.

회오리는 모두 아홉 개.

허공에 떠다니던 흙먼지와 나뭇잎, 자갈들이 그 회오리를 따라 회전을 하며 서서히 형상을 만들어내니 마치 아홉 마리의 흑룡이 서로를 물고 뜯으며 싸우는 모습이었다.

장운이 사태가 심상치 않다는 것을, 뭔가 잘못되었다는 것을 느꼈을 땐 상황은 걷잡을 수 없는 방향으로 흐르고 있었다.

"피햇!"

장운이 후퇴를 명하며 필사적으로 몸을 날렸다.

휘류류류류륭!

쿠쿠쿠쿠쿵!

엄청난 굉음과 함께 곧바로 터져 나오는 비명성.

고요했던 숲에 끔찍한 비명이 난무했다.

"으아악!"

"크헉!"

"도, 도망쳐라!"

회오리 속에서 간신히 몸을 뺀 장운은 수하들의 비명을 들으며 참담한 표정을 짓고 있었다.

"ㅇㅇㅇ."

장운과 더불어 겨우 공격을 피한 사내 둘 역시 공포에 질려 있었다.
 툭.
 그들 앞으로 회오리에 휩쓸렸던 사내들이 하나둘 떨어져 내리기 시작했다.
 무서운 기세로 주변을 쓸어가던 회오리는 이미 존재를 감췄다.
 회오리를 따라 미친 듯이 춤을 추던 흙먼지도 깨끗이 사라졌다.
 남은 것은 오직 흙먼지를 뒤집어쓰고 칠공에서 피를 흘리며 쓰러져 있는 자들뿐이었다.
 회오리의 영향권에 휘말렸던 자들 중 움직이는 사람은 아무도 없었다.
 희미하게나마 가슴 어귀가 들썩이는 것으로 보아 목숨을 잃은 것 같지는 않지만 걸레쪽으로 변해 버린 의복, 살갗을 파고든 흙먼지, 뒤틀린 팔다리 등 그 형상만큼은 방금 무덤에서 튀어나온 것처럼 끔찍했다.
 두 번도 없었다.
 단 한 번의 움직임, 나뭇가지가 일으킨 회오리에 무려 열세 명의 인원이 다시는 회복하기 힘들 것 같은 치명상을 당한 채 쓰러졌다.
 "ㅇㅇㅇㅇㅇㅇ."
 장운은 그 자리에 주저앉았다.

두 눈을 지그시 내리깔고 바라보는 도극성의 모습에서 그에게 함부로 덤비지 말라고 경고했던 담사월의 얼굴이 떠올랐다.

평생에 단 한 번 그의 말을 거역했다. 그리고 그 결과는 실로 참담했다.

'죄송합니다. 제가 어리석었습니다.'

장운은 자신의 판단 착오로 열 명도 훨씬 넘는 수하들, 아니, 함께 훈련을 받고 성장해 온 동료들을 잃었다는 자책감에 진저리를 쳤다.

바로 그때, 숲의 반대편에서 바람을 가르고 달려오는 사람이 있었다.

저 멀리 까만 점에 불과했던 그는 두 호흡이 끝나기도 전에 전장에 도착했다.

그가 담사월임을 알아본 장운이 온몸을 부르르 떨었다.

"다, 단주님……."

담사월은 그의 부름에 대답하지 않았다.

그의 두 눈은 오직 경계의 눈빛을 쏘아 보내는 도극성에게 향해 있었다.

"네놈이 나를 죽이라고 한 놈이냐?"

도극성이 물었다.

정황상 좋은 감정일 리는 없겠지만 자신을 쳐다보는 담사월의 눈빛이 이상하게 거슬려서 그런지 목소리가 유난히 까

칠했다.
"아니다."
"변명이냐?"
"아니. 난 그런 명령을 내리지 않았다. 내가 할 일을 수하들에게 떠넘기진 않아."
"내가 할 일이라… 원하긴 원했던 모양이군."
도극성의 입꼬리가 다시 치켜 올라갔다.
"개를 두들겨 패니 그 주인이 나온 셈인가?"
담사월의 눈빛이 매서워졌다.
"찢어진 주둥이라고 함부로 나불대지 마라."
"그러면 어쩔 건데?"
"돼지는 수가 있다."
그 말에 도극성이 피식 웃으며 비아냥거렸다.
"이미 시도했던 일 아냐? 물론 난 멀쩡하고."
"그럴까?"
말이 끝남과 동시에 담사월의 손이 움직였다.
"네놈이 자초한 거다."
빠르기가 가히 섬전과도 같아 손의 움직임은 그저 흐릿한 형체만 희미하게 남길 뿐이었다.
도극성의 손도 그의 움직임에 맞춰 흔들렸다.
도극성은 감히 천하제일이라 자부하는 취혼수의 위력을 믿어 의심치 않았다.

문제는 상대도 천하제일은 아닐지 몰라도 취혼수에 버금가는 무공을 지니고 있다는 것.

쉭쉭쉭.

공기를 가르는 파공성이 숲을 울렸다.

상체를 흔들고 어깨를 움찔거리는 것이 둘 사이에 치열한 공방이 벌어지고 있음이 틀림없었다. 한데 정작 손은 전혀 보이지 않았다.

칫.

날카로운 소리와 함께 도극성의 왼쪽 볼에서 혈선 하나가 모습을 드러냈다.

핏물이 점점이 배어 나와 턱에 이를 즈음 담사월의 목덜미에도 그와 같은 상처가 생겨났다.

그것은 시작에 불과했다.

거의 머리를 맞댈 정도로 가까이 붙어 있던 둘은 서로의 눈에 시선을 고정시키며 치열한 공방을 펼쳤다.

무기를 든 것도 아니고, 눈에 확 보일 정도로 큰 동작도 없었지만 살벌해도 보통 살벌한 것이 아니었다.

시간이 흐를수록 둘의 몸엔 무수히 많은 상처들이 생겨나기 시작했다.

그렇다고 살이 뭉텅뭉텅 잘려 나간다거나 피부가 쩍 갈라져 피가 솟구치는 그런 상처는 하나도 없었다. 그저 살짝살짝 의복을 찢고, 피부에 생채기를 내며 약간의 피를 보게 만드는 정도였다.

그것은 곧 둘의 실력이 도저히 우위를 가를 수 없을 정도로 박빙이라는 것을 의미하는 것이기도 했다.

번쩍!

꽈꽈꽝!

한줄기 낙뢰가 근처 소나무를 후려친 것은 둘의 집중력과 기세가 최고조에 올랐을 때였다.

쩌쩌쩌쩌쩍!

낙뢰에 맞은 소나무가 굉음과 함께 쓰러지기 시작했다.

한데 그 위치가 공교롭게도 도극성과 담사월의 머리 위였다.

싸움이 시작된 후, 지금까지 단 한 걸음도 물러섬 없이 오직 앞으로의 전진만을 생각했던 그들은 소나무가 그들을 막 덮치려는 절체절명의 순간까지 치열하게 공방을 벌인 다음에야 비로소 동시에 훌쩍 몸을 날렸다.

꽝!

장정 두어 명이 함께 안아야 할 정도로 커다란 소나무가 쓰러지자 주변이 마치 지진이라도 난 듯 요란하게 들썩였다.

소나무를 사이에 두고 도극성과 담사월이 서로를 노려보며 가쁜 숨을 몰아쉬고 있었다.

"주둥이만 살아 있는 줄 알았는데 제법이구나."

호화단과의 싸움에서 이미 도극성의 실력을 한눈에 알아

보았지만 설마하니 그토록 강할 줄은 전혀 몰랐던 담사월이 애써 놀라움을 감추며 말했다.

"너 역시. 말만 앞세우는 것은 아니군."

도극성이 간단히 대꾸했다.

하나 그의 놀람 역시 담사월 못지않았으니, 지금껏 실패를 모르던 취혼수가 그토록 무기력하게 차단당한 것은 사부를 제외하고 처음이었다.

둘 사이를 방해할 것은 아무것도 없었으나 싸움은 다시 벌어지지 않았다. 쓰러진 소나무를 사이에 두고 그저 서로를 노려볼 뿐이었다.

투투투투.

방금 전 떨어진 낙뢰가 전조였는지 하늘에서 천천히 비가 내리기 시작했다.

빗줄기는 곧 천하를 뒤덮을 정도로 기세 좋게 쏟아지며 폭우로 변했다.

'음.'

담사월의 표정이 살짝 어두워졌다.

도극성의 손에 치명상을 당한 수하들이 열 명도 넘었다. 아직까지 목숨을 잃은 사람은 없었지만 황산처럼 기후를 예측할 수 없는 큰 산에서의 폭우는 어쩌면 호랑이보다도 더욱 치명적인 것일 수 있었다. 장운 등이 필사적으로 돌보고는 있다지만 거센 빗줄기에 노출된 그들의 목숨은 그야말로 풍전등

화(風前燈火)였다.

　담사월이 수하들의 목숨을 걱정하고 있는 사이, 도극성은 도극성 나름대로 고민에 싸여 있었다.

　'결코 만만치 않은 싸움이다. 게다가 나머지 놈들까지 합세를 하면……'

　아직 시작도 하지 않았는데 생각만으로도 아찔했다.

　고수들, 특히 실력의 우위를 가늠할 수 없을 정도로 팽팽히 맞선 상황에선 소나무를 쓰러뜨린 낙뢰는 물론이고 떨어지는 나뭇잎, 스쳐 지나가는 바람, 콧잔등 위로 떨어지는 빗방울 등 사소한 것들 하나하나가 모두 치명적인 변수로 작용할 수가 있었다. 하물며 무공을 익힌 조력자라면 굳이 생각할 것도 없었다.

　또한 혹여 싸움에 이긴다 하더라도 상대의 실력을 감안하면 그야말로 만신창이가 되어 있을 것. 황산에서 중요한 일이 남아 있는 지금 큰 부상만큼은 반드시 피해야 했다.

　그렇게 서로의 실력에 기절할 만큼 놀라고, 또 싸움을 멈춰야 할 절대적인 이유가 있었지만 그들은 먼저 싸움을 멈추자고 말하지 못했다.

　어쭙잖은 자존심 때문은 아니었다.

　자존심보다 더욱 강한 무엇인가가 그들의 입을 틀어막고 있었으나 둘은 그것이 무엇인지 알지를 못했다.

　그렇게 얼마의 시간이 흘렀을까?

수하들을 살피는 장운의 다급한 몸짓에서 담사월은 더 이상 버틸 수가 없었다.

"꺼져라."

목소리가 떨리는 것을 넘어 사뭇 비장하기까지 한 것을 보면 자존심을 꺾어야 하는 지금의 상황이 무척이나 견디기 힘든 듯했다.

"……."

도극성은 아무런 대꾸도 하지 않았다. 그저 잠시 동안 상대를 바라보다 천천히 몸을 돌리는 것이 전부였다.

말투야 어찌 되었든 상대는 이미 자존심을 꺾은 상태였고, 괜스레 쓸데없는 말을 던져 꺼진 불씨를 살리고 싶은 마음은 전혀 없었다. 훗날은 몰라도 지금 당장은 절대 아니었다.

"내 이름은 담사월이다, 담사월. 오늘 일을… 기억해라."

담사월이 도극성의 등에 대고 나직이 말했으나 도극성의 귓가엔 천둥치는 소리보다 더 컸다.

발걸음을 멈추고 휙 고개를 돌린 도극성이 싸늘히 소리쳤다.

"나는 도극성이다. 그리고 너야말로 기억해라. 난 아직 네 놈들이 어째서 내 목숨을 노렸는지 듣지 못했다. 아울러 그에 대한 대가도 치르게 하지 못했고."

"기대하지. 그땐 지금처럼 끝나지 않을 것이다."

"나야말로."

도극성의 대답과 함께 둘의 대화는 끝이 났다.

그러나 진짜 싸움은 아직 시작도 하지 않았다는 것, 그리고 조만간 서로를 다시 만나게 되리라는 것을 그들은 본능적으로 느끼고 있었다.

第二十六章

독비신개(獨臂神丐)

"항복해라. 항복하면 목숨만은 살려주겠다."

한 사내가 소리쳤다.

그의 시선이 머물고 있는 곳에 눈을 감고 나뭇등걸에 기대어 휴식을 취하는 노인이 있었다.

봉두난발한 머리하며 너덜거리는 의복과 그것을 물들인 핏물, 쩍쩍 갈라진 상처에선 끊임없이 피가 흘러나와 빗물에 희석되었다.

"허허, 항복이라……. 여기서 항복을 할 것이라면 애당초 시작도 하지 않았다."

느닷없이 쏟아진 폭우로 인해 턱밑까지 밀려들었던 추격

에서 벗어나 다소간의 휴식을 취할 수 있었던 노인이 너털웃음을 흘리며 몸을 일으켰다.

　계속되는 도주와 추격으로 인해 육체는 한계에 이르렀으나 결연한 의지를 담고 있는 눈빛만큼은 결코 죽지 않았다.

　"고집을 피운다면 어쩔 수 없지."

　사내가 턱짓을 하자 노인을 향한 매서운 공격이 시작되었다.

　"죽어랏!"

　한 사내가 흉측하게 휘어진 사슬낫을 휘두르며 달려들고 좌우에서도 공격이 시작되었다.

　손도끼와 쇠몽둥이로 무장한 이들은 노인의 배후를 차단했다.

　휘류류륭.

　사슬낫이 섬뜩한 소리를 내며 목덜미로 날아들었다.

　노인이 왼발을 축으로 회전을 하며 사슬낫을 흘려보내고 동시에 급격히 몸을 틀며 좌우에서 밀려드는 공격을 피해냈다.

　그때, 흘려보냈다고 여긴 사슬낫이 급격히 당겨지며 노인의 어깨를 훑고 지나갔다.

　"음."

　노인의 입에서 짧은 신음이 흘러나왔다.

　평소라면 눈을 감고도 피할 수 있는 공격이었으나 온몸이 천근만근 무거워진 지금 몸의 반응이 의식을 따라오지 못했다. 하지만 그 부상으로 잠깐의 휴식으로 오히려 축 늘어졌던 감각이 되살아났다.

어깨에서부터 전해오는 고통을 곱씹으며 노인이 지그시 입술을 깨물었다.

'흐흐흐. 잘하고 있군.'

노인의 어깨에서 선혈이 솟구치자 공격 명령을 내린 사내, 자신의 휘하에 있는 수하 열둘을 데리고 천라지망에 참여한 하오문도 고융(高隆)은 수하들의 연수합격을 보며 한껏 들뜬 표정을 지었다.

노인을 잡기 위해 수백 명이 넘는 인원이 벌써 며칠 동안을 쫓았는지 모른다. 금방 잡힐 것이란 예상을 뒤집으며 노인은 겹겹이 둘러싼 포위망을 요리조리 피해가며 지금까지 버텨왔다.

그런데 바로 지금, 다른 누구도 아닌 자신의 손으로 노인을 포획할 수 있는 절호의 기회를 잡았다. 그야말로 최고의 기회. 노인을 잡기만 하면 앞으로의 인생은 탄탄대로를 걷게 될 것이었다.

그러나 그의 웃음은 오래가지 못했다.

노인이 자신을 무던히도 괴롭히던 사슬낫을 오히려 한쪽 팔로 휘감고 당기면서 악몽은 시작되었다.

사슬이 노인의 팔뚝을 정확히 찍을 때까지 사슬낫의 주인은 회심의 미소를 지었다.

사슬을 통해 전해오는 묵직한 감촉을 통해 낫이 어깨를 제대로 파고들었음을 느낀 것이다.

한데 바로 그 순간, 사슬이 갑자기 당겨지며 몸이 앞으로 확 쏠렸다. 중심을 잡으려고 했으나 한 번 흐트러진 중심을 바로잡기란 쉬운 일이 아니었다.

노인은 이미 그의 배후로 접근해 있었다.

"헛!"

당황한 사내가 급박한 외침을 토해냈고 그를 구하기 위해 동료들이 나섰지만 노인을 위협했던 사슬은 어느새 사내의 목을 휘감은 상태였다.

"끄끄끅!"

목에 감긴 사슬을 풀기 위해 발버둥 치던 사내는 그를 구하기 위해 필사적으로 공격을 퍼붓는 동료들을 여유있게 따돌리며 사슬에 더욱 힘을 가하는 노인의 완력을 감당하지 못하고 곧 혀를 길게 빼더니 몸을 축 늘어뜨렸다.

사내가 절명한 것을 확인한 노인이 그제야 움켜쥐었던 사슬을 늘어뜨렸다. 주인의 목을 감았다가 스르륵 풀리는 사슬낫의 끝엔 방금 전까지 멀쩡했던 노인의 팔 하나가 매달려 있었다.

"빌어먹을!"

그제야 노인의 팔 하나가 의수(義手)라는 것을 상기한 고용이 이를 북북 갈았다.

"죽여랏! 당장 죽여!"

노할 대로 노한 고융의 외침과 더불어 또다시 공격이 시작되었다.

무심한 표정으로 떨어져 나간 팔을 보던 노인이 가볍게 숨을 들이켜면서 축 늘어뜨렸던 사슬을 움직이기 시작했다.

휘류류릉.

예리한 파공성을 내며 회전을 한 사슬낫이 노인의 의지에 따라 춤을 추기 시작했다.

따땅!

요란한 금속성과 함께 노인을 공격하던 이들의 무기가 허공으로 치솟았다.

이빨 빠진 호랑이라도 호랑이는 호랑이.

고융이나 그를 따르는 수하 정도로는 애당초 노인의 상대가 될 수 없었다.

"으으으."

노인이 사슬낫을 휘두를 때마다 쓰러지는 수하들을 보며 고융은 어찌할 바를 몰랐다. 조금 전의 자신감은 어느새 사라지고 흔들리는 눈동자엔 공포가 어른거렸다.

"크악!"

단말마의 비명과 함께 노인의 배후를 차단했던 사내들이 목을 부여잡고 쓰러졌다.

노인이 공격을 멈추고 몸을 돌렸다.

아직 주변엔 여섯 명의 인원이 남아 있었지만 누구 하나 움직이질 못했다.

"고, 공격을……."

떨리는 음성으로 명령을 내리려던 고융은 슬쩍 고개를 돌려 바라보는 노인의 무심한 눈빛에 필사적으로 입을 틀어막았다.

노인이 고융을 향해 사슬낫을 던졌다.

거의 일 장에 이르는 사슬낫이 마치 창과 같이 일자로 쭉 펴지며 고융의 목덜미를 스쳐 지나가 뒤편의 나무에 박혔다.

털썩.

고융이 공포를 이기지 못하고 주저앉자 노인이 착 가라앉은 음성으로 말했다.

"지금은 적인지 모르나 그래도 한때는 본 방과 같은 길을 가던 곳. 더 이상은 나서지 마라."

고융과 수하들에게 충고와 더불어 경고를 남긴 노인이 어둠 속으로 모습을 감추고도 죽음의 위기에서 간신히 벗어난 이들은 한동안 움직이질 못했다.

그러기를 얼마간, 어느 정도 충격에서 벗어난 고융이 다시는 오지 않을 기회를 코앞에서 힘없이 날렸다는 것을 안타까워하며 수하들의 주검을 수습하라 명을 내리려 할 때, 일단의 무리들이 그들 앞에 나타났다.

갑자기 나타난 이들로 인해 잔뜩 긴장했던 고융은 그들을 안내하는 이들이 같은 하오문도인 것을 알고는 안도의 한숨을 내쉬었다.

"놈은 어디로 갔느냐?"

우두머리인 듯한 사내가 물었다.

질문을 던지면서도 시선은 주변에 흩어져 있는 주검과 그들이 흘린 피를 살피고 있었다. 물론 계속해서 쏟아지는 폭우로 인해 대부분의 피가 씻겨 나갔지만 흔적은 곳곳에 남아 있었다.

다짜고짜 던지는 질문, 그자의 반말 투가 거슬릴 만도 했지만 고융은 납작 엎드리다시피 하며 대답했다.

"도, 동쪽으로 갔습니다. 필사적으로 막았지만 늙은이의 무공이 너무 강해… 큭!"

고융은 미처 말을 끝내지도 못하고 짧은 비명과 함께 천천히 무너져 내렸다.

자신에게 대체 어떤 일이 벌어진 것인지 이해하지 못하겠다는 표정을 짓고 있는 고융의 목 언저리에 혈선이 드러난 것은 그의 몸이 차가운 바닥과 나란히 눕게 된 다음이었다.

"네놈의 임무는 그를 쓰러뜨리는 것이 아니라 발견 즉시 알리는 것이었다."

차갑게 말을 내뱉은 사내가 빙글 몸을 돌렸다.

"네놈들도 여기 남아라. 더 이상은 필요없다."

길잡이 역할을 하던 이들에게 손짓을 한 사내가 뒤를 돌아보며 말했다.
 "폭우가 놈의 방패막이 되고 있지만 어쨌건 사정권이다. 무슨 일이 있어도 쇄혼령보다 먼저 놈을 잡는다. 가자."
 그를 따르는 수하들에게 내리는 명령이자 스스로에게 하는 다짐과 함께 고융이 가리킨 방향으로 몸을 움직이는 사내는 숙살이대 대주 마정편(馬征鞭)이었다.

 *   *   *

 날이 밝고 비가 멈췄음을 확인한 도극성이 가부좌를 풀었다.
 밤새 타오르던 불길은 어느새 사그라들었고, 불길 옆에 놓아두었던 젖은 옷은 바싹 말라 있었다.
 봇짐과 옷가지 등을 주섬주섬 챙기며 떠날 준비를 하던 도극성은 문득 황산추가를 떠날 때 검후가 건네주었던 물건을 떠올리며 봇짐을 풀었다.
 손바닥보다 조금 큰 첩지는 검후가 백인비무의 상대에게 건네는 비무첩이었다.
 "백 번째 상대라……."
 도극성이 피식 웃음을 터뜨렸다.
 영광(?)스럽게도 자신은 백인비무의 마지막 상대로 지목되었고 그 역시 거절하지 않았다. 그날이 언제가 될지 모르지만 기쁜 마음으로 기다릴 생각이었다. 어쩌면 사부가 그토록 원했던 팔룡전설을 깨뜨리는 시작점이 될지도 모르는 일이었다.

"솔직히 자신이 없기는 한데……."

황산추가에서 보여줬던 검후의 압도적인 무위를 떠올리며 고개를 설레설레 저었다. 하지만 입가에 머금은 미소에서 말처럼 자신없어하는 것 같지는 않아 보였다.

"아우우우."

동굴을 벗어난 도극성이 한껏 기지개를 켰다.

평상시에도 운무(雲霧)가 잦은 황산은 밤새 내린 폭우의 영향인지 그 어느 날보다 짙은 안개에 뒤덮여 있었다.

쿠쿠쿵!

안개를 뚫고 울리는 거대한 소리가 있었다.

아홉 굽이를 돌아 떨어지는 그 웅장함이 가히 따를 것이 없다 하여 황산 최고의 폭포로 일컬어지는 구룡폭포(九龍瀑布).

구룡폭포에서 쏟아진 물은 계곡을 휘감고 돌며 하나의 물길을 만들었는데, 포룡탄(捕龍灘)이라 이름 붙은 그 물길은 들짐승은 물론이고 나는 새, 심지어 승천하는 용마저 떨어뜨려 제물로 삼아버린다는 전설이 있을 만큼 무시무시했다.

물길을 건너야 했던 도극성이 다소 난감해하던 찰나, 운무

사이로 희미하게 포룡탄을 가로지르는 거대한 나무가 눈에 띄었다. 곳곳이 시꺼멓게 탄 자국이 있는 것을 보면 아마도 지난밤에 벼락에 맞아 쓰러진 듯했다.

반색을 한 도극성이 나무 위로 올랐다.

쿠쿠쿠쿠쿠쿵!!

중간 지점에 오르자 떨어져 내리는 폭포수가 뿜어내는 소리가 어마어마했다.

"후! 장난 아닌데?"

도극성의 입에서 절로 탄성이 터져 나왔다.

비를 피하는 것에 급급해 지난밤에는 미처 살필 수가 없었지만 밤새 내린 폭우로 인해 한껏 불어난 폭포수가 운무를 뚫고 떨어져 내리는 모습, 넘실거리는 거센 물살, 비가 멈춘 뒤 피어오른 운무의 흥취는 그야말로 환상적이었다.

그 위용에 압도당한 도극성은 아예 나무 위에 걸터앉아 한참 동안이나 구룡폭포를 감상했다.

그렇게 얼마간의 시간이 흐른 뒤 도극성은 아쉬움을 뒤로 한 채 걸음을 옮겼다.

"조금은 서두르는 것이 좋겠군."

안개라는 돌발 변수를 만난 도극성은 행여나 늦을까 영운설에게 전해 들은 약속 장소를 향해 빠르게 걸음을 놀렸다.

"어느 쪽이지? 이쪽인가? 아니면… 응?"

갈림길을 앞둔 상황에서 안개 속, 저 멀리에서 접근하는 인기척을 감지한 도극성이 슬며시 몸을 숨겼다.

잠시 후, 안개를 뚫고 일단의 무리들이 모습을 보였다.

'왔군.'

그들이 항주에서 헤어진 일행이라는 것을 확인한 도극성은 최대한 기척을 숨기며 보다 면밀히 그들을 살폈다.

인원은 약 이십. 하지만 영운설이나 무광은 보이지 않았다. 허리춤에 각기 다른 매듭을 매달았고, 무리 맨 뒤에서 유운개가 등장했다는 것은 그들 대부분이 개방의 제자들임을 의미했다.

"서둘러라. 또한 조심해야 할 것이다. 천지사방에 적이 깔려 있음을 기억해라."

언제 들어도 거슬리는 음성과 함께 유운개가 수하들을 독려하며 지나가자 도극성은 잠시 고민에 빠졌다.

가장 짜증나면서 적대적인 인물. 그러나 고민은 잠시였다.

그들과 행동을 같이하는 것이 가장 효과적임을 생각한 도극성은 은밀히 그들의 뒤를 따르기로 결정하였다.

'젠장, 하필이면……'

그래도 마음에 들지 않는지 인상을 찌푸린 도극성이 은신을 풀고 막 걸음을 옮기려는 찰나, 또 다른 무리의 기척이 느껴졌다.

도극성이 황급히 몸을 숨기고 몇 호흡이 지나지 않아 한 무리의 인원이 모습을 드러냈다.

감찰단주 섭총과 그의 수행원들이었다.

'흠.'

도극성은 선두에 선 중년인의 모습에서 실로 무시무시한 기운을 느끼며 행여나 자신이 숨어 있다는 것을 들킬까 봐 최대한 조심했다.

"어느 쪽이냐?"

"좌측입니다."

"숙살단은?"

"반대편 골짜기에 있습니다."

"망할 놈들. 지휘권이 내게 있다는 것을 뻔히 알면서도 독자적으로 움직이다니. 아무튼 놈들보다 앞섰다니 다행이다. 앞장서라."

감찰단주 섭총이 서둘러 자리를 뜨자 도극성은 또다시 갈등하지 않을 수 없었다.

유운개 일행은 우측으로 길을 잡았고, 섭총은 좌측으로 길을 잡았다. 약속 장소로 가려면 당연히 유운개 일행을 따라 움직여야 했지만 좌측으로 움직인 이들의 행보가 영 마음에 걸렸다. 정확히 내용을 파악한 것은 아니나 그들의 대화를 곰곰이 곱씹어보면 분명 누군가를 추격하고 있음을 느낄 수 있었다.

문제는 그 목표가 독비신개일 가능성이 너무 높다는 것.

갈림길에서 잠시 동안 갈등을 하던 도극성이 섭총이 사라진 좌측 길로 발걸음을 돌렸다. 독비신개가 적에게 잡히면 약속이고 뭐고 아무런 의미가 없다고 판단한 것이었다.

"크헉!"

격한 신음과 함께 노인이 피를 토하며 쓰러졌다.

그동안 얼마나 많은 고생을 했는지 더 이상 인간의 모습이라고 상상할 수 없을 정도로 초췌해진 모습의 노인, 독비신개는 쇄혼령주 적혈의 공격에 가슴을 강타당한 뒤 무려 삼 장이나 날아가 처박혔다.

포위를 하고 있던 수하 하나가 칼을 빼 들며 그에게 접근하자 적혈이 소리쳤다.

"멈춰라! 지금 단주님께서 오고 계신다. 놈의 처리는 단주님께 맡길 것이다."

간단히 명을 내린 적혈이 조그만 바위에 걸터앉자 나머지 쇄혼령은 그래도 혹시 모를 일에 대비해 독비신개의 주변을 에워쌌다.

독비신개는 쇄혼령이 움직이지 않자 겨우 몸을 일으켜 앉아 운공을 했다.

그 모습을 본 적혈은 콧방귀를 뀌며 살짝 눈을 감을 뿐 아무런 조치를 취하지 않았다.

눈에 보이지 않았다면 모를까 이미 손에 쥔 물건이나 다름

없는 터, 아무리 용을 쓰고 발버둥을 쳐도 놓치지 않는다는 절대적인 자신감이었다.

잠시 눈을 감고 앉아 있던 적혈이 번쩍 눈을 뜨며 바위에서 일어나 옷깃을 여몄다. 그사이 섭총이 모습을 보였다.

"오셨습니까?"

적혈 이하 쇄혼령의 허리가 일제히 꺾였다.

"오냐."

고개를 끄덕인 섭총이 한창 운공 중인 독비신개를 보며 싸늘한 웃음을 지었다.

"늙은이, 뒈지지 않으려고 필사적이군. 명부는 회수했느냐?"

"아직 못했습니다."

적혈의 대답에 살짝 인상을 찌푸리던 섭총은 그래도 독비신개를 잡았다는 만족감에 고개를 끄덕였다.

"애썼다."

"당연히 해야 할 일입니다."

그사이 필사적인 운공으로 뒤틀릴 대로 뒤틀린 기혈을 간신히 진정시킨 독비신개가 운공을 끝내고 천천히 일어났다.

그에게 다가간 섭총이 다짜고짜 손을 내밀었다.

"내놔라."

"……"

독비신개가 침묵을 지키자 섭총의 눈썹이 하늘로 치켜 올라갔다.

"어차피 네놈은 명부와 상관없이 이 자리에서 죽는다. 다만, 어찌 죽느냐는 네놈에게 달려 있다. 명부를 내놓으면 편히 죽을 것이요, 그렇지 않으면 죽음보다 더한 고통을……."

"싸가지없는 놈이로고."

"뭣이!"

"내가 지금은 이 꼴이 되었지만 명색이 개방의 방주였다. 아무리 적이지만 그래도 예의라는 것이 있는 법이니라."

"닥쳐라! 개방의 방주? 웃기지도 않는군. 네놈은 지난 사년간 하오문도였다. 난 지금 네놈을 개방의 방주가 아닌 하오문을 배반한 배반자로서 대우하는 것이다. 예의? 가당치도 않는 소리지. 당장 명부나 내놓거라."

"허허, 명부라니? 뭔 소린지 모르겠군."

"시치미 떼지 마라."

"시치미가 아니라… 큭!"

말을 하던 독비신개가 짧은 비명과 함께 몸을 휘청거렸다.

"더 이상의 말장난은 용납하지 않겠다."

"후~ 훌… 륭한 격공장(隔功掌)이로군."

어깨만 살짝 들썩인 것임에도 어깻죽지에 날아와 박힌 강력한 장력에 침을 꿀꺽 삼킨 독비신개의 눈빛이 점점 흐려지기 시작했다.

'여기까지인가? 약속 장소가 코앞이거늘.'

독비신개는 구중천의 실체와 그들이 꾸미고 있는 거대한 음모를 밝히지 못하는 것이 그렇게 안타까울 수가 없었다.

'이들이 이처럼 대규모로 움직이는 동안 다들 뭘 하고 있단 말인가?'

안타까움을 넘어 화까지 났다. 목숨 따위가 아까워서 그런 것이 아니었다. 구중천으로 인해 앞으로 얼마나 많은 이들이 피를 흘리며 쓰러질지 모르는데 새롭게 만들어졌다는 대정련이 제대로 대처를 하지 못한다고 여긴 것이다.

바로 그때였다.

독비신개에게 한줄기 전음이 날아들었다.

[포기하지 마십시오.]

'왔구나!'

독비신개의 눈동자가 급격히 흔들렸다. 하지만 그것을 섭총에게 들킬 정도로 그는 어리석지 않았다.

[놈들의 이목을 끌어주십시오. 어떻게든 어르신을 구할 방법을 찾아보겠습니다.]

독비신개는 섭총 등이 눈치 채지 못하게 주의하며 주변을 살폈다. 그 어떤 기척도 느껴지지 않았다. 그게 더 좋았다. 자신이 지원군의 존재를 눈치 챌 정도면 적도 그럴 가능성이 있는 터, 저토록 완벽하게 존재를 감추고 있다는 것은 자신을 돕기 위해 도착한 이들이 하나같이 고수라는 것을 의미했다.

'몇 명이나 온 것일까? 다섯? 아니면 열? 이놈들 보통 고수

들이 아닌데…….'
 지원군을 믿으면서도 이미 쇄혼령이 어느 정도의 고수들인지 알고 있던 독비신개는 불안감을 감추지 못했다. 그러나 중요한 것은 절체절명의 순간에 지원군이 도착을 했다는 것이고, 사라졌던 희망이 되살아났다는 것이었다.
 "명부라 했느냐?"
 독비신개의 말에 섭총이 씨익 미소 지었다.
 "이제야 말귀를 알아듣는군. 그렇다. 명부다. 그것만 넘겨주면 편안한 죽음을 약속하겠다."
 "약속은……."
 "틀림없이 지킨다."
 섭총이 짜증 섞인 목소리로 소리쳤다.
 그동안 독비신개로 인해 얼마나 많은 수모를 겪고 고생을 했던가!
 당장에라도 때려죽인 뒤 품을 뒤져 명부를 찾고 싶은 마음이 굴뚝같았으나 행동으로 옮기지 못하는 것은 만약에라도 독비신개의 품에 명부가 없을 경우 실로 난처한 지경에 처할 수 있기 때문이었다.
 "후~ 어쩔 수 없군."
 체념의 표정을 지은 독비신개가 천천히 품속을 뒤졌다. 혹여나 다른 마음을 품을까 걱정한 쇄혼령이 바싹 긴장한 자세로 독비신개의 일거수일투족을 살폈다.

"원한다면 가져가라."

독비신개가 품에서 꺼낸 조그만 책을 휙 던졌다.

섭총의 곁에 선 적혈이 몸을 움직여 책을 낚아채더니 아무런 이상도 없음을 확인한 뒤에야 섭총에게 책을 건넸다.

"올바른 판단이……."

만족한 미소를 짓던 섭총의 얼굴이 책장을 넘기는 순간 갑자기 싸늘하게 일그러졌다.

"지… 금 나랑 장난을 하자는 것이냐!"

그러자 독비신개가 도리어 정색을 하며 되물었다.

"명부를 원하지 않았느냐?"

"누가 이딴 책을……."

섭총이 독비신개에게 책을 집어 던졌다.

책에 담긴 무지막지한 기운을 감당하지 못한 독비신개가 책을 받아 들곤 한참을 비틀거렸다.

"명부를 원한다고 하길래 건넸을 뿐이다. 한데 이것이 아닌 모양이구나. 흠, 하긴 조금 이상하기는 했다. 명색이 구중천의 감찰단주께서 천한 기녀들의 명단을 요구하는 것이 말이다."

고개를 갸웃거리며 묘한 웃음을 짓는 독비신개를 보며 섭총의 분노가 하늘을 찔렀다.

"당장 쳐 죽이고 말겠다."

독비신개는 그런 섭총의 반응에도 아랑곳하지 않고 품을

뒤져 몇 권의 소책자를 더 꺼냈다.

"다른 것을 원하면 더 주마. 몇 개 더 있으니 말이다."

독비신개가 손에 든 책자를 주변에 휙 뿌렸다.

적혈이 황급히 고갯짓을 하자 수하 몇이 책자를 낚아채기 위해 분분히 몸을 날렸다.

"크하하하! 다들 급했구나, 급했어."

뭐가 그리 재밌는지 독비신개가 배를 잡고 뒹굴었다.

그 웃음이 어찌나 큰지 온 산을 쩌렁쩌렁 울리게 할 정도였다.

하지만 장난스럽게 외치는 그 웃음이야말로 독비신개가 한 줌 남은 내력을 쥐어짜 필사적으로 외쳐 대는 것이니, 어딘가에 은신하고 있을 지원군의 기척을 감추기 위한 그만의 눈물겨운 노력이었다.

독비신개의 의도대로 지원군은 움직였다. 물론 그가 생각하는 숫자가 아니라 단 한 명에 불과했지만.

'최대한 빨리 친다.'

섭총의 뒤를 밟아 위기에 빠진 독비신개를 만나게 된 도극성은 조심스레 품을 뒤졌다.

싸늘한 감촉이 느껴졌다.

칠채나녀상을 검각에 돌려준 뒤 소무백이 각 문파에서 강탈해 온 물건 중 유일하게 남은 물건이었다.

금성비도(金星飛刀)!

한때 암기로써 사천당가와 어깨를 나란히 했던 천풍문(天風門)의 보물.

손바닥보다 조금 작은 크기의 금성비도는 천풍문이 사도천과의 치열했던 싸움에서 패해 몰락한 뒤 흔적도 없이 사라져 주인에게 돌려줄려야 돌려줄 수가 없는 물건이었다.

웬만한 호신강기는 그야말로 문풍지 찢듯 찢어발기는 위력을 지닌 데다가 손잡이에 각기 바람 소리를 내는 독특한 장치가 있어 몇 개를 동시에 날릴 경우엔 요란한 휘파람 소리로 인해 비도는 물론이고 시전자의 위치를 완벽하게 숨기는 묘용도 있었다.

물론 도극성은 그런 묘용을 알지는 못했다. 그저 안개에 몸을 숨기고 한꺼번에 많은 이들을 기습하기에 적당한 무기라 생각하여 꺼내 든 것이었다.

'돌려주지 못한 것을 다행으로 여겨야 하나.'

쓴웃음을 지은 도극성이 금성비도 열두 자루 중 여섯 자루를 양손에 꽉 움켜쥐며 삼원무극신공을 일으킬 수 있는 최대한도로 끌어올렸다.

적의 숫자는 이십 이상.

목표는 그중 실로 예사롭지 않은 기운을 뿜어내는 이들 중 일부였다.

쉭!

도극성의 팔이 교차하면서 짧게 끊기는 파공음이 들리고

손가락 사이에 꼈던 금성비도 여섯 자루가 각기 목표를 향해 요란한 소리를 토해내며 움직이기 시작했다.
삐이이잇!
취리리릿!
짙은 안개를 뚫고 사방으로 퍼지는 소리에 독비신개의 아랫배를 걷어차며 씩씩대던 섭총은 물론이고 적혈의 안색마저 확 변했다.
동시에 터져 나오는 경고음.
"적이다!"
"조심해랏!"
하지만 쇄혼령치고 고수 아닌 이들이 없었다. 섭총을 수행하고 따라온 이들이 우왕좌왕하는 사이 쇄혼령은 벌써부터 적의 공격에 완벽한 대응의 자세를 취했다. 하나, 그들을 노리는 것은 사람이 아닌 손바닥보다도 작은 비도. 최초의 희생자는 독비신개가 던졌던 책자를 가장 먼저 낚아챈 자였다.
"컥!"
손에 들린 책은 이미 바닥으로 떨어졌다.
그는 자신의 목에 깊숙이 박힌 비도를 부여잡고 두 눈을 희번덕거리며 힘없이 주저앉았다.
챙!
바로 옆에서 충돌음이 일어났다.

간신히 비도를 막아낸 사내가 비틀거렸다.

목을 노렸던 비도가 어깨에 박혔지만 그는 신음 소리 하나 흘리지 않고 이어질 공격에 대비해 두 눈을 부릅뜨고 주변을 살폈다.

"우절."

적혈이 수하들의 이름을 부르기 시작했다.

"넷!"

"초평."

"넷!"

"귀견."

대답이 없었다.

적혈의 부름에 대답을 한 이는 정확히 여섯 명뿐이었다.

"빌어먹을."

적혈은 입술을 질끈 깨물었다.

단 한 번의 공격에 세 명의 대원이 목숨을 잃었다.

그들 개개인의 강함을 알기에, 어지간한 고수와 상대해도 결코 밀리지 않는 최강의 수하들임을 자부했던 적혈은 눈 깜짝할 사이에 벌어진 참상에 화보다는 대체 어떤 고수가 그처럼 날카로운 공격을 퍼부을 수 있는지 궁금하기 짝이 없었다. 그러나 아무리 살펴도 보이는 것은 오직 안개와 수하들의 모습뿐, 그 어디에도 적의 모습은 없었다.

그때 또다시 요란한 파공음이 주변을 휘감기 시작했다.

피이이이잇!

휘이이이잇!

"조심해랏!"

적혈이 경고와 함께 암습자의 기척을 알아채기 위해 온 힘을 쏟고, 이미 첫 번째 공격에서 막대한 피해를 입은 쇄혼령은 잔뜩 긴장한 표정으로 주변을 살폈다.

따당!

땅! 땅!

연거푸 들려오는 금속성.

한 번 당한 수법에 다시 당하지 않겠다는 듯 쇄혼령은 그들을 노리는 대부분의 비도를 완벽하게 막아냈다. 더러는 부상을 당하기도 했지만 목숨을 잃은 사람은 단 한 명도 없었다. 안개에 몸을 숨긴 도극성이 직접 움직이기 전까지는.

쉭!

비도가 움직일 때 나는 파공성과는 비교도 되지 않을 정도로 미세한 소리와 함께 자신의 팔뚝에 박힌 비도를 빼내던 한 쇄혼령 대원의 눈이 부릅떠졌다.

어느샌가 나타난 도극성이 한쪽 손으론 그의 입을 틀어막고 다른 한쪽 손으론 목을 틀어쥔 것이다.

공포에 물든 사내가 비명과 함께 몸부림을 치려 했으나 비명은 그저 목 언저리에서 머물 뿐이고, 몸부림 또한 허리를 몇 번 퉁기는 정도에 불과했다. 한 호흡을 삼키기도 전에 그는 숨통이 끊겨 절명하고 말았다.

도극성은 축 늘어지는 사내의 몸을 땅에 누이며 조심스레 호흡을 가다듬었다.

'앞으로 다섯.'

자신에게 위협이 될 수 있는 자들의 숫자였다.

처음 비도로 공격을 하여 세 명을, 그리고 두 번째 공격으로 시선을 끌고 자신이 직접 움직여 목숨을 끊어버린 숫자 역시 셋이었다.

하지만 더 이상 암습은 통하지 않는다는 것을 도극성은 알고 있었다. 다른 방법을 찾아야 했다.

도극성은 방금 전 목숨을 빼앗은 자의 검을 집어 들었다.

그가 검을 집자마자 전후좌우에서 이글거리는 살기를 뿜어내는 쇄혼령이 접근했다.

"네놈이냐?"

적혈이 폭발할 듯한 분노를 억지로 짓누르며 물었다.

도극성은 대답을 하지 않고 주변을 살폈다. 빠져나갈 공간은 완벽하게 차단당한 상태였다.

"네놈이 한 짓이냐고 물었다."

"굳이 대답을 할 필요는 없을 것 같은데."

도극성이 쇄혼령의 상징이 그려져 있는 검을 흔들며 말했다.

"네놈은 누구냐?"

"나? 내가 누구냐 하면 말이지······."

말끝을 흐리던 도극성이 들고 있던 검을 땅바닥에 푹 박으며 소리쳤다.

"이런 사람이지!"

모두의 시선이 그에게 향하는 순간, 도극성은 땅에 박았던 검을 튕겨 주변으로 흙먼지를 뿌리더니 한 발 물러나는 적을 향해 검을 집어 던졌다. 동시에 검과는 반대 방향으로 몸을 날리면서 시전할 때마다 우레와 같은 굉음이 울린다는 풍뢰신장을 펼쳤다.

"건방진!"

섭총은 다른 누구도 아닌 자신을 향해 돌진하는 도극성을 보며 힘차게 주먹을 내질렀다. 구중천주에게까지 인정을 받았다는 파황진천권(破荒震天拳)이었다.

팔의 회전을 따라, 주먹의 진행 방향을 따라 엄청난 진기가 폭풍처럼 휘몰아쳤다.

꽈꽝!

풍뢰신장과 파황진천권이 허공에서 부딪치며 굉음을 만들어냈다. 그 파장이 하늘로 치솟아 퍼지니 잠시나마 주변의 안개마저 활짝 갤 정도였다.

도극성이 끊어진 연처럼 튕겨져 물러났다.

섭총의 무공을 익히 알고, 파황진천권이 어떤 위력을 지녔는지 너무도 잘 알고 있던 쇄혼령은 당연한 결과라는 듯 고개를 끄덕였다. 입가에 미소를 짓는 이들도 있었다. 그러나 정작 부딪쳤던 섭총과 적혈은 뭔가 이상하다는 표정을 짓고 있었다.

'가볍다.'

섭총은 팔에 전해오는 충격이 너무 가볍다는 것을 이상하게 생각했다. 자신에게 덤비는 적을 가소롭다 생각은 했으나 그의 실력까지도 가소롭게 생각한 것은 아니었다. 그랬기에 자신이 지닌 최고의 절기로 맞섰는데 상대는 너무도 쉽게 물러났다. 마치 공격을 하지 않고 피한 것처럼.

'아차!'

머릿속을 탁 치는 뭔가가 있었다.

'독비신개!'

섭총과 적혈이 동시에 외쳤다.

"놈을 막앗!"

하나, 도극성은 어느새 독비신개의 코앞까지 접근해 있었다.

"죽어랏!"

도극성의 길을 막아선 쇄혼령의 한 대원이 검을 휘둘렀다.

그 순간, 엄청난 속도로 접근하던 도극성의 신형이 환상적으로 흔들리며 몇 개의 잔상을 만들어냈다.

모두를 공격할 수 없는 상황. 하나의 잔상을 선택해야 했다.

사내의 얼굴에 다급함이 묻어났다.

평소라면 모를까, 지금은 침착하게 대처할 여유가 없었다.

검이 움직였다.

검은 그의 좌측을 파고드는 잔상을 향해 찔러 들어갔다.

검은 허무하게 허공을 가르고 말았다.

당황한 사내가 황급히 검을 들어 다른 잔상을 노려봤지만 몇 번을 공격해도 연기처럼 사라질 뿐 진짜는 없었다.

진짜 도극성은 어느새 그의 머리를 뛰어넘어 저 멀리 벗어난 상태였다.

"막아!"

"놓쳐선 안 돼!"

섭총과 적혈의 안타까운 외침을 뒤로하고 도극성은 기절해 쓰러져 있는 독비신개의 팔을 낚아채 바람과 같이 내달리기 시작했다.

섭총과 적혈 등이 필사적으로 뒤쫓았지만 바람을 희롱하고, 섬전을 능가한다는 능광신법(凌光身法)을 따라잡을 수는 없었다. 게다가 탈출을 감행할 당시 도극성이 뿌린 마지막 금성비도가 제 역할을 톡톡히 해낸 데다가 온 산을 뒤덮고 있는 짙은 운무는 탈출하는 이들에겐 더없이 훌륭한 조력자였다.

第二十七章
분신혈화(焚身血花)

비취곡(翡翠谷).

영운설이 그곳에 도착한 것은 정오가 조금 못 미친 시각이었다.

원래는 네 갈래로 흩어져 움직인 대정련의 모든 인원이 모여야 했지만 개방으로부터 황산에 정체를 알 수 없는 무리들이 곳곳에서 모습을 드러내고 있다는 보고를 받은 영운설은 독비신개의 탈출을 돕고자 무광이 이끄는 소림사의 제자들과 유운개가 이끄는 개방의 제자들, 그리고 뒤늦게 합류했지만 수적으로 가장 많은, 무당파의 장로 운창(雲窓)이 대정련의 호법 자격으로 이끄는 병력들을 독비신개의 예상

도주로로 급파하였다. 다행히 아직까지 큰 충돌은 보고되지 않았지만 언제 어디서 어떤 싸움이 벌어질지 모르는 초긴장의 상태였다.

약속 시간이 다 되었으나 예상대로 독비신개는 모습을 드러내지 않았다.

초조히 독비신개를 기다리던 영운설이 한숨을 내쉬었다.

"쉽지 않은 모양이네요."

양도선이 어두운 표정으로 고개를 끄덕였다.

"아무래도 그렇겠지. 그만한 거대한 세력을 가지고도 아직까지 정체가 드러나지 않았다는 것은 자신들의 비밀을 지키기 위해 필사적으로 애썼다는 것. 쉽게 빠져나올 수는 없을 것이다. 한데 그자들의 정체는 파악되었다더냐?"

"아니요. 하오문의 움직임을 감지했다는 것 이외에는 아직 별다른 말이 없어요."

"개방에선……."

"그들도 아직이에요. 하지만 하오문이 나타났다는 것은 곧 구중천이 모습을 드러냈다는 것을 의미하는 것이겠지요."

"그렇구나."

"걱정이에요. 독비신개께서 무사하셔야 할 텐데 말이에요."

한쪽 손으로 턱을 괴고 앉는 영운설의 얼굴에 진하디진한 그늘이 내려앉았다.

*　　　*　　　*

"하아! 하아!"

독비신개를 업고 있는 도극성의 입에서 무척이나 거친 숨결이 흘러나왔다.

쇄혼령의 손에서 독비신개를 구한 뒤 추격자들을 따돌리기 위해 쉬지 않고 얼마를 내달렸는지도 몰랐다. 대여섯 개의 봉우리를 넘고 그만큼의 골짜기를 지났다.

그즈음에서 짐승의 거처로 보이는 동굴을 만난 것은 실로 행운이 아닐 수 없었다.

머물고 있는 짐승이 있다면 내쫓고서라도 차지해야 할 만큼 다급했던 도극성은 동굴에 아무 짐승도 살고 있지 않자 안도의 숨을 내쉬었다.

급한 대로 옷을 벗어 바닥에 깔고 독비신개를 눕힌 뒤, 죽은 듯 아무런 움직임도 없는 독비신개의 상처를 살피기 시작했다.

"난리도 아니군."

맥을 짚던 도극성은 원래의 흐름을 이탈해 완전히 제멋대로 놀고 있는 진기를 느끼며 혀를 내둘렀다. 게다가 그 진기마저 급격하게 기운을 잃고 있는 것이 잘못하다간 기운 자체가 완전히 꺼질 수도 있었다.

다급해진 도극성이 누워 있는 독비신개의 상체를 억지로 일으키더니 그의 등 뒤로 돌아가 앉았다.

의식을 잃은 독비신개의 몸이 자꾸만 힘을 잃고 무너져 내렸지만 도극성이 그의 명문혈에 손을 갖다 댄 순간부터 놀랍게도 그의 몸이 스스로 힘을 받아 중심을 잡았다.

도극성의 손에서 흘러나온 진기는 거센 반발 속에서도 독비신개의 내부로 천천히 밀고 들어가 방향을 잃고 마구 요동치는 진기를 부드럽게 진정시키며 조금씩 올바른 방향으로 유도하기 시작했다.

도극성의 이마에 땀이 송골송골 맺히고 입술이 파리해졌다.

그건 곧 독비신개를 살리기 위해 그만큼 막대한 내력을 쏟아붓고 있음을 의미하는 것.

마침내 독비신개의 진기가 자신의 도움 없이 스스로, 그리고 올바른 방향으로 움직이기 시작했음을 확인한 그는 명문혈에 댔던 손을 떼고 안도의 한숨을 내쉬었다.

"후~"

근 반 시진 동안 몸을 돌보지 않고 내력을 쏟아부은 덕에 온몸의 기력이 빠져 정신까지 혼미할 정도였다.

도극성은 그 즉시 가부좌를 틀고 운기행공에 들어갔다.

그렇게 얼마의 시간이 흘렀을까?

도극성의 몸을 감싸고 있던 오색찬연한 기운이 그의 몸속으로 부드럽게 빨려 들어간 이후, 감겼던 눈이 떠졌다.

"세상에! 오기조원(五氣朝元)의 경지라니!"

갑작스런 외침에 깜짝 놀란 도극성이 번개같이 고개를 돌리자 그의 앞에 초췌하지만 처음보다는 한결 나은 모습의 독비신개가 부드러운 웃음을 지으며 앉아 있었다.

"대단하군. 무림 역사에 자네만한 나이에 그만한 성취를 이룬 사람이 몇이나 있겠는가?"

"과찬이십니다. 한데 몸은 좀 어떠십니까?"

"괜찮네. 저승 문을 열어젖혔는데 자네 덕에 살았군. 멀쩡해."

물론 멀쩡할 수가 없었다.

도극성이 아무리 전력을 다해 도움을 주었다지만 독비신개의 내상은 하루 이틀 치료한다고 완쾌될 정도로 가볍지 않았다. 최소한 보름은 족히 정양을 해야 할 정도로 심각했다. 그래도 당장 목숨 걱정은 하지 않아도 될 정도이니 그것만 해도 천운이 아닐 수 없었다.

"그만하시길 다행입니다."

"자네 덕이지 뭐. 아무튼 고맙네. 놈들 손에서 빠져나올 수 있으리라곤 생각지도 않았거늘. 한데 다른 사람은 어디에 있는가?"

독비신개가 주변을 둘러보며 물었다.

도극성이 막 공격을 시작하던 순간, 섭총이 내지른 발길질에 배를 맞고 쓰러졌던 독비신개는 이후의 상황을 모르고 있었다.

"다른 사람이라니요?"

도극성의 반문에 독비신개가 이상한 표정을 지었다.

"혼자 오지는 않았을 것 아닌가?"

"혼자인데요."

"……."

독비신개는 멍한 눈으로 도극성을 응시했다.

"정말… 인가?"

"예."

"……."

독비신개는 할 말을 잃고 한참이나 도극성을 바라보다가 다소 경계하는 눈초리로 입을 열었다.

"자넨 누군가?"

"도극성이라 합니다."

"도극… 성이라……."

익숙하지는 않지만 그렇다고 아주 낯선 이름도 아니었다. 희미하기는 해도 분명 기억 저편에 저장되어 있는 이름이 틀림없었다.

"사문을 물어도 되겠는가?"

"은현선문입니다."

독비신개가 고개를 갸웃거리자 그의 이해를 돕기 위해 도극성이 한마디 말을 덧붙였다.

"무명신군께서 제 사부가 되십니다만."

순간, 독비신개의 입이 쩍 벌어지고 놀란 눈은 화등잔만 해졌다.

"자, 자네가 무명신군의 제자란 말인가?"

"예."

"지, 진정 무명신군의 제자?"

독비신개의 목소리가 절로 떨렸다.

그래도 확인을 해야 했다.

"미안하네만 증거를 보여줄 수 있겠나?"

"증거라 하시면……?"

도극성의 눈에 난처함이 깃들었다.

"가령 그분께서 사용하시던 무공이나……."

곰곰이 생각에 잠겼던 도극성이 허공에 대고 몇 번 손을 흔들었다.

"혹시 이것을 알아보시겠습니까?"

뭇사람들을 공포에 떨게 만들었던 취혼수.

어찌 잊겠는가!

그 옛날, 취혼수에 당한 적이 있던 독비신개는 도극성이 시전한 무공이 취혼수임을 단번에 알아봤다.

"알다마다. 나 역시 지독하게 당한 적이 있거늘. 그래, 그렇군. 도극성. 어디선가 들어본 이름이라 했더니만… 한때 세상을 떠들썩하게 만들었던 바로 그 이름이었군."

어린 도극성을 제자로 맞아들이면서 팔룡전설을 깨뜨리겠다는 무명신군의 선언은 지금도 인구에 회자되는 터, 독비신개는 당시의 일을 정확하게 기억하고 있었다.

"어쩐지… 그런 강함이라니. 하긴, 무명신군의 제자라면 그 정도 실력은 당연한 것이겠지."

어느새 독비신개의 눈에서 경계의 빛은 완전히 사라졌다.

"한데 어찌 이곳에 온 것인가? 나를 구하려고 온 것인가?"

"예."

"이유를 물어도 되겠는가?"

독비신개의 음성이 살짝 가라앉았다.

지금껏 무명신군의 행보를 감안했을 때 그의 제자가 자신을 구하러 올 까닭이 없기 때문이었다.

"구중천 때문입니다."

"구중천? 자네도 구중천을 알고 있는가?"

"예."

"무림에 놈들을 알고 있는 사람들이 없을 것인데 자네가 어찌?"

독비신개의 물음에 도극성의 안색이 살짝 흐려졌다. 그러나 이내 마음을 다잡고 지난날 무석영가와 극성무관에 벌어진 일을 빠르면서도 차분한 어조로 설명하기 시작했다.

심각한 표정으로 설명을 듣던 독비신개는 도극성의 말이

끝나자 짙은 탄식을 내뱉었다.
"하~ 그리된 것이었군. 그러니까 자넨 당시의 흉수가 구중천이 아닌가 의심을 하고 있단 말이로군."
"제가 아니라 영운설 소저가 그리 확신하고 있습니다. 제가 이곳에 온 이유는 혹 어르신께서 그 일을 확인해 주실까 하여……."
"영운설이라… 그래, 기억이 나는군. 자미성을 타고난 천고의 기재. 과연 대단해. 그 와중에 그토록 정확한 판단을 할 수 있다니 말이야."
"하면 놈들이 맞는 것입니까?"
"아마도 거의 확실할 걸세. 물론 정확한 것은 아니네. 다만 명부를 노리던 도중에 놈들이 무석에서 뭔가 일을 꾸미고 있다는 것만 얼핏 들었을 뿐."
"음."
도극성이 입을 꽉 다물었다.
무석이라면 영가와 극성무관이 있는 곳. 그곳에서 꾸밀 일이라면 오직 하나뿐이었다.
"놈들의 본거지는 어디입니까?"
"광동의 나부산(羅浮山)이네."
"나.부.산."
도극성은 절대 잊지 않겠다는 듯 몇 번이나 되뇌었다.
바로 그때였다.

분신혈화(焚身血花) 235

동굴 주변으로 인기척이 들려왔다.

금방 사라지기는 했지만 적이 코앞까지 추격해 왔음을 의미하는 것이었다. 떠날 때가 된 것이다.

"움직이실 수 있겠습니까?"

"물론이네."

"싸우실 수 있겠습니까?"

"물론이지."

독비신개가 하나 남은 팔을 휘저으며 고개를 끄덕였다. 하지만 이미 그의 몸 상태를 낱낱이 파악하고 있는 도극성은 그가 싸울 수 있는 상태가 아니라는 것을 잘 알고 있었다. 약간의 충격에도 간신히 균형을 맞춰놓은 진기가 흐트러질 것이고, 그리되면 다시는 회복할 길이 없었다.

또다시 인기척이 들려왔다.

최대한 감춘다고 감췄지만 적의 움직임으로 보아 뭔가 흔적을 발견한 것이 틀림없었다.

동굴이 발견되는 것은 시간문제였다.

도극성이 벌떡 일어났다.

"제가 놈들을 유인하겠습니다."

"말도 안 되는 소리!"

독비신개가 정색을 하며 소리쳤다.

"어쩔 수 없습니다. 죄송합니다만, 냉정하게 말씀드려 어르신께선 지금 싸울 수 있는 몸 상태가 아닙니다. 오히려 제게 부담만 될 뿐이지요. 제가 놈들을 유인할 테니 그 틈을 이용하여 이곳을 탈출하십시오."

"하지만 자네 혼자… 너무 위험하네."

"아까 그 상황에서 어르신을 구해내기도 했습니다. 그리고 잊으셨습니까? 무명신군께서 제 사부 되십니다."

"……."

너무도 자신감 넘치는 도극성의 말에 독비신개는 뭐라 할 말이 없었다. 특히 무명신군이란 이름이 주는 신뢰감은 대단했다.

"게다가 안개까지 저를 돕고 있습니다. 힘은 들겠지만 큰일은 없을 겁니다. 뭐, 위험하면 그냥 도망치면 되니까요."

싱긋 웃는 웃음에 독비신개마저 피식 웃음을 터뜨리고 말았다.

"과연 그 사부에 그 제자로군. 알았네. 염치없지만 자네의 말을 따르지. 현재의 내 상태로는 자네 말대로 짐이 될 게 뻔하니까."

"노여웠다면 용서하십시오."

"아니네. 다 이 늙은이를 위함인 것을. 아무튼 부탁하겠네."

"예."

"그리고……."

잠시 갈등하던 독비신개가 뭔가 결심을 했는지 품을 뒤

분신혈화(焚身血花) 237

졌다.

"부탁하는 김에 하나 더 하지."

"말씀하십시오."

"이것을 지켜주게."

독비신개가 품에서 꺼낸 책자를 건넸다.

얼떨결에 책자를 받아 든 도극성이 의아한 표정을 짓자 독비신개가 도극성의 어깨를 꽉 움켜쥐며 말했다.

"그것이 바로 놈들이 눈에 불을 켜고 찾으려는 명부네. 여기엔 짧게는 수년, 길게는 수십 년 동안이나 각 문파에 숨어든 구중천 간자들의 이름이 적혀 있네. 난 이것에 목숨을 걸었네. 어쩌면 무림의 운명 또한 이 명부에 달려 있다고도 할 수 있겠지."

도극성이 소스라치게 놀라며 물었다.

"한데 이것을 어찌 제게……?"

"놈들의 추격을 벗어나면 다행이겠으나 그러지 못할 경우도 생각해야지. 아무래도 나보다는 자네가 가지고 있는 것이 안전할 듯싶어서 말이야."

"그래도……."

"위험하면 언제든지 도망친다고 하지 않았나? 자네의 실력이라면 반드시 명부를 지켜내리라 믿네. 아니, 꼭 지켜줘야 하네."

어깨를 꽉 틀어쥔 손을 통해 독비신개의 간절한 바람을 느낄 수 있었던 도극성은 그의 부탁을 거절할 수가 없었다.
"알겠습니다. 해보지요. 아니, 반드시 지켜내겠습니다."
"고맙군. 아, 그리고 마지막으로 당부 하나만 더 하겠네."
도극성은 침묵으로 다음 말을 기다렸다.
"지금 이 순간부터는 아무도 믿지 말게. 영운설이라는 아이는 물론이고 이곳에 온 모든 사람을 믿어선 안 되네. 심지어 나마저도 믿어선 안 돼."
도극성이 침을 꿀꺽 삼켰다.
"불성과 도성, 그리고 검존 순우관. 오직 이 세 사람을 제외하고는 그 누구에게도 명부의 존재를 알려서는 안 될 것이네."
그 말의 의미를 파악한 도극성의 얼굴이 경악으로 물들자 독비신개가 한숨을 내쉬며 고개를 끄덕였다.
"그만큼 놈들의 간자가 깊숙한 곳까지 침투했다네. 아무도 믿을 수가 없어. 심지어 개방까지도……."
평생을 몸담은 개방까지 믿을 수 없다는 독비신개의 말에 도극성은 자신이 짊어진 일이 얼마나 무겁고 중대한 것인지 뼈저리게 느낄 수 있었다.
삐이잇!
호각 소리가 길게 울려 퍼졌다.
시간이 없었다.
"보중하십시오."

분신혈화(焚身血花) 239

짧은 인사와 함께 독비신개와 눈빛을 교환한 도극성이 동굴 밖으로 몸을 날렸다.

우우우우우우!!

거대한 사자후가 산을 쩌렁쩌렁 울렸다.

도극성이 스스로 자신의 존재를 드러내 독비신개의 안전을 도모하려고 하는 것이었다.

하지만 사자후가 채 끝나기도 전, 도극성이 적을 유인한 후에 움직이기로 약속된 독비신개도 동굴을 벗어났다.

"미안하지만 자네에게만 그 큰 짐을 짊어지게 할 수는 없다네. 어쨌든 이리 든든할 수가 없군."

도극성이 사라진 방향으로 흐뭇한 미소를 보내던 독비신개가 도극성이 했던 것처럼 웅장한 사자후를 터뜨리며 그가 움직인 반대 방향으로 달리기 시작했다.

도극성에 비해 힘이 달리기는 했지만 독비신개가 터뜨린 사자후 역시 온 산을 울렸다.

그것은 마치 숨이 끊어지기 직전 백수의 제왕이 터뜨리는 마지막 포효와도 같았다.

*   *   *

"컥!"

외마디 비명과 함께 싸움이라 할 수도 없는 일방적인 학살이 끝났다.

많은 동작은 필요없었다.

그저 적이 눈치 채지 못하게 조용히 접근하여 단숨에 심장을 꿰뚫어 버리면 그만이었다.

"이런 놈들이나 상대하고 있어야 하다니."

두 눈을 부릅뜨고 숨이 끊어진 사내를 발로 툭 밀쳐 내는 숙살이대 대주 마정편은 주변에 널브러진 아홉 구의 시신을 보며 눈살을 찌푸렸다.

"얼마나 많은 거지들이 황산에 풀린 것인지 모르겠군. 우초(雨草)."

"예, 대주."

"그쪽에선 뭐래?"

"당장 합류해서 명을 받으라고 합니다. 독촉이 이만저만이 아닙니다."

"무시해."

"하지만 감찰단주가 우리들의 지휘권을 가진 것으로 압니다만……."

"신경 쓸 것 없어. 우리에게 명을 내릴 수 있는 사람은 오직 숙살단주님뿐이다. 그렇지 않느냐?"

"어차피 핑계는 많습니다. 황산에 널리고 널린 것이 적이니 놈들 때문에 늦어졌다고 하면 되지 않겠습니까?"

애꾸눈을 한 사내가 날카롭게 드러난 송곳니를 혀로 비비

분신혈화(焚身血花) 241

며 말했다.
"준백(俊魄), 네 말이 정확하다. 젠장, 기회가 있을 때 잡았어야 했는데. 멍청한 놈들 때문에 이 꼴이 뭔지."
마정편은 지난밤 코앞에서 독비신개를 놓친 것을 두고두고 안타까워했다.
바로 그때, 서쪽에서 엄청난 속도로 달려오는 누군가가 있었다.
"뭐지?"
마정편이 고개를 돌렸다.
아직 모습을 확인할 수는 없었지만 느껴지는 그 기세만큼은 무시무시했다.
마정편이 재빨리 신호를 보내자 십여 명도 넘는 인원이 순식간에 모습을 감췄다.
숙살이대가 모습을 감추자마자 도착한 사람은 다름 아닌 독비신개와 헤어져 적을 유인하고 있던 도극성이었다.
바람과 같이 내달리던 그의 발걸음이 널브러져 있는 시신들로 인해 멈춰졌다.
긴장된 표정으로 주변을 살피는 도극성.
숙살이대가 제아무리 뛰어난 은신술을 지니고 있다 해도 지난날, 천문동에서 암흑광령인을 깨친 도극성의 이목을 피해 숨을 수는 없었다.
사방에 적이 은신해 있는 것을 확인한 도극성이 그들의 움직임을 세밀히 감시하며 시신들을 살폈다.

많은 시신들이 쓰러져 있었지만 상처가 별로 없는 것이 치열한 싸움을 펼친 것 같지는 않았다.

'개방의 제자들? 단칼에 절명한 것인가? 깨끗한 솜씨야. 이토록 무방비로 당한 것을 보면 제대로 기습을 당한 모양이로군. 역시 구중… 음!'

시신을 살피던 도극성의 손길이 그대로 멈췄다.

미세하기는 했으나 결코 간과할 수 없는 움직임을 감지했기 때문이었다.

'하나, 둘, 셋… 모두 열다섯. 많군.'

예상보다 많은 숫자였다.

처음부터 적이 은신해 있는 것은 알고 있었지만 열 명을 넘지 않으리라 생각했다. 하지만 적이 움직이고 보다 면밀히 살펴보니 그 수가 정확히 열다섯이었다.

'대단한 은신술을 지녔군. 그만큼 뛰어난 자들이란 말이겠고.'

천천히 몸을 일으키며 검을 잡는 도극성의 전신에서 팽팽한 긴장감이 흐르기 시작했다.

도극성은 적이 움직이기 전에 자신이 먼저 움직여야 한다고 생각했다.

"타핫!"

힘찬 기합성과 함께 무차별적으로 검기를 뿌리는 도극성.

파스스스슷!

무시무시한 검기가 사방으로 흩어지며 주변을 휩쓸기 시작했다. 검기에 부딪친 나뭇가지가 흔적도 없이 사라지고, 아름드리 거목의 몸통이 쩍쩍 갈라졌다.

도극성은 검기를 피해 바삐 움직이는 적의 기척을 느끼며 회심을 미소를 짓더니 슬며시 자신의 기척을 지웠다. 애당초 검기를 뿌려 주변을 혼란케 한 이유가 바로 자신의 존재를 감추기 위한 수단. 도극성은 숙살이대와 마찬가지로 자연에 몸을 맡기며 자취를 완전히 감췄다.

'사라졌다.'

마정편은 순식간에 기척을 감춘 도극성의 행동에 무척이나 놀란 표정이었다.

'이놈, 대단한 놈이다!'

방금 보여줬던 위력적인 검기 따위가 문제가 아니었다.

상대는 자신들과 같은 능력을 지니고 있었다. 어쩌면 더 뛰어날 수도 있었다.

마정편은 자신과 숙살이대에게 닥친 위기를 감지했다.

적은 언제 어디서 나타날지 몰랐다.

짙은 안개를 헤집고 유령처럼 나타나 공격을 할 수도 있었고, 난데없이 땅속에서 검이 치고 나올 수도 있었다.

위기라고 느낀 순간, 마정편의 심장은 오히려 차갑게 식어 있었다.

[찾았느냐?]

전음에 대답을 하는 사람이 없었다.

자신과 마찬가지로 수하들 역시 아무도 적의 존재를 눈치채지 못했다는 것.

[지금부터 절대로 모습을 보이지 마라. 완벽하게 기척을 감추고 놈의 행동을 기다린다. 명심해라. 먼저 움직이면 당한다.]

역시 대답은 없었다. 명을 받는 즉시 행동으로 움직일 뿐이었다.

'대단한 놈들이네.'

마정편이 있는 곳에서 정확히 오 장 정도 떨어진 바위 밑에 은신하고 있던 도극성은 조금은 흔들릴 줄 알았던 적이 오히려 침착히 대응하자 무척이나 놀라고 있었다.

'뭐, 그렇다고 방법이 없는 것은 아니지.'

도극성은 적의 위치를 보다 확실히 하기 위해 전신의 감각을 극도로 끌어올렸다.

그와 가장 가까운 곳, 사 장 정도 떨어져 있는 좌측 나무 위에 두 명이 몸을 숨기고 있었다.

'우선은 네놈들부터.'

목표를 정한 도극성이 손을 뻗어 주먹만 한 자갈 두 개를 집어 들고 각기 왼손과 오른손 손가락에 걸고 튕겼다.

핑!

소리는 하나지만 움직이는 물체는 두 개였다.

하나는 도극성이 목표로 하는 나무의 밑동을 향해, 다른 하나는 그와 반대 방향에 있는 바위를 향해서였다.

꽝!

바위에 먼저 도착한 자갈이 요란한 소리를 내며 부딪쳐 집채만 한 바위에 주먹보다 훨씬 큰 흠집을 만들어냈다. 동시에 반대편으로 날아가 나무 밑동에 부딪친 자갈로 인해 그 큰 거목이 마구 흔들렸다.

나무 위에 은신하고 있던 살수들은 행여나 자신들의 존재가 드러나는 것을 걱정하면서 나무의 흔들림에 몸을 맡겼다. 혹여 떨어질 것을 두려워하여 나무와 뭔가 다른 이질적인 움직임을 보여주면 은신을 들킬 염려가 있기 때문이었다.

크게 요동치던 나무의 흔들림이 가라앉고 두 살수가 안도의 한숨을 내쉴 즈음 어느새 나무 위, 그들보다 더 높은 가지 위에 안착한 도극성은 그들을 향해 죽음의 그림자를 드리우고 있었다.

취잇!

바람을 가르는 파공성과 함께 두 사내의 눈이 찢어질 듯 부릅떠졌다.

비명은 나오지 않았다. 비명조차 지르지 못할 정도로 도극성의 손은 빨랐다.

쿵. 쿵.

두 구의 시신이 나무 위에서 떨어져 내리며 방금 전 소란의 이유를 알렸다.

'망할!'

눈 깜짝할 사이에 두 명의 수하를 잃은 마정편이 도극성의 움직임을 감지하기 위해 죽을힘을 다했다. 하나, 아무리 정신을 집중하고 애를 써도 도극성의 존재는 완벽하게 사라진 상태였다.

[누가 당한 것이냐?]

[월산(月山)과 상(霜)이 당했습니다.]

우초의 대답이었다.

[놈은?]

[찾지 못했습니다. 징그러울 정도로 은밀한 놈입니다.]

[다들 정신 똑바로 차려라. 놈이 또다시 수작을 부릴 것이다. 엉뚱한 곳에 정신 빼앗기지 말고 반드시 놈의 위치를 파악해라.]

바로 그 순간, 또다시 좌측 나무가 흔들렸다.

"찾았다!"

나뭇가지가 휘청거리며 그 반동으로 안개를 뚫고 하늘로 치솟는 도극성을 확인한 마정편이 수하들에게 신호를 보냈다.

다들 살기 띤 눈을 부라리며 하늘로 치솟은 도극성이 땅에 내려서기만을 기다리고 있었는데, 정작 내리꽂히는 것은 도극성이 두 살수에게서 빼앗은 무기와 암기들이었다.

"슈슈슈슉!"

위에서 내리꽂히는 무기의 위력은 평지에서의 그것과는 차원이 달랐다. 게다가 안개 사이를 헤집고 갑자기 모습을 나타낸 터라 더욱 피하기가 어려웠다.

"크악!"

"컥!"

곳곳에서 비명이 터져 나왔다.

미처 암기를 발견하지 못한 자와 발견했다 하더라도 너무도 빠른 속도에 제대로 반응하지도 못하고 쓰러진 자, 그리고 겨우 몸을 피했지만 치명적인 부상을 당한 자 등 순식간에 다섯 명의 인원이 땅바닥을 굴렀다.

너무도 맥없이 쓰러지는 수하들의 희생에 피를 토하면서도 마정편은 허공으로 치솟은 도극성이 주변에서 가장 높은 나무 위에 은밀히 몸을 숨기는 것을 놓치지 않았다.

'결코 용서치 않겠다.'

마정편이 몸에 지니고 있던 아홉 자루의 비수를 꺼내 들었다.

검날이 까맣게 물든, 단혼마독이란 극독에 푹 담겨 있던 비수는 단지 스치기만 해도 상대를 한 줌 핏물로 변하게 만드는 살벌한 무기였다.

[우측 소나무 위다. 다들 준비해라.]

수하들에게 신중히 전음을 보낸 마정편이 서두르지 않고 마치 춤을 추듯 부드럽게 팔을 휘둘렀다. 그러나 정작 그의 손을 떠난 비수는 결코 부드럽지 않았다.

취이잇!!

예리한 파공성과 함께 시야를 가리는 안개를 찢어발기며 다음 공격을 준비하던 도극성을 향해 짓쳐들었다.

쐐애애액!

치리리릿!

도극성을 노리는 것은 단지 비수만이 아니었다. 마정편의 공격을 신호로 하여 그의 수하들도 일제히 암기를 뿌려댔다.

[놈이 모습을 드러내면 일제히 공격한다.]

마정편은 방금 공격으로 도극성에게 치명적인 부상을 입힐 수 있을 것이라고 생각지 않았다. 물론 공격이 성공하면 그보다 다행스런 일이 없겠으나 아무리 생각해도 암기에 당할 인물이 아니었다. 우선은 자신들의 눈앞으로 끌어내리면 성공이라는 생각이었다.

'눈치 챘나?'

도극성은 자신을 향해 벌 떼처럼 밀려드는 암기를 보며 입맛을 다셨다. 그토록 조심을 했으나 결국 위치가 발각되고 만 것이다.

'어쩔 수 없군. 인원도 줄었고.'

한 번 노출되면 다시 몸을 숨기기는 힘든 터, 게다가 인원도 반으로 준 이상 차라리 정면 승부를 하는 것이 나으리라는 생각이 들었다.

결심을 한 도극성은 밟고 있는 나뭇가지를 힘껏 굴러 그 탄력으로 그를 노리는 모든 암기를 단숨에 피해 버린 후, 숙살이대가 기다리는 전장 한복판으로 뛰어내렸다.

"공격해랏!"

마정편이 손에 든 비수를 던지며 소리쳤다.

상대가 너무 쉽게 포기했다는 생각이 들었지만 지금 같은 기회가 없었다. 그렇잖아도 만반의 준비를 하고 있던 숙살이대의 살수들이 도극성을 향해 무차별적으로 암기를 쏘아댔다.

"무섭군."

숫자를 헤아리기도 힘들 정도로 많은 암기들이 천지사방에서 쏟아지자 도극성도 조금은 당황하는 눈초리였다. 하지만 반응은 그보다 더 빨랐다.

위에 걸친 장삼을 재빨리 벗어 든 도극성이 장삼을 풍차 돌리듯 휘돌리기 시작했다.

느린 듯했지만 차지하는 면적이 큰 만큼 효과는 확실했다.

푸푸푸푹.

무수한 암기가 장삼에 박히기 시작했다.

날아오는 속도, 던진 자의 내력을 감안하면 장삼을 뚫고 들어온 것도 있을 터인데 단 하나의 암기도 장삼을 통과하지 못했다. 도극성의 내력에다가 장삼에 걸린 회전력에 의해 암기의 위력이 한풀 죽은 것이었다.

어느 정도 공격을 막아냈다고 생각한 도극성이 반격을 준비했다.

횡횡횡!

손에 들린 장삼이 조금 전보다 더욱 맹렬히 회전을 하며 위협적인 파공음을 만들어냈다.

뭔가 심상치 않다고 여긴 마정편이 수하들에게 황급히 경고를 하려는 찰나, 도극성의 입에서 낭랑한 외침이 터져 나왔다.

순간 살짝 말렸던 장삼이 확 펴지면서 장삼에 박혔던 암기들이 도리어 원주인을 향해 날아가기 시작했다.

"젠장할!"

불길한 예감은 어찌 그리 잘 맞는단 말인가!

마정편의 입에서 다급한 외침이 터졌다.

엄청난 속도로 날아오는 암기를 피하느라 필사적으로 몸을 흔들어야만 했다. 수하들을 챙길 여유도 없었다.

다행히 암기에 목숨을 잃은 수하는 없는 듯했다. 하지만 그것으로 공격이 끝난 것은 아니었다.

장삼을 휘둘러 암기를 되돌려준 도극성이 곧바로 몸을 날렸다.

기회를 잡은 이상 아예 끝장을 내겠다는 듯 빠르고 날카로운 몸놀림이었다.

"크악!"

도극성이 후려친 장력에 복부를 맞은 살수 하나가 외마디 비명과 함께 사오 장을 훌쩍 날아가 비참하게 처박혔다. 쓰러진 후 꿈틀거림도 없는 것이 맞는 순간 절명한 듯 보였다.

그것은 시작에 불과했다.

도극성이 한 번 손을 쓰기 시작하자 그 위력은 가히 폭풍과도 같았다.

물론 반격을 가하는 자들도 있었다.

하나 능광신법으로 거리를 넓히고, 표영이환보를 펼치며 교묘히 파고드는 도극성의 움직임을 따라잡기엔 역부족이었다.

최악의 상황이었다. 피할 수도, 막아낼 수도 없었다.

"으으으."

마정편의 입술이 부르르 떨렸다.

도극성이 반격을 시작한 뒤 순식간에 네 명이 더 당했다. 이제 남은 인원은 자신을 포함해서 고작 네 명.

도저히 어찌해 볼 방법이 없었다. 그렇다고 이처럼 무기력하게 패할 수는 없었다. 최소한 당한 만큼은 돌려줘야 했다.

결심을 굳힌 마정편의 기세가 일변했다.

바로 그때였다.

[제가 합니다.]

우초였다.

마정편이 무엇을 하려는지 눈치를 챈 우초는 그가 뭐라 말을 하기도 전에 도극성을 향해 돌진했다.

[저도 갑니다.]

준백이었다.

그는 웃고 있었다.

[숙살이대가 고작 한 놈에게 치욕을 당할 수는 없지요.]

마지막으로 돌진한 사람은 숙살이대의 최고참 용진(勇眞)이었다.

"안 돼!"

마정편이 기겁을 하며 말리려 하였지만 그들은 이미 도극성을 삼면에서 포위해 달려들고 있었다.

적을 노리던 도극성의 움직임이 살짝 굳었다.

자신의 몸을 돌보지 않고 덤벼드는 극단적인 자세.

머리카락이 흩날리고 핏발 선 눈에서 무시무시한 살기가 뿜어져 나왔다. 게다가 어찌 된 일인지 온몸이 기형적으로 부풀어 올랐다.

어디선가 그와 같은 모습을 한 번 본 적이 있었다.

생각보다는 위험을 감지한 몸이 먼저 움직였다. 하지만 그렇다 해도 너무 늦고 말았다.

"죽어랏!"

진득한 살소와 함께 부풀 대로 부푼 우초의 몸이 거대한 폭

분신혈화(焚身血花)

발을 일으켰다.

"크하하하하!"

웃음이 끝나기도 전에 준백의 몸 또한 도극성의 몸을 노리며 폭사했다. 이어서 용진까지.

분신혈화(焚身血花)였다!

그 언젠가, 도극성이 처음 무림에 발을 디뎠을 때 한위가 이끄는 숙살삼대와의 싸움에서 겪은 적이 있었던 자폭 공격이었다.

독단을 깨물어 자신의 몸을 중독시킨 뒤 그 몸을 수백, 수천 조각으로 폭사시켜 적을 공격하는 수법.

산산조각이 나면서 흩어지는 몸의 피륙은 그 조각 하나하나가 무시무시한 암기였고 무기였으니, 실로 잔인하고 끔찍한 마공이 아닐 수 없었다.

"아!"

폭죽처럼 터져 나가는 수하들의 모습에 마정편은 두 눈을 질끈 감으며 고개를 돌리고 말았다.

결과를 확인할 생각은 하지도 않았다.

분신혈화는 그야말로 개개인의 힘으로 도저히 감당할 수 없는 적을 만났을 때, 반드시 제거해야 하는 목표를 만났을 때 목숨을 버려서 임무를 완성하는 숙살단 최후의 무공이었다.

한 사람의 자폭만으로도 충분했을 터인데 무려 세 명의 연

합공격이었다. 그 안에서 살아남을 수 있는 사람은 단언컨대 아무도 없었다.

단 한 명의 적을 상대하기 위해, 그것도 그들이 정한 목표가 아니라 우연찮게 만난 상대로 인해 모든 수하들이 목숨을 잃고 자신만 구차하게 목숨을 연명했다.

"허허."

허탈한 웃음만 나왔다.

지금과 같은 결과를 단 한 번도 상상한 적이 없었던 마정편은 검을 축 늘어뜨리고 말았다.

그러나 상상할 수 없는 일은 그 후에 일어났다.

"크으으으."

폐부를 찢는 듯한 신음에 소스라치게 놀란 마정편의 고개가 번개같이 돌아가고, 분신혈화가 시전된 곳에서 비틀거리며 움직이는 도극성을 보게 되었다.

"이럴 수가!"

마정편의 눈이 경악으로 물들었다.

믿으려고 해도 도저히 믿을 수 없는 일이 일어났다.

세 명이 펼친 분신혈화에 어찌 살아남는 인간이 있을 수 있단 말인가!

폭사한 이들처럼 흔적도 없이 사라지진 않더라도 최소한 명줄은 끊어졌어야 했다. 그것이 당연한 일이었다.

하지만 상대는 살아남았다.

분신혈화(焚身血花) 255

멀쩡하지는 않더라도 목숨을 걱정할 정도로 치명적인 부상을 당한 것 같지도 않았다.

그것이 오히려 더 이상했다.

분신혈화의 무서운 점은 조각난 피류에 스며든 독이었다. 스치기만 해도 목숨을 부지하기가 어렵다는 극독이었기에 그 파괴력이 더욱 큰 것이었다. 한데 도극성에게선 중독의 흔적도 찾아볼 수가 없었다.

사람이 너무 놀라운 일을 겪으면 아무런 반응도 하지 못한다던가?

마정편이 멍한 눈으로 바라보는 사이 도극성이 그의 앞까지 걸어왔다.

몰골이 말이 아니었으나 눈빛만큼은 분명 살아 있었다.

"꽤나 지독한 공격이었다. 지난번과는 비교도 되지 않았어. 그때는 이렇지 않았는데 말이지."

'지난번?'

마정편의 눈에 의혹이 일었다.

도극성의 말을 들으니 마치 분신혈화를 겪어본 사람처럼 얘기하지 않는가.

"네가 분신혈화를 어찌……?"

"분신혈화라고 하는 모양이지?"

마정편이 대답을 하지 못하자 도극성이 입꼬리를 말아 올리며 말했다.

"얼마 전에 똑같은 수법으로 공격을 당한 적이 있었다. 자신은 물론이고 동료들까지 죽음으로 내모는 끔찍한 공격이었지."

'얼마 전? 분신혈화를?'

마정편이 머리를 마구 굴렸다. 그러고 보니 들어본 적이 있었다.

천주의 명을 받고 움직인 수라삼대가 분신혈화까지 사용하고도 도리어 망신을 당했다는 한심하기 짝이 없는 이야기를.

'그놈의 이름이……?'

마정편의 생각은 더 이상 이어지지 않았다. 도극성이 그의 목을 틀어쥔 것이었다.

평소라면 그토록 무방비 상태로 당할 마정편이 아니었지만 이미 전의를 상실한 그는 아무런 반항도 하지 못했다.

"너는 누구냐? 아니, 대답은 필요없겠군. 그때도 대답은 듣지 못했으니까. 하나 이제는 네놈들이 구중천이라는 것도 알았고, 무슨 이유인지 모르겠지만 나의 목숨을 노리고 있다는 것도 알았다. 가서 전해라. 인사는 충분히 받았으니 이제는 내가, 나 도극성이 네놈들을 찾아가겠다고 말이다."

그 말을 끝으로 마정편을 집어 던진 도극성이 미련없이 몸을 돌렸다.

허점투성이의 뒷모습을 보면서도 마정편은 움직이지 못했

다. 어디를 어찌 건드렸는지 모르겠지만 손가락 하나 까딱할 힘도 없었기 때문이었다.
"도… 극성."
마정편은 안개 속으로 사라지는 도극성의 이름을 읊조리며 자신도 의식하지 못하는 사이 온몸을 부들부들 떨고 있었다.

第二十八章
혼전(混戰)

그르르.

가래인지 아니면 핏덩이인지 모를 것이 목구멍을 넘나들었다.

"후~"

자신의 앞을 가로막는 하오문도들을 보며 독비신개는 전신의 힘이 쭈욱 빠지는 것을 느꼈다.

힘들었다.

도극성과 헤어져 홀로 도주하기 시작한 지 벌써 반 시진. 온몸이 천근만근처럼 무거운 것이 당장에라도 땅에 눕고 싶었다. 어떻게든 싸움을 피하고 싶었으나 약속 장소로 가기 위해 반드시 지나야 하는 길목인지라 어찌 피할 방법이 없었다.

선공을 취한 것은 독비신개였다. 하나, 싸움의 주도권을 틀어쥔 것은 오히려 하오문이었다.

독비신개의 실력을 익히 알고 있던 그들은 각기 세 명씩 짝을 이루는 합격진으로 공세를 펼쳤다.

시정잡배들까지도 흉내 낸다는 삼재진(三才陣).

그만큼 많이 알려진 흔한 합격진이었으나, 그걸 뒤집어 말하면 모든 진세의 기본이 되는 것. 제대로만 익힌다면 여느 합격진 못지않은 위력을 지닌 것이 바로 삼재진이었다. 그리고 하오문도들이 펼치는 삼재진은 매처럼 무서운 공격과 성벽처럼 견고한 방어로 무림에 꽤나 알려져 있었다.

'삼재진이라……'

물 흐르듯 자연스레 이어지는 적의 움직임을 보며 독비신개는 같은 하오문도라지만 눈앞의 상대가 얼마 전 싸움을 했던 고융 등과는 질적으로 다른 이들임을 느낄 수 있었다.

'시간을 끌면 안 된다.'

겨우 명줄만 이어갈 정도로 치명적인 부상을 당한 몸뚱이가 얼마나 버텨줄지 알 수가 없었고, 그런 상황에서 추격대라도 도착을 한다면 그야말로 끝장이었다.

거친 호흡을 가다듬으며 생각을 정리한 독비신개가 칼을 쥔 손에 힘을 집중시키며 주변을 포위하고 있는 삼재검진 중 가장 약해 보이는 쪽을 향해 돌진했다.

봉타쌍견(棒打雙犬)이라 불리는 수법.

오직 개방의 방주에게만 전해진다는 타구봉법(打狗棒法)의 한 초식으로 현란한 몽둥이의 움직임으로 다수의 적을 상대할 때 유용하게 쓰이는 초식이었다.

비록 지금은 몽둥이가 아니라 칼로 펼치는 타구봉법이지만 어차피 무공은 만류귀종이라 했다.

평생 동안 타구봉법을 익힌 독비신개는 굳이 몽둥이가 아니라 어떤 무기로도 타구봉법의 묘리를 살릴 수가 있는 데다가, 어쩌면 적에겐 몽둥이보다 잘 벼려진 칼날이 더욱 두려울 수 있었다.

생각보다 강력한 공격에 목표가 된 삼재진이 살짝 흔들렸다. 특히 독비신개가 집중적으로 노린 사내가 당황하며 동료들과 호흡을 맞추지 못하자 톱니바퀴처럼 맞아떨어지던 그들의 삼재진에 미세하나마 균열이 가기 시작했다.

독비신개는 회심의 미소를 지으며 더욱 공세를 강화했지만 동료의 위험을 보고 황급히 다가온 삼재진이 그를 압박했다.

두 개의 검이 독비신개의 공격을 막고, 나머지 하나의 검은 독비신개의 왼쪽 옆구리를 노리며 움직였다.

깜짝 놀란 독비신개가 앞으로 뻗었던 칼을 황급히 회수하여 옆구리 쪽으로 파고든 검을 간발의 차이로 막아냈다.

하나의 공격을 막아내자 독비신개의 공격에 동료를 구하

러 움직였던 두 개의 검이 어느새 방향을 바꿔 머리와 허벅지를 노렸다.

"타하합!"

꽝! 꽝!

타구봉법의 절초를 써서 간신히 공격을 막아낸 독비신개가 한 걸음 뒤로 물러났다.

'역시 녹록치 않아.'

외줄타기하는 심정으로 진기를 끌어 모아 공격을 했음에도 얻은 성과가 없었다. 게다가 간신히 진정시켰던 진기들이 또다시 방향을 잃고 흐트러지기 시작했다.

더할 수 없는 위기감에 등줄기가 서늘해졌다.

어떻게든 위기를 벗어날 방법을 찾아야 했다.

하나, 하오문도들은 독비신개에게 생각할 여유를 주지 않았다.

독비신개가 정상적인 몸이 아니었고 또한 몇 번의 교전으로 이미 충분한 자신감을 얻은 그들은 공수를 바꿔가며 쉬지 않고 공격을 감행했다.

그래도 독비신개는 독비신개였다.

물러설 곳이 없었던 그는 죽을힘을 다해 그들의 공격을 막고 어떤 식으로든 역공을 펼쳤다.

사소한 부상 따위는 신경도 쓰지 않았다. 워낙 큰 부상을 많이 당한 터라 웬만한 부상엔 눈 하나 깜짝하지 않았다.

독비신개가 그렇게 자신의 몸을 돌보지 않고 혼신의 힘을 다해 타구봉법을 펼치며 반격을 가하자 합격진으로 그를 압박했던 하오문도들 역시 뾰족한 수를 찾지 못했다.

꽝! 꽝! 꽝!

파파파파팟!

챙! 챙! 챙!

병장기가 허공에서 부딪치며 격렬한 불꽃이 튀었다.

피가 튀고 살이 찢겨 나갔으나 누구의 입에서도 신음 소리 하나 흘러나오지 않았다.

오직 상대를 쓰러뜨리겠다는 열망으로 더욱 공격에 매진할 뿐이었다.

그렇게 얼마의 시간이 흘렀을까?

독비신개의 안색이 점점 어두워졌다.

'후~ 이제는 버티기가……'

진기가 흐트러지며 기의 흐름이 원활하지 못한 것은 이미 한참 전의 일이었다.

어떻게든 버텨보려고 이를 악물고 참았으나 더 이상은 무리였다.

물론 하오문도들이라고 지치지 않은 것은 아니었다. 그들 모두 가쁜 호흡을 몰아쉬며 오만상을 찌푸리고 있었다.

'과연 개방의 우두머리! 정말 대단하다.'

합격진을 이끌고 있는 장첨(張添)은 쓰러질 듯 쓰러지지 않고 끝까지 버텨내는 독비신개의 끈질김에 혀를 내두르고 있었다.

자신이 지휘하는 이들은 비록 하오문에서 최고 정예라고 부를 수는 없으나 그래도 인근 분타에서 나름 가려서 뽑은 고수들이었다. 한데도 다 죽어가는 늙은이 한 명을 어찌하지 못했다. 승기는 분명히 잡았으나 출혈도 제법 컸다. 큰 부상을 입은 수하가 둘에 나머지 인원 모두 자잘한 부상에 시달렸다.

'질기다, 정말 질겨. 하나, 결국 이기는 것은 우리다.'

그토록 잘 버티던 독비신개가 어느 순간부터 급격히 무너지고 있음을 느낄 수 있었다. 조금만, 조금만 더 버티면 정말 큰 대어를 낚을 수가 있을 것이다.

"계속 몰아붙여라!"

장첨의 명에 잠시 잠깐 여유를 두었던 하오문도들이 다시 공격을 하기 시작했다.

'힘들군.'

정신이 흐려지고, 손발의 놀림이 점점 무뎌지기 시작했다. 그에 반해 하오문의 삼재진은 더욱 기세를 올렸다.

"윽!"

공격을 피해 왼쪽으로 방향을 틀던 독비신개가 짧은 비명을 토해내며 휘청거렸다.

왼쪽 허벅지에 깊은 자상이 만들어졌다.

"크으."

또다시 묵직한 신음이 독비신개의 입술을 비집고 흘러나왔다.

이번엔 오른쪽 허벅지였다.

조금 전보다 더욱 깊은 자상이 새겨졌다.

'여기… 까지인가?'

양쪽 허벅지에 금방 회복하기 힘든 부상을 당한 독비신개의 얼굴에 체념의 빛이 어렸다.

힘든 와중에 그나마 지금까지 버틸 수 있었던 것은 오직 상대보다 확실한 우위에 있는 기동력뿐이었는데, 그것이 봉쇄당했다는 것은 그야말로 끝장이라는 것을 의미했다.

툭.

독비신개가 칼을 버렸다. 동시에 그를 노리며 짓쳐들던 공격도 멈췄다.

공격을 중단시킨 장첨이 승자의 미소를 보이며 독비신개를 향해 천천히 걸어가기 시작했다.

바로 그때였다.

쐐애애액!

무시무시한 파공성을 내며 검 하나가 맹렬히 날아들었다.

* * *

도극성이 감았던 눈을 번쩍 떴다.

조금 전, 창백했던 안색은 목숨을 걸고 감행한 운기행공으로 인해 제법 혈색을 되찾았다.

"지독한 놈들."

가부좌를 틀고 천천히 자리에서 일어나 온몸에 남은 상처들을 살피며 고개를 설레설레 흔들었다.

마정편에겐 내색을 하지 않았지만 숙살이대의 자폭 공격은 생각보다 강했다. 처음 무림에 출도했을 때 만났던 숙살삼대의 자폭 공격과는 그야말로 비교도 되지 않을 정도였다.

외상도 외상이었지만 내부의 진기마저 마구 흔들려 하마터면 주화입마에 빠질 뻔했다. 다급히 호신강기를 펼쳐 몸을 보호했으니 망정이지, 그렇지 않았다면 이미 염라대왕 앞에서 재롱을 떨고 있을지도 모를 일이었다.

"그나저나 한 가지 소득은 있었군. 바로 그놈들이 구중천이었단 말이지. 한데 어째서 나를 죽이려고 했을까? 대체 무슨 이유로?"

도극성이 숙살삼대를 떠올리며 고개를 갸웃거렸다.

암중으로 세력을 키우는 것으로 보아 구중천의 최종 목적은 무림을 제패하는 것일 터, 독비신개의 일만 아니라면 지금처럼 모습을 드러내지 않았을지도 몰랐다.

오만상을 찌푸리며 한참 동안 고심을 했으나 아무리 머리를 굴려봐도 그 이유를 알 수가 없었다.

바로 그 순간이었다.

한참 고민 삼매경에 빠져 있는 도극성을 향해 접근한 물체가 있었다.

"헛!"

도극성은 뒷덜미를 향해 다가오는 살기에 기겁을 하며 몸을 틀었다.

바로 코앞에 검은 점 하나가 보였다.

생각할 틈도 없었다.

도극성은 본능적으로 고개를 숙이며 바닥을 굴렀다.

조그만 점으로 보였던 검끝이 실로 간발의 차이로 그의 정수리를 스치며 지나갔다.

푸스스스스.

검에 잘린 머리카락이 우수수 흩날렸다.

"어떤 놈… 제길!"

입을 열던 도극성이 다시 바닥을 굴렀다.

쉭! 쉭!

검끝이 계속해서 도극성을 노렸다.

그 움직임이 어찌나 날카롭고 빠른지 도극성은 미처 반격을 할 틈을 잡지 못하다가 취혼수를 이용하여 겨우 검을 쳐낼 수 있었다.

"후우, 후우."

겨우 서너 호흡의 짧은 시간에 불과했음에도 도극성은 어깨를 들썩이며 가쁜 호흡을 골랐다. 방금 전의 공격이 그만큼 위협적이었다는 의미였다.

"네놈이구나."

도극성은 다짜고짜 자신을 공격한 사람이 바로 조금 전 독비신개를 구하면서 싸움을 했던 쇄혼령의 우두머리라는 것을 확인했다.

"내 이름은 적혈. 네놈에게 농락당한 쇄혼령의 령주다."

가슴을 펴고 당당히 외쳤으나 절호의 기회를 놓친 그는 내심 안타까움을 금치 못하고 있었다.

어쩌면 다시는 그런 기회를 잡을 수 없을 것 같았다.

솔직히 적혈은 도극성이 정신을 잃은 독비신개를 데리고 포위망을 뚫고 탈출에 성공한 이후부터 자신이 도극성의 상대가 되지 못할 것임을 은연중 느끼고 있었다. 그리고 섭총의 명을 받아 숙살이대를 찾았을 때, 몰살당한 그들과 넋 나간 표정의 마정편을 발견했을 때 확실한 실력의 차이를 알게 되었다.

그럼에도 그는 싸움을 피하지 않았다.

강자를 만났다고 물러서는 법을 배우진 못했다. 또한 수년 동안 함께 생활을 하면서 이제는 상관과 수하가 아니라 친구요, 가족처럼 여기고 있던 쇄혼령의 대원들. 제대로 싸워보지도 못하고 쓰러진 그들을 위해서라도 당당해져야 한다고 여긴 것이다.

그런 마음이 전해진 듯 양손으로 꽉 움켜진 그의 검에서 서슬 퍼런 청광이 뿜어져 나왔다.

툭.

적혈이 검집을 버렸다.

죽음을 각오했다는 것.

오직 한 자루 검에 목숨을 건 적혈이 최후의 승부수를 띄우기 위해 천천히 움직였다.

*   *   *

"꺼져라!"

유운개가 부나비처럼 달려드는 적을 후려치며 소리쳤다.

픽!

가죽 터지는 소리와 함께 장력에 가슴을 격타당한 사내가 피를 토하며 나가떨어졌다.

"버러지 같은 놈들!"

유운개의 손속은 실로 매서웠다.

좌측에서 달려드는 적을 상대로 손을 뻗더니 목을 잡아 그대로 돌려 자빠뜨리고, 배후에서 접근하는 적은 고개도 돌리지 않은 채 뒷발질로 다리를 부러뜨려 버렸다.

몸을 돌린 유운개는 속절없이 고꾸라지는 사내의 어깨를 밟아 짓누르고 그 탄력을 이용해 허공으로 뛰어오른 후, 몰려드는 적을 향해 몸을 회전시키며 발길질을 해댔다.

퍼퍼퍼퍽!

유운개에게 걷어차인 이들이 비명을 질러대며 나가떨어졌다. 더러는 팔로 막거나, 마주 발길질을 한 자들도 있었으나 그들 대부분이 무사하지 못했다.

고작 서너 번의 동작으로 두 명을 절명시키고 네댓 명에게 깊은 부상을 안겼음에도 유운개의 움직임은 멈추지 않았다.

전대 방주이자 사형인 독비신개가 적에게 쫓기고 있다는, 그것도 멀리도 아닌 바로 지척에서 위기에 빠졌다는 첩보가 입수된 지금 마음이 급할 수밖에 없었다.

한데 어디에서 그렇게 몰려왔는지 아무리 쓰러뜨려도 적은 끊임없이 밀려들었다. 짜증이 하늘에 닿을 정도였다.

"좋다, 이놈들. 어디 끝까지 해보자!"

잔뜩 화난 목소리로 소리를 지른 유운개가 취란선보를 펼치며 적진 한가운데로 뛰어들었다.

취란선보의 보로에 따라 취한 듯 비틀거리며 교묘하게 흔들리는 발걸음은 적의 공격에서 그를 완벽하게 보호해 주었고, 현란하기 그지없는 손놀림은 적들에겐 그야말로 치명적인 무기가 아닐 수 없었다.

"컥!"

"으악!"

난무하는 비명성과 함께 유운개가 지나간 자리엔 멀쩡히 서 있는 사람이 없었다.

"크하하하하! 어떠냐, 이놈들! 이것이 바로 개방의 취란수라는 것이다!"

유운개가 마지막 공세까지 펼친 다음 광소를 터뜨렸다.

"물러서지 마라! 공격, 공격하랏!"

우두머리로 보이는 자가 눈에 핏발을 세우며 소리쳤다. 동시에 거무튀튀한 칼을 들고 앞장서서 유운개에게 달려들었다.

"호~"

유운개가 비웃음인지, 아니면 감탄인지 모를 탄성을 내지르며 그를 바라보았다.

목청만 높이고 자신은 뒤로 빠지면서 수하들만 위험 속으로 밀어 넣는 하찮은 우두머리가 아니라는 생각에 다소 호감이 들었으나 어차피 적이었다. 오히려 우두머리를 단숨에 제압함으로써 싸움을 완전히 끝내겠다는 생각으로 맹렬히 공격을 퍼부었다.

꽝꽝!

유운개의 손끝에서 흘러나간 장력이 사내의 검에 막히며 요란한 마찰음을 토해냈다.

생각보다 상대의 무공이 강하자 다소 긴장한 표정으로 공격의 수위를 높여가는 유운개.

반격은 꿈도 꾸지 못했으나 우두머리는 그가 가진 모든 실력을 유감없이 쏟아내 결국 유운개의 공세를 온몸으로 막아냈다.

하나, 그것도 잠시였다.

시간이 흐르고 공방이 거듭될수록 유운개의 움직임이 막힘없이 더욱 빨라지고 날카로워진 반면에 힘이 부치는지 우두머리는 점점 궁지에 몰렸다.

"운이 없었다고 생각해라."

유운개가 그의 복부에 치명타를 날리며 소리쳤다.

그러나 운이 없는 것은 비단 그만이 아니었다.

이미 황산 곳곳에서 충돌이 일어난 바, 그보다 더욱 운이 없는 사람도 있었다.

독비신개의 안전을 위해 홀로 적진에 뛰어든 도극성을 쫓다가 생각지도 않게 소림의 무광을 만나 고전을 거듭하는 섭총이 그랬다.

우우우웅!

섭총의 진력이 한껏 담긴 권풍이 무광에게 휘몰아쳤으나 무광은 손바닥을 몇 번 휘두르는 단순한 동작으로써 그의 공격을 무위로 돌렸다.

'염병할!'

섭총은 자신의 공격을 너무도 쉽게 막아내며 마치 태산과도 같은 강함으로 버티고 선 무광의 당당함에 초조한 마음을 가눌 길이 없었다.

주위를 둘러봤다.

아무리 찾아도 자신을 도와줄 사람이 없었다.

쇄혼령과 그가 이끌고 온 수하들이 있었으나 그들은 조직적으로 움직이며 상대를 압박하는 소림사의 젊은 무승들을 상대하기도 버거웠다.

'적혈만 있었어도.'

실력만으로 따지면 자신에 못지않다고 여기는 쇄혼령주 적혈. 그만 있었어도 상황이 이런 식으로 흐르지는 않았을 터, 방금 전 명령을 거부하며 따로 행동하는 숙살이대를 움직이기 위해 그를 직접 보낸 것이 참으로 뼈아팠다.

'가만두지 않으리라!'

싸움이 끝나고 복귀를 하면 숙살이대의 항명을 결단코 그냥 넘어가지 않으리라 결심하며 이를 부득부득 갈았다.

"포기한 겁니까?"

무광이 안절부절못하는 섭총을 보며 한마디를 툭 던졌다.

"포… 기?"

섭총의 얼굴이 모욕감으로 벌겋게 달아올랐다.

"놈! 끝장을 보자!"

쿵!

섭총이 힘껏 발을 디디며 움직이기 시작했다.

무광의 눈동자에 기광이 흘렀다.

섭총의 몸에서 일렁이는 무형의 기운. 지금까지와는 전혀 다른 분위기가 어딘지 심상치 않아 보인 탓이다.

"죽어랏!"

한껏 기운을 일으킨 섭총이 혼신의 힘을 다해 주먹을 내질렀다.

순간, 그와 무광의 공간 사이에 무수히 많은 권영(拳影)이 드리우기 시작했다.

무광은 피하지 않았다. 오히려 섭총에게 다가가며 자신을 향해 노도처럼 밀려오는 공격에 일일이 대응했다.

막고, 쳐내고, 흘려보내면서 공격이 약해지기를 기다렸다. 그러나 섭총의 공세는 좀처럼 멈추지 않았다.

접근하는 권영은 없앨수록 더욱 많은 수로 불어나며 그를 괴롭혔다.

문제는 그토록 많은 권영에서 진짜는 얼마 없었다는 것.

'진짜를 찾아야 한다.'

언제까지 허초와 씨름을 할 수는 없는 터, 무광은 실초를 찾기 위해 정신을 집중했다.

그사이 측면에서 접근한 주먹이 왼쪽 옆구리로 날아들었다.

꽝!

"윽!"

옆구리를 격타당한 무광의 몸이 휘청거렸다.

한데, 공격을 당한 사람은 무광이건만 비명을 내지른 사람은 도리어 기세 좋게 공격을 감행했던 섭총이었다.

"무슨 놈의 몸뚱이가……."

금강불괴를 이룬 무광을 후려쳤다가 도리어 극심한 고통을 느낀 섭총이 어이가 없다는 표정을 짓는 사이 무광의 전신이 점점 금빛으로 물들기 시작했다.

제아무리 금강불괴를 이뤘다고는 하나 충격이 없을 수는 없는지라 공력을 끌어올리는 무광의 표정이 조금은 매서워졌다.

"정신이 번쩍 나는구려."

"좋다, 이놈! 정신이 번쩍 난다면 어디 이것도 한번 막아보거라."

피가 배어 나오도록 입술을 깨문 섭총이 파황진천권 중 절초인 광풍난무(狂風亂舞)를 펼치기 시작했다.

바람이 불었다.

이름 그대로 미친 바람이 세상을 상대로 춤을 추는 것 같았다.

조금 전처럼 권영이 난무하는 것은 다르지 않았으나 허초와 실초가 적절히 섞였던 것과는 달리 이번엔 권영 하나하나에 무시무시한 힘이 깃들어 있었다.

막대한 내력이 소모되기는 했지만 무광을 상대로 최소한 그 정도 무공을 펼치지 않고선 승부를 가늠하기가 힘들다고 판단한 섭총은 들끓는 진기를 애써 짓누르며 공세를 이어갔다.

입가의 미소를 지운 무광이 더없이 신중한 표정으로 손을 뻗었다.

손이 살짝 흔들리는가 싶더니 어느 순간, 섭총이 일으킨 권영과 비견될 정도로 많은 숫자의 수영(手影)이 허공을 수놓으며 주변을 완벽하게 뒤덮어 버렸다.

파괴력은 다소 부족할지 몰라도 변화막측한 움직임만큼은 그 어떤 무공도 따르지 못한다는 천불장(千佛掌)이었다.

꽝! 꽝! 꽝!

권영과 수영이 허공에서 한데 얽히면서 우레와 같은 충돌음을 만들어냈다.

마치 수십, 수백의 폭죽을 한꺼번에 터뜨리는 듯 동시다발적으로 터져 나오는 소리에 주변에서 나름 치열한 싸움을 벌이던 이들까지 귀를 막고 물러날 정도였다.

쿵쿵쿵!

무광이 몇 걸음이나 물러났다.

얼마나 심한 압력을 받는지 한 걸음 뒤로 내딛을 때마다 땅이 푹푹 꺼졌다.

"음."

입에서 짧은 신음이 흘러나왔다.

천불장이면 충분히 막을 수 있으리라 여겼건만 전력으로 부딪쳐 오는 섭총의 공세는 생각보다 강력했다.

'막을 수 없다면 부수면 될 터.'

다소 굳은 표정을 지은 무광이 무상반야신공을 한껏 일으키니 그의 몸에서 뿜어져 나오는 금광이 더욱 짙어졌다.

섭총은 간신히 잡은 기회를 놓치고 싶지 않았다.

목구멍 가까이 비릿한 기운이 치솟아오르는 것을 애써 삼키며 공세를 더욱 강화했다.

우우우웅.

조금 전보다 한층 강력한 파공성과 함께 무수한 권영이 무광을 향해 달려들었다.

너무도 위협적인 공격.

한데 무광은 섭총의 공격이 지척에 이를 때까지도 별다른 자세를 취하지 않고 있었다.

그저 호흡을 가다듬다가 왼발을 앞으로 내디디며 천천히 주먹을 뻗을 뿐이었다.

그 단순한 동작에 실로 경천동지할 위력이 담겨 있었으니!

쿠쿠쿠쿠.

지축이 울리고 주변 공기가 마구 요동쳤다.

무광에게 향하던 권영이 하나둘 사라지기 시작한 것은 무광이 뻗은 주먹에서 금빛 강기가 흘러나오기 시작하면서부터였다.

그 강기는 곧 또 하나의 거대한 주먹, 권강(拳罡)을 만들어 냈다.

"마, 말도 안 되는!"

섭총이 놀라 부르짖었다.

지금껏 무림을 활보해 왔으나 검강이나 도강은 몰라도 설마하니 권강을 사용하는 사람을 만나게 될 줄은 꿈에도 몰랐다.

하나, 그것이야말로 소림사의 자랑이자 소림 무공의 총화 중 하나라 일컬어지는 백보신권(百步神拳)이었으니 감히 막을 것이 없고 거칠 것도 없었다.

퍼퍼퍼퍽!

온 공간을 지배했던 권영이 사막의 신기루가 사라지듯 힘없이 사그라들기 시작했다.

"으으으."

섭총은 자신을 향해 다가오는 금빛 권강을 보며 이를 딱딱 부딪쳤다.

두려움과 더불어 어떤 경외심까지 담고 있는 두 눈은 한껏 부릅떠져 있었고, 손끝에서 시작된 떨림이 전신으로 퍼져 나가 꼼짝할 수가 없었다.

섭총이 손을 늘어뜨린 채 아무런 반항도 하지 않자 무광은 그를 향해 나아가던 권강의 방향을 바꿨다.

퍽!

완벽하게 방향을 바꾸지 못한 권강이 섭총의 어깨와 왼쪽 옆구리를 스치며 지나갔다.

비록 스친 것에 불과하지만, 그 순간 섭총의 몸은 허공으로 붕 떠올라 한참을 날아가더니 수풀 속에 처박혔다.

왼쪽 어깨는 다시 회복하지 못할 수준으로 으깨졌으며 흉측하게 패인 옆구리에선 몸 안의 장기가 쏟아져 나오고 있었다.

꽝!

방향이 바뀐 권강이 집채만 한 바위를 강타했다.

쿠우우우우우웅!

수만 년의 풍파에도 꿈쩍 않던 바위가 한낱 인간의 힘에 가녀린 신음을 토해내기 시작했다.

신음과도 같은 진동이 가라앉을 즈음 믿기 힘든 일이 벌어졌다. 그토록 거대한 바위가 권강에 격타당한 곳을 시작으로 사방에 금이 가기 시작한 것이다.

쩌정! 쩡!

쿠쿠쿠쿵!

점점 희미해져 가는 섭총의 눈에 쩍쩍 갈라지며 무너지는 바위의 모습이 보였다.

"괴, 괴… 물."

그것이 섭총이 살아생전 남긴 마지막 말이 되었다.

*   *   *

파스스슷!

오전 내내 지속되다가 이제 겨우 조금씩 걷히는 안개를 뚫고 작렬하기 시작한 햇빛. 그 햇빛마저 압도하는 검기가 사방에 뿌려지며 적혈이 움직일 수 있는 모든 방위를 차단했다.

'끝장이군.'

적혈은 그야말로 노도처럼 밀려드는 검기를 바라보며 아득한 표정을 지었다.

처음부터 이긴다는 생각은 하지 않았지만 설마하니 도극성이 그토록 막강한 무공을 지녔을 줄은 몰랐다.

적혈은 죽을힘을 다해, 먼저 간 동료들에게 부끄럽지 않게 최선을 다해 싸웠다. 하나 얻은 성과라고는 고작 팔뚝에 입힌 약간의 상처와 윗옷을 조금 찢은 정도에 불과했다.

그에 반해 그가 당한 피해는 말로 표현할 수 없을 정도였다. 왼쪽 팔목이 부러졌고, 허벅지와 옆구리엔 손가락 굵기의 깊은 자상이 생겼다.

무엇보다 도극성의 막강한 내력을 감당하지 못해 치명적인 내상까지 당하고 말았다. 피를 토한 것이 몇 번이요, 내부의 장기마저 제자리를 잃고 한데 뒤엉키고 말았다.

그럼에도 그는 두 발을 땅에 딛고 쓰러지지 않았다.

다시는 회복하기 힘든 치명상을 입고 의식마저 거의 희미해져 있는 상황임에도 그가 버티고 있는 것은, 쉽게는 결코 쓰러지지 않겠다는 마지막 자존심 때문이었다.

파스스스스슷.

도극성의 검에서 마치 안개가 피어오르는 듯 눈부신 검기가 뿜어져 나오며 주변을 환히 물들였다.

그 중심에 적혈이 있었다.

대항을 포기한 적혈이 지그시 눈을 감으며 중얼거렸다.

"아름답군."

* * *

"쳐랏!"

십여 장이 훨씬 넘는 거리를 격하고 검을 날려 장첨의 움직임을 제지하는 노도사가 우아한 호선을 그리며 날아오는 검을 회수하며 명을 내렸다.

"와아!"

우렁찬 함성과 함께 내달리는 무인들은 대정련이라는 깃발 아래 한데 모인 각파의 정예들이었다.

그들은 당황해 어쩔 줄을 몰라 하는 하오문도들을 무차별적으로 공격하기 시작했다.

"마, 막아랏!"

장첨이 자신에게 달려드는 검을 겨우 막아내며 소리쳤다. 하지만 그의 외침은 그저 돌아오지 않는 메아리에 불과했다.

독비신개와의 싸움에서 승리했다는 기쁨에 들떠 있던 하

오문도들은 애당초 그들의 상대가 되지 못했다.

특히 하오문을 지휘하던 장첨이 대정련의 무인들을 이끌고 있는 노도사, 무당파의 장로 운창 진인에게 목이 날아가면서 싸움은 사실상 끝난 것이나 다름없었다.

삼재진을 펼치며 악착같이 대항을 하는 이들도 있었으나 그들 역시 얼마 버티지 못하고 붉은 피를 뿌리며 하나둘 쓰러져 갔다.

"크악!"

마지막 비명과 함께 싸움이라기보다는 일방적인 살육이라 할 수 있었던 전투가 끝이 났다.

"끝났습니다."

싸움의 대미를 장식한 사내가 피 묻은 검을 늘어뜨리며 운창에게 보고를 올렸다.

"애썼네. 놈들이 언제 또다시 몰려올지 모르니 경계를 철저히 해야 할 것일세."

"알겠습니다."

사내가 몸을 돌리자 운창 진인이 힘겹게 숨을 몰아쉬고 있는 독비신개에게 다가갔다.

"누군가 했더니 운창 진인이셨구려."

"그렇습니다. 기억하고 계셨군요."

"이 늙은 거지, 다른 것은 몰라도 아직 기억력은 녹슬지 않았소이다."

그닥 살뜰한 교분은 없었지만 그래도 안면이 있던 독비신개가 운창 진인을 보며 웃음을 머금었다.

"몸은 좀 어떠십니까?"

한껏 걱정이 담긴 말에 독비신개가 쓴웃음을 지었다.

"보시다시피 이렇소이다. 그래도 당장 죽을 정도는 아니니 너무 염려하지 마시구려."

하나, 말은 그리해도 독비신개의 상태는 심각했다.

크고 작은 부상으로 워낙 많은 피를 흘린 데다가 도극성의 도움으로 간신히 진정시킨 진기가 내부를 제멋대로 헤집고 다니는 바람에 기혈이 완전히 뒤틀려 버린 독비신개는 지금 당장 숨이 끊어진다고 해도 무방할 정도로 위태로운 상황이었다.

"조금만 늦었어도 큰일 날 뻔했습니다."

운창 진인이 널브러진 하오문도들의 시신을 힐끗거리며 말했다.

"최대한 서둔다고 서둘렀는데… 사방에 적이 깔려 있는지라 너무 늦고 말았습니다."

"아니오. 덕분에 목숨을 건졌잖습니까? 이거, 진인께 큰 은혜를 입었소이다."

독비신개가 고개를 숙이자 운창 진인이 정색을 하며 말했다.

"방주께서 무림의 평화를 위해 얼마나 심한 고초를 겪으셨는지 잘 알고 있습니다. 은혜라니 당치도 않습니다."

"해야 할 일을 했을 뿐이외다. 그나저나 다들 어찌 된 겁니까? 황산에 오른 이들이 제법 되는 것으로 알고 있는데 말이오."

독비신개가 주변을 둘러보며 말했다. 압도적인 실력으로 하오문도들을 몰살시켰다지만 운창 진인이 데리고 온 인원은 고작해야 열서넛에 불과했기 때문이었다.

"방주께서 적에게 쫓기신다는 말을 듣고 군사가 병력을 나눴습니다. 제가 이끌고 온 이들도 몇 무리로 나뉘어 흩어졌지요. 모르긴 몰라도 다들 치열한 싸움을 벌이고 있을 겁니다."

"그렇구려."

독비신개가 고개를 끄덕이자 잠시 머뭇거리던 운창 진인이 조심스레 물었다.

"한데 한 가지 여쭈어봐도 되겠습니까?"

"무엇이오?"

"지금 황산에 있는 무리들 말입니다, 방주님을 쫓고 있는 놈들. 한쪽은 사라진 것으로 알려진 하오문이라는 것을 알겠는데, 다른 자들은 대체… 그놈들이 바로 방주께서 실체를 밝히신다는 구중천입니까?"

"그렇소. 바로 그놈들이라오."

"그렇… 군요. 그나저나 이토록 집요하게 쫓는 것은… 역시 명부 때문이겠지요?"

"아무래도 그렇겠지요. 그것이 세상에 드러나면 놈들의 계획에 치명적인 약점이 될 수도 있으니."

바로 그 순간, 운창 진인의 입가에 서늘한 웃음이 지어졌다.

"그래서 반드시 회수를 해야 하는 것이지."

운창 진인의 움직임은 은밀하면서도 빨랐다. 그리고 치명적이었다.

"그게 무슨… 컥!"

갑작스레 돌변한 운창 진인의 말투와 태도에 당황하던 독비신개의 입이 쩍 벌어졌다.

두 눈은 더할 수 없이 커졌고, 눈동자가 마구 흔들렸다. 간신히 고개를 숙인 독비신개의 눈에 아랫배를 관통한 검이 들어왔다.

"네… 네… 놈이……."

독비신개는 헐떡거리며 말도 제대로 잇지 못했다.

난데없는 상황에 주변을 지키던 이들이 기겁을 하며 달려들었지만 그들 대부분은 바로 곁의 동료들이 휘두른 암수에 반항 한 번 해보지 못하고 속절없이 쓰러졌다.

"크으으으."

독비신개는 자기를 구하려 하다가 쓰러지는 이들을 보며 피눈물을 흘렸다.

"그리 슬퍼하지 마시지요. 어차피 뒤따라갈 테니까."

운창 진인이 서늘한 웃음을 흘리며 독비신개의 품을 뒤지기 시작했다.

자신만만하던 그의 표정이 바뀌는 것은 순식간이었다.

"서, 설마!"

당황한 운창 진인이 독비신개의 옷을 거의 찢다시피 벗겨 버린 뒤 온몸을 수색했다. 하지만 아무리 뒤져도 그가 원하는 물건은 나오지 않았다.

들고 있던 옷가지를 신경질적으로 던져 버린 운창 진인이 숨이 끊어지기 일보 직전인 독비신개의 목을 틀어쥐었다.

"어디에 있느냐? 어디에 있어!!"

"무엇… 을 말… 하는지 모르겠군."

"시미치 떼지 마라. 명부, 명부를 어디에 숨겼느냔 말이다!"

"훗!"

독비신개가 운창 진인에게 차가운 조소를 보냈다.

"바… 보로구나. 나를 이리 만들어놓고 말이야. 어차피 죽을 몸, 내가… 그것을 말해줄 것 같으냐? 크크크."

운창 진인의 얼굴이 참담하게 일그러졌다.

명부로써 목숨을 건 협상을 할 수 없는 지금, 그가 독비신개의 입장이라도 돌려줄 생각을 하지는 않을 것이다.

'멍청한! 조금 더 생각을 했어야 하는 것인데.'

당연히 몸에 지니고 있을 것이란 생각에 치명적인 실수를 펼친 운창 진인은 자신이 너무 성급했음을 자책하며 뼈저린 후회를 해야만 했다.

'몸에는 지니지 않았다. 그렇다면 벌써 다른 사람의 손에 들어간 것인가? 그런 소식은 없었는데……. 독비신개와 접촉을 한 사람이 있었다면 내 귀에 들어오지 않을 리가 없어. 하면 다른 안전한 장소에 숨겨놓은 것인가? 만일을 대비해서? 그래, 그럴 가능성이 높다. 어차피 몸에 지니고 다니기엔 너무 위험한 물건이 아니던가.'

운창 진인은 잠깐 동안 오만 가지 생각을 떠올렸다.

그러나 딱히 결론을 내릴 수가 없었다.

명부는 회수하지 못했고, 당장엔 회수할 방법도 없었다.

그래도 혹시 몰라 다시 한 번 물었다.

"명부는 어디에 있느냐?"

대답은 없었다.

독비신개는 그저 한껏 조롱이 담긴 웃음을 지을 뿐이었다.

"망할 놈의 늙은이!"

화가 머리끝까지 뻗친 운창 진인이 손을 쳐들었다.

몇몇 수하들이 다가와 그를 말리려 하였지만 독비신개로부터 명부의 행방을 듣기 힘들다고 판단한 운창 진인은 손을 멈추려 하지 않았다.

"당장에 쳐 죽이고 말겠다. 어차피 네놈이 사라지면 명부도 사라질 테니 말이다."

그의 말이 끝나기가 무섭게 들려오는 살벌한 음성이 있었다.

"과연… 그럴까?"

막 독비신개의 머리를 후려치려던 운창 진인은 그대로 동

혼전(混戰) 289

작을 멈추고 고개를 돌렸다.

어느새 나타난 도극성이 무참히 쓰러진 독비신개를 보며 활화산 같은 분노를 뿜어내고 있었다.

"웬 놈이냐?"

운창 진인의 수하들이 앞으로 나서 살기가 넘치는 눈으로 도극성을 노려보며 소리쳤다.

"비켜."

도극성의 음성은 착 가라앉아 있었다.

"비켜? 뒈지고 싶은… 크악!"

쫙!

도극성의 앞을 가로막고 누런 이를 드러내던 사내가 취혼수에 맞고 나가떨어졌다.

꿈틀대다가 곧 잠잠해지는 것을 보면 그대로 기절을 한 모양이었다.

"네놈들, 구중천으론 보이지 않는데……."

도극성이 날카로운 눈초리로 쏘아보며 말했다. 그에 대한 대답은 독비신개의 입에서 흘러나왔다.

"간… 자들일세. 정체가 드러날까 두려워 제 동료까지 베어 넘기는 잔인한 놈들이지."

독비신개의 음성은 비교적 또렷했다.

'회광반조.'

그의 목숨이 얼마 남지 않음을 파악한 도극성의 눈가에 주름이 만들어졌다.

"동굴에 계시지 않구요."

"그러게 말일세. 이런 놈들에게 당할 줄 알았으면 아예 콱 처박혀 있는 것인데 그랬어."

독비신개가 아랫배를 관통한 검을 툭툭 건드리며 너털웃음을 흘렸다.

"부탁 하나 해도 되겠나?"

"말씀하십시오."

천천히 고개를 돌려 운창 진인 등을 바라보는 독비신개의 얼굴엔 어느새 웃음이 사라져 있었다.

"이따위 버러지 같은 놈들을 코앞에 두고 혼자 가고 싶지 않구먼. 영 억울해서 말이야."

"……."

"저승길, 외롭지 않게 해주게."

독비신개의 얼굴에 잠시 시선을 고정시켰던 도극성이 간단히 고개를 끄덕였다.

"알겠습니다."

"고맙네."

도극성이 고개를 끄덕이자 독비신개는 이미 자기의 바람이 이루어졌다는 듯 만족한 웃음을 지었다.

도극성이 땅에 떨어진 칼 하나를 집어 들었다. 방금 전까지 독비신개가 타구봉법을 펼치던 칼이었다.

우우우우웅!

도극성이 칼을 들자마자 북풍한설은 저리 가라 할 정도로 매서운 바람이 그를 중심으로 쏘아져 나갔다.

고작 삼초식으로 이루어졌지만 그 위력만큼은 천하에 따를 것이 없다는 붕천삼식.

삼원무극신공이 칠단계에 접어든 지금, 도극성의 몸에서 폭발할 듯 뿜어져 나온 기세는 감히 논하기가 힘들 정도였다.

첫 번째 초식, 섬뢰붕천이 주변을 휩쓸었다.

꽈꽈꽈꽝!!!

가히 천지개벽을 한다고 해도 믿을 만큼 무시무시한 굉음이 주변을 강타하고 끔찍한 비명 소리가 난무했다.

그야말로 태산의 힘을 담은 도극성의 칼은 그 어떤 대항도 용납하지 않았다.

운창 진인을 필두로 목숨을 지키고자 다들 죽을힘을 다해 버텼지만 도극성의 공격은 멈추지 않았다.

"커흑!"

"크아아아악!"

순식간에 절반이 넘는 이들이 목숨을 잃었다.

"물러서지 마라! 공격, 공격하랏!"

운창 진인이 목이 터져라 고함을 질렀다. 하지만 정작 자신은 엉덩이를 길게 빼고 조금씩 뒷걸음질을 치기 시작했다.

수하들을 희생양으로 던진 채 무인으로서의 자존심도 버

리고 달아나려는 운창 진인의 모습은 도극성으로선 도저히 용납할 수 없는 비겁한 행동이었다.

"타합!"

도극성의 입에서 포효하는 듯한 기합성이 터져 나오고, 그의 손을 떠난 칼이 이미 등을 돌리고 내달리는 운창 진인을 향해 일직선으로 날아갔다.

쐐애애액!

공기를 가르며 다가오는 칼의 존재를 느끼곤 몸을 돌린 운창 진인도 혼신의 힘을 다해 검을 던졌다.

비록 등을 돌리고 도망을 치는 해도 명색이 무당파의 장로, 그의 검에 담긴 진기 역시 만만치 않았다.

하나 반드시 죽이겠다는, 필살의 의지를 가지고 모든 공력을 불어넣은 도극성의 칼을 막기엔 분명 역부족이었다.

주인의 의지를 담은 무기가 허공에서 부딪쳤다.

꽝!

엄청난 굉음과 충격파가 주변을 강타했다.

결과는 명확했다.

충돌하는 것과 동시에 운창 진인의 검이 산산조각이 나면서 흩어진 것이었다.

"안 돼!"

부질없는 외침이었다.

마지막 외침이 끝나기도 전에 맹렬히 날아든 칼이 운창 진인의 가슴을 관통해 버렸다.

칼의 힘에 이끌린 운창 진인의 몸이 삼 장이나 뒤로 날아가 처박혔다.

한데 몸이 날아가 처박힌 곳이 하필이면 거대한 바위.

단박에 머리가 깨지고 팔다리가 꺾였다.

결국 그는 죽어서도 성치 못한 몸을 가지게 되었으니, 수십 년 동안 무당파를 기만해 온 배신자의 비참한 말로였다.

그야말로 압도적인 힘으로 운창 진인의 목숨을 끊은 도극성이 두려움에 벌벌 떠는 이들을 향해 조용히 입을 열었다.

"꺼져라."

독비신개가 그들 모두의 목숨을 원했지만 이미 삼분지 이 이상의 목숨을 빼앗은 터, 그 정도로 충분할 것 같았다.

옴짝달싹 못하고 처분만 기다리던 이들이 말이 끝나기가 무섭게 몸을 날리자 도극성은 마지막 숨을 몰아쉬는 독비신개의 곁으로 달려갔다.

"고맙… 군."

독비신개가 힘겹게 손을 뻗었다.

도극성이 재빨리 그 손을 잡았다.

따뜻했다. 하나, 온기는 곧 사그라질 것이다.

"명… 부… 꼭 지켜… 주게."

"예, 걱정하지 마십시오. 반드시 지켜낼 겁니다."

"그… 래. 믿… 겠네."

최후의 순간이 다가왔는지 독비신개의 음성이 급격히 약해지고 눈동자 또한 흐려졌다.

"그리고… 미처… 말… 을 하지 못한 것… 이 있네."

"그게 무엇입니까?"

"대… 붕… 금… 시."

"예?"

도극성이 독비신개의 입에 귀를 갖다 댔다.

"놈… 들의 음… 모… 무… 림을… 거대… 몰… 살."

그것으로 끝이었다.

도저히 알 수 없는 말을 끝으로 독비신개의 입은 다시 열리지 않았다.

"하~"

짙은 한숨과 함께 도극성은 털썩 주저앉으며 독비신개의 얼굴을 바라보았다.

그토록 많은 고통과 고초를 겪었음에도 자신이 해야 할 일은 다 했다는 듯 실로 편안한 얼굴이었다.

"편히 가십시오."

도극성이 두 눈을 감으며 조용히 읊조렸다.

바로 그때, 수풀을 헤치며 일단의 무리들이 모습을 드러냈다.

앞장서서 무리를 이끄는 사람이 유운개임을 확인한 도극성이 바싹 긴장을 했다.

유운개는 어쩌면 적보다 더 골치 아픈 인물일 수도 있기 때문이었다.
'어째 불안한데…….'
불길한 예감은 정확하게 들어맞았다.

第二十九章
사면초가(四面楚歌)

참으로 난감한 일이 아닐 수 없었다.

도극성은 불신에 싸인 시선을 한 몸에 받으며 곤혹스런 표정을 지었다.

딱히 해명할 이유가 없었지만 모든 이들이 해명을 요구하고 있었다.

문제는 해명을 한다 해도 과연 믿겠냐는 것.

"네놈이 한 짓이냐?"

언제 들어도 짜증부터 솟구치는 음성.

독비신개의 죽음에 충격을 받고 한참 동안이나 넋을 잃고 있던 유운개가 서슬 퍼런 눈을 치켜뜨며 소리쳤다.

"아닙니다. 독비신개 어르신을 해한 사람은 제가 아닙니다."

오해는 조기에 불식시켜야 하는 것. 도극성이 단호하게 고개를 흔들었다.

"하면? 대체 누가 사형을 해쳤다는 말이냐?"

유운개가 독비신개의 아랫배를 관통한 검을 꺼내 콱 움켜쥐며 물었다.

"저자가 죽였습니다."

도극성이 왼쪽 숲을 가리키며 말했다.

그가 가리키는 방향으로 개방의 제자가 뛰어가더니 곧 처참한 형상으로 죽어 있는 운창 진인을 데리고 왔다.

"우, 운창 진인!"

머리가 깨지고 팔다리가 끔찍하게 뒤틀린 시신이 이번에 새롭게 병력을 이끌고 지원을 온 무당파의 장로 운창 진인임을 알아본 유운개는 소스라치게 놀라고 말았다.

"저자가 독비신개 어르신을 암습했습니다."

"헛소리! 있을 수 없는 일이다!"

유운개가 버럭 소리를 지르며 고개를 흔들었다.

운창 진인이 누구던가?

현 무당파 장문인의 사제이자 장로이며 대정련의 호법.

부드럽고 따뜻한 성품에 악을 보면 결코 참지 못하는 곧은 의지로 뭇사람들에게 많은 존경과 흠모를 받고 있는 인물이었다.

그런 그가 독비신개를 죽였다니 말도 되지 않는 소리였다.

"저자는 구중천의 간자였습니다."

"뭐라고? 지, 지금 뭐라 했느냐?"

유운개가 까무라치듯 놀라며 되물었다.

"구중천의 간자라 했습니다."

"구, 구중천의 간… 자? 증거라도 있느냐?"

"제가 직접 보고 들은 일입니다."

"그럴 리가 없다."

유운개는 단호히 고개를 흔들었다.

그럴 줄 알았다는 듯 도극성이 나직이 한숨을 내쉬었다.

"운창 진인은 네가 죽였느냐?"

"그렇습니다."

"어째서?"

"어째서라니요? 그럼 독비신개 어르신을 죽인 놈을 가만히 두고 보란 말씀입니까?"

"하면 저들의 죽음도?"

유운개가 주변에 널린 시신들을 가리키며 물었다.

그들 주변엔 장첨을 비롯한 하오문도들과 대정련 무인들의 시신이 참혹하게 널려 있었다.

"제가 다 관여한 것은 아닙니다만, 독비신개 어르신의 말씀을 빌리자면 저들 중 반수는 자신의 동료들에게 암습을 당했다는군요."

"간자?"

"예."

바로 그때였다.

"아닙니다!"

단호하게 외치는 음성이 들려왔다.

도극성과 유운개를 비롯한 모든 이들의 시선이 음성을 쫓아 일제히 움직였다.

사람들의 시선이 머무는 곳에 도극성의 자비로 인해 목숨을 연명할 수 있었던 간자들이 서 있었다.

"네놈들이 감히!"

도극성의 눈에서 불똥이 튀었다.

하나, 그는 움직이지 못했다. 어느새 유운개가 그의 앞을 가로막았기 때문이었다.

"무슨 짓입니까?"

"네놈이야말로 무슨 짓이냐?"

"저놈들이 바로 간자들입니다. 독비신개 어르신을 해친 간자들이란 말입니다."

"내 눈엔 대정련의 무인들로 보인다만."

"어르신!"

도극성이 답답하다는 듯 소리를 빽 질렀지만 유운개는 오히려 의심 섞인 눈으로 도극성을 노려보았다.

"저들의 말을 들어보면 알게 되겠지."

차갑게 몸을 돌린 유운개가 간자들을 불렀다.

"대체 어찌 된 일인가?"

그러자 한 사내가 나섰다.

도극성에겐 간자 중 하나에 불과했지만 그의 이름은 도진(道進), 무당파의 촉망받는 제자였다.

"어르신!"

도진이 유운개의 앞에서 난데없이 무릎을 꿇었다.

유운개가 이유를 알 수 없어 난처해하는 사이 도진이 뜨거운 눈물을 흘리며 입을 열었다.

"저희가 이곳에 도착했을 땐 독비신개 어르신께서 하오문도의 공격을 받아 위태로운 지경이셨습니다. 다행히 놈들을 물리치고 어르신을 구할 수 있었는데……."

잠시 말을 끊은 도진이 도극성을 가리키며 피를 토하듯 소리쳤다.

"바로 그때, 저자가 나타났습니다! 무지막지한 무력으로 동료들을, 그리고 필사적으로 막아서는 장로님을 쓰러뜨리고 끝내 독비신개 어르신의 목숨마저 빼앗고 만 악마 같은 놈! 저는 그때 놈이 흘렸던 웃음을 절대 잊지 못합니다!"

"하면 저놈이 방금 한 얘기는……."

"새빨간 거짓말입니다! 모든 것이 저자가 저지른 일입니다!"

"한데 자넨 어찌 살아남았나?"

유운개가 제법 날카로운 질문을 던졌다. 그러자 도진이 고개를 푹 숙이더니 떨리는 음성으로 힘없이 대답했다.

"장로님께서 저자를 막는 동안… 부끄럽게도 몇몇 동료들과 함께 도망치고 말았습니다. 비록 도망치라는 장로님의 명령이 있었으나, 살아남아서 다른 이들에게 홍수의 정체를 알리라고 당부를 하셨지만 참으로 부끄러운 일이었습니다."

도진은 북받치는 감정을 이기지 못하고 눈물을 떨구었다.

그 눈물이 유운개의 마음을 흔들었다.

"그게 어디 자네의 잘못이겠는가? 다 사람의 탈을 쓴 짐승으로 인해 벌어진 일이지."

유운개는 어느새 살기로 번들거리는 눈으로 도극성을 쏘아보고 있었다.

그의 눈빛에서 이제는 어떠한 말도 통하지 않으리라는 것을 간파한 도극성이 길게 한숨을 내쉬었다.

'잠깐의 자비심이……'

도극성은 자신을 중상모략하는 간자들을 보면서 독비신개가 원할 때 모조리 끝장내지 못한 것을 후회하고 또 후회했다.

그러나 아무리 후회를 한다 해도 시간을 돌이킬 수는 없는 노릇. 이제 남은 것은 세상의 온갖 오해와 적의에 맞서 싸우는 일뿐이었다.

"입이 있으면 말을 해보거라!"

유운개가 냉기가 풀풀 날리는 목소리로 소리쳤다.

"……."

도극성이 침묵을 지키자 그렇잖아도 부실한 이빨을 꽉 깨문 유운개가 개방의 제자들에게 눈짓을 보냈다.

그러자 이미 완벽한 포위망을 갖추고 사태 추이를 살피던 이들이 서서히 움직이기 시작했다.

'어쩐다…….'

주변의 공기기 심상치 않자 도극성은 고민에 빠졌다.

무석영가에서의 일을 떠올려 보면 이제 와 무슨 말을 한다고 해도 유운개는 믿어주지 않을 것이다.

아니, 솔직히 믿게 만들 방법은 있었다.

독비신개가 자신에게 넘긴 명부로 운창 진인이 적의 간자라는 것을 확인시키면 자신이 덮어쓴 누명을 벗을 수 있다.

하나, 독비신개는 도성과 불성, 검존을 제외하고 그 누구에게도 명부를 보이지 말라고 했다.

그건 유운개도 예외가 아니었다.

어쩌면 유운개도 구중천의 간자일지 몰랐다.

그렇다고 무턱대고 싸울 수도 없었다.

자신을 포위하고 있는 이들은 다름 아닌 개방의 제자들이기 때문이었다.

좀처럼 사태 파악을 하지 못하고 자신만을 추궁하는 유운개가 마음에 들지 않는다고 그 화풀이를 개방의 제자들에게 할 수는 없었다. 무엇보다 무림을 위해 목숨을 바친 독비신개를 생각해서라도 개방의 제자들을 상하게 하고 싶지는 않았다.

'그렇지만 네놈들은 아니지.'

도극성이 서늘한 눈빛으로 유운개의 뒤에 숨어 간교한 웃음을 흘리는 간자들을 노려봤다.

어느새 그의 손엔 아무도 눈치 채지 못하게 챙긴 자갈 몇 개가 들려 있었다.

'지금 이 순간부터 난 대정련의 적이로군. 아무튼 힘든 싸움이 되겠어. 뭐, 그래도 할 수 없지.'

마음의 준비가 끝난 도극성이 은연중 내력을 끌어올렸다.

"어디서 감히 수작질을! 쳐랏!"

눈치 빠른 유운개가 도극성의 변화를 놓치지 않고 호통을 치며 공격 명령을 내렸다.

"와아아아!"

전대 방주의 죽음을 목격한 개방 제자들의 기세는 실로 흉험했다.

"오늘 일, 반드시 후회할 날이 있을 겁니다."

유운개를 향해 마지막으로 입을 연 도극성이 들고 있던 자갈을 도진 등을 향해 던졌다. 그리곤 포위망 중 가장 약하다 생각되는 곳으로 냅다 달리기 시작했다.

"크악!"

등 뒤로 비명 소리가 들려왔다. 아마도 자갈에 맞은 간자의 비명이리라.

도극성은 누가 비명을 질렀는지, 자신이 던진 자갈이 어떤 결과를 가져왔는지 신경 쓸 겨를이 없었다. 오직 눈앞의 포위망을 최대한 부드럽게(?) 뚫기 위해 전력을 다할 뿐이었다.

* * *

"지금… 뭐라고 했나요?"

언제나 침착함을 잃지 않았던 영운설의 음성이 살짝 떨리고 있었다.

개방의 제자가 전해온 소식은 그만큼 놀랍고 엄청난 것이었다.

"도극성이 독비신개 선배님을 암살했단 말인가?"

영운설만큼이나 깜짝 놀란 양도선이 믿기 힘들다는 표정으로 되물었다.

"그렇습니다. 지금 유운개 장로님과 전 제자가 합심하여 놈을 쫓고 있습니다."

독비신개의 죽음은 개방에 있어 그야말로 청천벽력과도 같은 참사. 전령이 침울한 얼굴로 고개를 끄덕였다.

"대체 어찌 된 일이란 말인가? 자세히 설명해 보게."

양도선의 말에 전령은 도극성이 벌인 악행에 대해 간략히 설명하기 시작했다.

그의 말이 진행되는 동안 영운설과 양도선의 얼굴은 수시로 급변했다.

"세상에! 어찌 이런 일이 있을 수 있단 말인가!"

전령의 말이 모두 끝나자 양도선은 허탈한 표정을 지으며 고개를 절레절레 흔들었다.

"명부는 어찌 되었나요?"

영운설이 착 가라앉은 음성으로 물었다.

표정을 보니 이미 그녀는 침착함을 찾은 모양이었다.

"생존자들의 말로는 명부 역시 놈이 탈취했을 것이라 합니다. 전대 방주님을 해… 하고 품을 뒤지는 광경을 목격했다고 하니까요."

"흠."

살짝 고개를 갸웃거리던 영운설이 뭔가 미심쩍다는 표정으로 벌떡 일어났다.

"아무래도 가봐야 할 것 같아요."

"그래야겠지. 놈의 무공을 감안하면 개방만으론 불안해. 아, 다른 쪽엔 이 소식을 알렸는가?"

양도선이 전령에게 물었다.

"예. 소림에선 이미 퇴로를 차단키 위해 움직인 것으로 압니다."

"다행이군."

고개를 끄덕인 양도선이 화산파의 제자들을 둘러보며 소

리쳤다.

"모두들 준비를 하여라!"

"한데 구중천이나 하오문의 움직임은 어떤가요?"

영운설이 몸을 돌리려는 전령을 잡고 물었다.

"그에 대한 얘기는 아직 전해 들은 바가 없습니다."

"그렇군요. 아무튼 애쓰셨어요."

"아닙니다. 그럼 이만 물러가겠습니다."

자신의 임무를 마친 전령은 영운설과 양도선에게 간단히 예를 표하고 물러났다.

"왜? 마음에 걸리는 것이라도 있느냐?"

"아니요. 그냥."

영운설은 양도선의 질문에 말끝을 흐렸다. 하지만 그녀의 표정은 아무래도 뭔가가 이상하다는 듯 어둡기만 했다.

* * *

"좀 어때?"

홀로 잔을 기울이던 담사월이 쭈뼛거리며 걸어 들어오는 장운을 보며 물었다.

"다행히 다들 목숨엔 지장이 없지만……."

"병신 신세를 면하진 못한다는 말이겠지?"

"예. 죄송합니다."

사면초가(四面楚歌)

장운이 고개를 푹 숙였다.

"됐어. 지금 후회해 봐야 무슨 소용이야. 술이나 받아."

담사월이 장운에게 술잔을 내밀었다. 하지만 장운은 고개를 흔들며 사양을 했다. 애당초 그가 담사월을 찾은 데엔 다른 이유가 있었기 때문이었다.

"손님이 찾아왔습니다."

"손님이? 나한테?"

"예."

"누가? 내가 여기 있는 것을 누가 알고?"

"숙살단에서……."

순간, 담사월이 인상을 찌푸렸다.

"그놈들이 왜?"

"그건 잘 모르겠습니다."

"와보라고 해."

담사월이 빈 잔에 술을 따르며 말했다.

잠시 후, 장운이 한 사내를 대동하고 나타났다.

사내는 담사월을 보자마자 납작 엎드려 예를 표했다.

"숙살단 숙살이대 이곡(李鵠)이 소주를 뵙습니다."

인사를 받는 둥 마는 둥 한 담사월이 다짜고짜 물었다.

"왜 왔어?"

"도움을 청하고자 왔습니다."

"도움? 숙살단이? 허, 이거 놀랄 일이군. 천하의 숙살단이

내게 도움을 다 청하고 말이야."

담사월의 비아냥에도 이곡의 태도엔 변함이 없었다.

"명부가 탈취당했습니다."

"그게 뭐 어쨌다고. 명부가 탈취… 명… 부? 설마 잠행록(潛行錄) 말이냐?"

담사월의 표정이 급변했다.

"그렇습니다."

"어찌 된 일인지 말해봐."

이곡은 독비신개의 일부터 현재 황산에서 벌어진 상황에 대해 빠르게 설명을 시작했다.

"…감찰단주 섭총과 쇄혼령주 적혈을 비롯하여 쇄혼령 전원이 목숨을 잃었고, 숙살이대 역시 대주님을 제외하곤 모조리 몰살을 당했습니다. 하오문은……."

담사월이 말을 끊었다.

"하오문은 필요없고. 하면 뭐야? 완전히 끝장난 것 아냐?"

"그건 아닙니다. 현재 부대주가 이끄는 숙살이대의 병력 이십 명이 뒤늦게나마 대주와 합류를 했습니다. 숙살삼대 역시 황산 인근에 도착했고, 흑룡전대(黑龍戰隊)의 병력 또한 조만간 도착하는 것으로 알고 있습니다."

"너무 늦잖아. 다 끝난 다음에 도착해서 뭘 어찌하겠다는 거야!"

담사월이 벌떡 일어났다.

"황산으로 가시려는 겁니까?"

장운이 물었다.

"가야지. 다른 것은 몰라도 잠행록을 빼앗길 수는 없잖아."

"저도 가겠습니다."

"됐어. 넌 저놈들이나 보살펴."

"하지만……."

"그냥 있으라면 있어."

"알겠습니다."

"이곡이라 했나?"

"예."

"한데 대체 누구야? 숙살이대하고 쇄혼령을 박살 낸 놈이? 감찰단주가 그리 만만한 사람이 아닌데."

"감찰단주는 소림사의 무광이라는 놈에게 당했다고 합니다."

"그래? 하긴, 소림맹룡이 상대였다니 어쩌면 당연한 일. 그러면 나머지는?"

"정확히는 알려지지 않았지만 도극성이라고……."

담사월의 몸이 그대로 경직됐다.

"누… 구라고?"

"도… 극성입니다."

"그놈이었군. 그래, 그놈이라면 능히 그럴 수 있지. 숙살이대? 어림도 없지. 숙살일대가 와도 몰살이야."

목이 타는지 아예 술병을 입에 댄 담사월이 순식간에 바닥을 드러낸 술병을 집어 던지고 말했다.

"가자. 잘됐어. 그렇잖아도 놈과는 풀어야 할 것이 많으니까."

자리를 박차고 뛰어나가는 담사월, 그의 뇌리엔 이미 잠행록의 존재는 사라지고 없었다.

* * *

쉬이익!

서늘한 바람 소리와 함께 뒷덜미를 노리며 접근하는 물건이 있었다.

사방에서 합공을 받느라 잠시 허점을 보였던 도극성이 깜짝 놀라며 몸을 틀었다.

귓불을 스치며 지나가는 것은 손바닥보다 조금 큰 유엽도였다.

한둘이 아니었다.

유엽도를 시작으로 무수히 많은 암기가 그를 노리며 날아들었다.

도극성은 미친 듯이 소맷자락을 흔들어 암기를 튕겨냈다.

"크!"

도극성의 입에서 짧은 신음이 흘러나왔다.

암기는 피할 수 있었지만 그 와중에 공격을 당해 허리춤에 작은 부상을 당하고 말았다.

"빌어먹을 거지 놈들!"

부상이라 봐야 생채기가 조금 난 것에 불과했고 황급히 몸을 빼 연거푸 공격을 허용하지는 않았지만 도극성은 자신을 노려보며 끊임없이 접근하는 개방의 제자들에게 욕설을 내뱉었다.

당장에라도 쓸어버리고 싶은 마음이 턱밑까지 치밀어 올랐다.

그렇다고 행동으로 옮기지는 않았다.

그때마다 독비신개의 얼굴이 눈에 밟혔기 때문이었다.

"젠장, 그래도 더 이상은 못 참겠다!"

참는 것도 한계가 있는 법.

그때까지 수세로 일관하던 도극성이 갑자기 공세를 취하기 시작했다.

"조심해라!"

누군가의 외침과 더불어 공격을 감행했던 개방 제자 하나가 허공에 붕 뜨며 날아갔다.

"뭐, 뭐야!"

동료들에게 경고를 했던 사내, 개방의 삼결제자 모충(毛充)이 기겁을 하며 몸을 흔들었다.

어느새 도극성의 손이 자신을 노리며 다가왔기 때문이었다.

모충은 자신이 휘두른 검이 엉뚱한 방향으로 튕겨 나가는 것과 동시에 눈앞으로 도극성의 손바닥이 접근을 하자 자신도 모르게 두 눈을 질끈 감고 말았다.

쫘악!

경쾌한 격타음에 이어 폭포수와 같은 코피를 쏟아내는 모충의 신형이 그대로 무너져 내렸다.

그 여세를 몰아 닥치는 대로 취혼수를 날리는 도극성.

작심을 하고 공격을 펼치는 도극성의 위세에 버틸 수 있는 사람은 거의 없었다.

개방의 제자들을 무차별적으로 유린하던 도극성의 행동은 분기탱천한 유운개가 장내에 도착할 때까지 계속됐다.

"드디어 잡았구나!"

유운개가 스산한 살기를 뿜어내며 말했다.

'후~ 시간을 너무 지체했다.'

될 수 있으면 유운개와는 부딪치고 싶지 않았던 도극성이 슬며시 한숨을 흘렸다.

보통의 개방 제자 정도는 조금 전처럼 큰 무리 없이 제압을 할 수 있었지만 유운개 정도의 고수는 피를 보지 않고는 싸움을 끝낼 수가 없었기 때문이었다.

"더 이상 도망칠 곳은 없다."

좌측에서 모습을 드러낸 사람은 화산파의 은선풍이었다. 이미 그와 한차례 마찰이 있었던 도극성이 이맛살을 찌푸렸다.

'하필이면.'

개방도 그랬지만 원죄가 있기에 화산파는 상대하기가 정말 껄끄러웠다.

도극성이 긴장을 하며 주변을 둘러보았다.

사방이 적이었다.

완벽하게 구축된 포위망에 약점은 별로 보이지 않았다.

"여기가 바로 네놈의 무덤 자리다!"

유운개의 외침에 도극성은 자신도 모르게 피식 웃음을 터뜨리고 말았다.

자신의 처지에 대한 자조의 웃음이었으나 받아들이는 유운개의 입장에선 그렇지 못했다.

"어디서 쳐 웃는 것이냐!"

대노한 유운개가 취란선보의 보로를 밟으며 빠르게 접근했다.

단숨에 삼 장여의 거리를 좁히면서 치고 들어온 유운개의 손이 현란한 변화를 보이며 압박을 가했다.

"흥!"

콧방귀를 뀐 도극성이 손을 뻗었다.

팡! 팡! 팡!

취란수와 취혼수가 부딪치며 요란한 마찰음을 토해냈다.

취란수는 애당초 취혼수의 상대가 될 수 없었다.

그것은 이미 과거 무명신군이, 그리고 얼마 전 묵죽신개를 상대로 도극성이 증명해 보인 적이 있었다.

유운개는 자신의 공격을 완벽하게 차단하며 접근하는 수영에 기겁을 했다.

취혼수에 적중당하면 어떤 꼴이 되는지 너무나 잘 알고 있던 그는 죽을힘을 다해 몸을 흔들며 공세에서 벗어나려 했다.

그러나 그대로 놔줄 도극성이 아니었다.

그는 표영이환보를 이용한 경쾌한 발놀림으로 언제나 한 발 앞서 유운개를 압박했다.

한데 바로 그 순간, 도극성의 배후로 접근하는 그림자가 있었다.

유운개의 위기를 보다 못한 은선풍이 합공을 시작한 것이었다.

도극성이 은선풍의 공격으로 인해 어쩔 수 없이 손을 거두며 잠시 멈칫거리는 사이, 유운개가 곧바로 반격을 가해왔다.

퍽!

둔중한 격타음과 함께 도극성의 몸이 휘청거렸다.

곧바로 반격을 가해 추가 공격을 막은 도극성이 목구멍까지 치고 올라오는 울혈을 억지로 잠재웠다.

"어디 또 한 번 웃어보거라!"

유운개가 득의의 표정으로 소리쳤다.

은선풍의 도움으로 겨우 우위를 잡았음에도 조금도 부끄러워하는 기색이 없자 도극성이 입꼬리를 살짝 치켜 올리며 웃었다.
　도극성이 발밑에 버려진 칼을 툭 차올려 손에 쥐었다.
　도극성의 웃음.
　조금 전과는 그 의미가 전혀 다른 웃음이었다.
　유운개도 도극성의 변화를 의식했는지 바짝 긴장한 모습이었다.
　"노부도 돕겠소."
　은선풍보다 조금 늦게 도착하여 싸움을 지켜보던 한 노인이 유운개의 곁으로 다가왔다.
　운창 진인과 함께 대정련의 정예를 이끌고 왔다가 황산에서 병력을 나누어 헤어진 관철림(關鐵林)이었다.
　하남에서도 몇 손가락에 꼽힐 정도로 도의 고수였던 그는 보통 사람보다 두 배는 넓고 무거운 도를 애병으로 사용하며 명성을 날린 인물이었다.
　시간이 갈수록 계속해서 늘어가는 고수들.
　도극성은 더 이상 피할 수 없다는 것을 느끼며 천천히 자세를 잡았다.
　가급적 싸움은 피하고 싶었지만 무슨 말을 해도 믿어주지 않는 상황에서 그가 선택할 수 있는 것은 아무것도 없었다. 우선은 포위망에서 벗어나는 것이 순서였다.
　도극성이 신중히 자세를 취하자 당장에라도 공격을 할 것 같았던 유운개도 함부로 준동하지 못했다.

그렇지만 언제까지 눈치를 볼 수는 없었다.

유운개와 은선풍, 관철림이 서로의 시선을 교환하더니 곧 공격을 시작했다.

선공은 은선풍이었다.

이미 도극성의 무공이 어떻다는 것을 잘 알고 있던 그는 처음부터 전력을 다했다.

산화무영검(散花無影劍).

화산파를 대표하는 매화십이검(梅花十二劍)만큼 화려하지도 강맹하지도 않았지만 빠르기만큼은 최고였다.

혼신의 힘을 다하는 은선풍의 공격을 보며 동시에 탄성을 터뜨린 유운개와 관철림도 좌우에서 합공을 했다.

햇살마저 단숨에 베어버릴 정도로 빠른 은선풍의 쾌검, 가히 태산과 비견될 정도로 육중한 관철림의 도법. 거기에 유운개의 혼원벽력장(混元霹靂掌)까지 더해지자 그야말로 도극성이 피할 곳은 없어 보였다.

검, 도, 장.

게다가 빠름과 무거움과 강맹함을 고루 합친 세 사람의 공격은 도극성이 움직일 수 있는 모든 방위를 선점하며 밀려들었다.

'끝났다.'

싸움을 지켜보는 모든 이들의 생각이자 합공을 하고 있는 세 사람의 공통적인 생각이었다.

그들 모두의 뇌리에 무참히 뭉개져 쓰러진 도극성의 모습이 자연스레 떠올랐다.

그 누구도 결과를 의심하지 않던 순간, 도극성의 칼이 움직이기 시작했다.

우우우우웅!

웅휘로운 떨림과 함께 도극성이 쥔 칼에서 딱히 뭐라 정의를 내리기 힘든 기운이 뻗어 나오더니 부드럽게 그의 주변을 감싸기 시작했다.

그것의 정체를 가장 먼저 알아본 사람은 역시 도를 사용하는 관철림이었다.

"도, 도막(刀幕)!"

설마하니 도극성이 도의 최고수들만이 펼칠 수 있다는 도막을 펼칠 줄은 꿈에도 상상하지 못했던 그는 기절할 듯 놀랐다.

그 역시 도막을 펼칠 수는 있었지만 이제 겨우 초입에 들어선 수준으로 도극성과는 비교 자체가 불가능했다.

세 사람의 공격과 도막이 부딪쳤다.

쿠쿠쿠쿠쿵!

하늘이 무너지고 지축이 흔들렸다.

삽시간에 천지사방을 휩쓴 가공할 충격파에 의해 주변의 땅이 갈라지고 수목이 무참히 잘려 나갔으며 거대한 암석들마저 자리를 이탈했다.

포위망을 구축했던 개방과 대정련의 무인들 중 몇몇은 그 충격파를 감당치 못하고 피를 토하며 쓰러졌다.

하지만 그것은 시작에 불과했다.

주변의 혼란이 가라앉기도 전에 도막을 펼쳐 세 사람의 공격을 막아낸 도극성의 반격이 곧바로 이어졌다.

섬뢰붕천, 뇌정붕천, 폭뢰붕천으로 이어지는 연환공격이 태풍처럼 밀어닥쳤다.

"크아악!"

끔찍한 비명과 함께 튕겨져 나간 사람은 세 사람 중 공력이 가장 약한 은선풍이었다.

이어 유운개가 부러진 팔뚝을 부여잡고 피를 토했다.

"크헉!"

중심을 잡지 못하고 비틀거리는 관철림이 연신 검붉은 핏덩이를 토해냈다. 옷이라고 하기에도 민망할 정도로 갈가리 찢겨진 의복은 어느새 그가 흘린 피로 붉게 물들어 있었다.

그는 눈앞의 현실을 도저히 믿을 수 없다는 듯 두 눈을 부릅뜬 채로 도극성을 바라보다가 힘없이 쓰러지며 정신을 잃고 말았다.

마지막까지 버티던 관철림이 산산조각난 애병의 잔해 위로 무너져 내리면서 싸움은 끝이 났다.

누구 하나 입을 여는 사람이 없었다.

질식할 것만 같은 침묵.

모두의 눈에 공포가 어렸다.

한 호흡.

믿을 수 없게도 은선풍과 유운개, 관철림의 합공은 고작 한 호흡 만에 처참하게 무너지고 만 것이다.

그들은 두려운 마음으로 도극성의 다음 행보를 주시했다.

홀로 우뚝 선 도극성이 유운개를 향해 조용히 말했다.

"진실은 언젠가 밝혀질 터, 마지막 경고입니다. 쫓지 마십시오."

도극성이 들고 있던 칼을 버리고 천천히 몸을 돌렸다.

포위망은 이미 무용지물이 되어버렸다.

그 누구도 감히 길을 막지 못했다.

도극성이 보여준 무위에 압도당한 이들이 할 수 있는 것이라곤 도극성이 지나갈 때까지 부들부들 떠는 것뿐이었다.

도극성의 신형이 거의 보이지 않을 즈음 유운개가 힘이 빠진 음성으로 외쳤다.

"소… 림사. 저놈을 막을 수 있는 사람은 오직 소림사, 소림맹룡뿐이다. 어서 그에게 연락을 취하라."

그 말을 끝으로 유운개 역시 혼절을 하고 말았다.

*　　*　　*

"누구냐!"

외침은 그것으로 끝이었다.

이곡의 검은 이미 그의 목을 베고 있었다.

"적이……."

적의 출현을 알리려는 자의 눈동자가 더할 나위 없이 커졌다.

그는 자신의 몸이 왜 앞으로 쏠리는지 이해할 수 없다는 표정으로 고꾸라지고 말았다.

이곡이 다음 목표를 향해 움직이려 했으나 담사월이 그를 제지했다.

"그만."

이곡의 발걸음이 그대로 멈췄다.

"누가 네 마음대로 공격을 하라고 했나?"

"죄송합니다."

"지금은 잔챙이들과 노닥거릴 때가 아니다."

이곡을 책망한 담사월이 어찌할 바를 모르고 있는 개방의 제자들에게 손짓을 했다.

"너희들과는 볼일이 없으니 그냥 가라."

"시, 시끄럽다."

순간 담사월의 눈에서 알 수 없는 혈광이 일렁거렸다가 사라졌다. 비록 잠깐이었지만 그 눈빛과 마주한 이들은 그야말로 숨이 멎을 것 같은 충격을 받았다.

"가라면 가."

아무도 토를 달지 못했다.

개방의 제자들은 누가 먼저라고 할 것도 없이 뒷걸음질쳤다. 마치 뭐에 홀린 듯한 모습이었다.

"마정편은 지금 어디에 있느냐?"

담사월의 물음에 연락책으로 따라붙은 조일소(趙鎰小)가 황급히 대답을 했다.

"현재 대주님과 숙살이대는 놈을 쫓고 있습니다. 현재 숙살삼대도 합류한 상태입니다."

"누가 누구를 쫓아? 그렇게 당하고도 정신을 못 차린 모양이구만."

"명부가 아무래도 놈의 수중에 있는 듯하여……."

"그놈이?"

"예, 독비신개는 명부를 지니지 않았다고 합니다. 한데 독비신개와 접촉한 놈은 그놈뿐입니다."

"그래도 너무 위험하잖아. 피해만 늘 뿐이야."

"너무 걱정하지 마십시오. 간자들이 연락해 온 바에 의하면 놈은 대정련과의 싸움으로 이미 지칠 대로 지쳤습니다."

"대정련? 그건 또 무슨 소리야?"

조일소는 도극성의 손에서 끝까지 살아남은 간자, 도진이 보내온 정보를 빠른 어조로 보고하기 시작했다.

"흠, 제대로 함정에 빠졌군. 그런데 조금 이상하잖아."

"뭐가 말입니까?"

"그렇잖아. 놈에게 명부가 있다면 그렇게 쫓길 이유가 없잖아. 모든 오해도 간단히 풀렸을 것이고."

"그건……."

담사월의 지적에 조일소는 뭐라 대답을 하지 못했다.

"뭐, 상관없다. 일단 명부가 대정련의 손에 들어가는 것은 막았으니까 말이다. 놈에게 명부가 있는지 없는지는 직접 확인해 보면 알게 되겠지. 지금 즉시 연락을 취해. 발견을 했다 해도 결코 함부로 나서지 말라고. 자칫하다간 오히려 대정련에게 어부지리를 주는 수가 있으니까."

"알겠습니다."

대답을 한 조일소가 소매춤에서 온몸이 붉은빛으로 맴도는 쥐 한 마리를 꺼내 들었다.

"으이구!"

쥐라면 끔찍하게도 싫어하는 담사월이 몸서리를 치며 고개를 돌렸다.

*　　　　*　　　　*

사면초가(四面楚歌).

현재 도극성의 상황을 이처럼 제대로 표현할 수 있는 말이 또 있을까?

도극성은 사방에서 포위망을 좁히며 밀려오는 적을 보며

씁쓸한 웃음을 지었다.
 힐끗 고개를 돌렸다.
 깎아지른 절벽.
 더 이상 도주할 길이 없었다.
 유운개 등을 쓰러뜨린 후, 최대한 싸움을 피하며 쫓기다 결국 막다른 길까지 이르고 말았다.
 싸움을 끝내기 위해 일부러 고른 장소이기는 했지만 기분이 가히 좋지는 않았다.
 그리고 마침내 가장 피하고 싶은 상대들과 마주하게 되었다.
 왼쪽 편에서 소림사의 무승들이 모습을 보였다.
 정면에서 보무도 당당히 그들을 이끄는 사람은 소림맹룡 무광이었다.
 때를 맞춰 우측에서도 일단의 무리들이 나타났다.
 약속 장소에서 독비신개를 기다리다 다급히 달려온 영운설 일행이었다.
 "이제 그만 포기하는 게 어떤가?"
 무광이 앞으로 나서며 말했다.
 "글쎄요. 하는 데까지 해봐야지요."
 "지금이라도 명부를 내어놓고 죄를 청한다면……."
 도극성이 어이없다는 표정으로 말을 끊었다.
 "지금 명부라고 했습니까?"

"그렇네."

"제가 명부를 가지고 있다고요?"

"시치미 뗄 생각은 하지 말게. 자네가 독비신개 어르신을 해하고 명부를 훔치지 않았는가?"

"저놈이 그리 말합니까?"

도극성이 저 멀리 쥐새끼처럼 숨어 있는 도진을 가리키며 말했다. 도극성이 던진 자갈로부터 운 좋게도 목숨은 건졌으나 도진은 한쪽 어깨가 완전히 박살이 난 상태였다.

"누가 말했는지는 중요하지 않네."

"아니요, 중요하지요. 바로 저놈이 구중천의 간자니까요."

도극성의 반응을 물끄러미 살펴보던 무광이 결국 한숨을 내쉬었다.

"자네가 이런 식으로 나온다니 어쩔 수 없지."

어느새 무광의 양손이 금빛으로 물들기 시작했다.

바로 그때였다.

"잠시만요."

영운설이 무광의 발걸음을 막았다.

"군사."

영운설은 무광의 부름에 대답하지 않고 도극성을 향해 걸어갔다.

"위험하다."

양도선이 그녀를 말렸지만 영운설은 걸음을 멈추지 않았다.

"그만. 그만 멈추시오."

도극성의 말에야 비로소 발걸음을 멈춘 영운설이 차분한 시선으로 그를 응시했다.

그녀는 한참 동안 아무런 말도 하지 않았다.

도극성도 침묵을 지키며 그녀의 말을 기다렸다.

"어찌 된 일인가요?"

영운설이 조용히 물었다.

"보시다시피요."

도극성의 성의없는 대꾸에 영운설이 안색을 찌푸렸다.

"전 진실을 원해요."

"난 한 번도 거짓말을 한 적이 없소."

"당신이 독비신개 어르신을 죽였나요?"

"아니오. 그분은 운창인가 뭔가 하는 간자에게 목숨을 잃으셨소."

"명부는요? 명부는 어찌 되었지요?"

순간, 잠시 잠깐 갈등을 했던 도극성은 그 누구에게도 명부에 대해 말하지 말라는 독비신개의 말을 떠올리며 흔들리는 마음을 다잡았다.

"모르오."

"당신이 가지고 있지 않나요?"

"가지고 있지 않소."

"거짓말을 하는군요."

"마음대로 생각하시구려."

될 대로 되라는 식으로 대꾸하는 도극성의 음성엔 어느새 짜증이 묻어 있었다.

"이러면 당신을 도울 수가 없어요."

"도움을 바란 적 없소. 대신 하나만 생각을 해보시오. 나는 당신들이 의심하는 행동을 할 이유가 하나도 없소. 내가 무엇 때문에 불구대천이나 다름없는 구중천에 이로운 행동을 한단 말이오? 모든 것이 구중천의 간자 놈들이 꾸민 일이란 말이오."

그때, 무리 뒤편에서 노기에 찬 음성이 터져 나왔다.

"이~놈!! 듣고 있으려니 참으로 가관이구나!"

너무도 익숙한 음성. 이제는 화도 나지 않았다.

도극성이 아무런 대꾸도 하지 않자 부러진 팔에 부목을 댄 유운개의 음성이 더욱 커졌다.

"네놈이 저지른 만행은 하늘이 알고 땅이 알고 있다! 이유라고 했느냐? 이유라면 바로 네놈이 구중천의 간자이기 때문이 아니더냐! 죽음으로써 죄를 청해도 부족하거늘, 어디서 감히 그따위 말도 안 되는 변명을 늘어놓는단 말이냐! 군사, 아직도 놈과 할 말이 있는가? 놈의 간교한 혓바닥에 놀아날 생각이 아니라면 당장 물러나게!"

유운개의 격렬한 항의에 영운설도 난처했다. 그러나 방금 전 도극성이 했던 말, 구중천에 이로울 일을 할 이유가 없다는 말이 영 마음에 걸렸다.

"마지막으로 물어보겠어요. 명부는 어디에 있지요?"

"모르오."

도극성의 대답엔 일말의 망설임도 없었다.

"……."

입술을 꼬옥 깨문 영운설이 싸늘한 시선으로 도극성을 바라보다가 빙글 몸을 돌렸다.

그것을 공격의 신호로 받아들인 무광이 도극성을 향해 움직였다. 하나 그보다 먼저 움직인 사람이 있었으니, 다름 아닌 그에게 목숨처럼 아끼던 제자를 잃은 양도선이었다.

"선공을 양보한다는 말은 하지 않겠다!"

양도선이 자세를 가다듬으며 소리쳤다. 그러자 도극성이 피식 웃음을 터뜨렸다.

"싸울 일도 없을 겁니다."

"무슨 소리지?"

"무슨 소리긴요, 이런 의미없는 싸움은 정말 지긋지긋하거든요. 이제는 그만 끝낼 생각입니다."

도극성이 조금씩 뒷걸음질을 치자 오히려 당황한 것은 양도선과 이를 지켜보던 사람들이었다.

"무, 무슨 짓을 하려는 건가?"

도극성은 양도선의 물음에 대답하지 않고 유운개를 향해 소리쳤다.

"개방의 장로? 당장 때려치시구려! 꽉 막히고 편협한 사고방식에 아둔한 머리로 괜히 제자들만 괴롭히지 말고!"

"네, 네놈이 감히!"

"조금 전, 나를 보고 구중천의 간자라고 했소? 하면 나의 사부, 무명신군께서 구중천의 인물이란 말인가!"

도극성의 눈빛이 살기로 번뜩였다.

"독비신개 어르신이 아니었으면, 당신이 그분께서 평생 몸담으신 개방의 장로가 아니었다면 나와 내 사부님을 욕보인 죄를 결단코 용서치 않았을 것이오! 팔목 따위 부러지는 것으로 끝나지는 않았을 것이란 말이오!"

"이!"

유운개가 수치심을 이기지 못하고 부들거리는 사이, 살기로 번들거리는 눈으로 유운개를 노려보던 도극성의 신형은 어느새 절벽 끝에 이르고 있었다.

"탈출하려는 생각이면 관두게. 그 아래가 어딘지 아는가? 포룡탄일세. 아무리 무공이 뛰어나고 자맥질에 능해도 포룡탄을 벗어날 수 있는 사람은 없어."

"후~ 그래야 끝나지 않겠습니까? 이런 어이없는 싸움."

"끝까지 변명을 늘어놓을 생각인가? 이런다고 자네의 말을 믿어줄 사람은 아무도 없네."

"마음대로 생각하십시오. 난 그저 싸움을 끝내고 싶을 뿐이니까."

사면초가(四面楚歌)

도극성의 고개가 절벽 아래로 향했다.

그들이 있는 곳의 안개는 이미 걷혔지만 계곡 주변의 안개는 그대로 남아 있어 끝이 보이질 않았다.

'하지만 나는 알지, 포룡탄에 내 목숨을 구해줄 구명줄이 있다는 것을. 물론 위험은 하겠지만.'

오늘 아침, 포룡탄을 가로지르고 있는 거목을 직접 건넜던 도극성은 내심 회심의 미소를 짓고 있었다.

"그럼 이만."

도극성은 마치 안부 인사를 건네듯 한마디를 툭 내던지고는 절벽 아래로 몸을 날렸다.

설마하니 정말로 몸을 던질 줄 몰랐던 양도선이 멍한 눈으로 텅 빈 절벽을 바라보고 있을 때, 몸을 날려 도극성을 낚아채려 했던 무광은 도극성의 찢어진 윗옷 조각을 들고 망연자실한 표정을 지었다.

심지어 그토록 악을 써대던 유운개조차도 황당한 표정을 금치 못하고 있었다.

"이런 말도 안 되는······."

자신도 모르게 내뱉은 말, 그것이 주변에 남은 모든 이들의 심정이었다.

오직 영운설만이 뭔가를 골똘히 생각하고 있었다.

그녀는 애당초 도극성의 말이 진실하다는 데에 무게를 두고 있었다.

하나, 모든 정황이 그에게 불리하게 돌아가는 데다가 도극성이 워낙 비협조적으로 나오는 바람에 당장 어찌할 방법을 찾지 못한 것뿐이었다.

물론 도극성이 절벽으로 뛰어내리는 극단적인 행동을 취할 줄은 미처 예상하지 못했다. 그렇다고 목숨을 걱정하지는 않았다. 그가 아무런 이유 없이 스스로 목숨을 버리지는 않을 것이라는 확신이 있기 때문이었다.

"뭐야! 왜 뛰어내려?"

난데없이 들려온 고함 소리에 망치로 뒤통수를 맞은 듯 움직일 줄 몰랐던 이들이 퍼뜩 정신을 차렸다.

음성이 들려온 곳으로 일제히 쏠리는 시선.

모든 이들의 따가운 시선을 한 몸에 받으면서도 전혀 아랑곳하지 않고 오직 도극성이 사라진 절벽만을 바라보며 씩씩거리는 사내.

도극성과 대결하겠다는 일념으로 죽어라 달려온 담사월이었다.

"망할 놈 같으니! 왜? 왜 뛰어내리고 지랄이야!!"

담사월이 분에 못 이겨 고래고래 소리를 지르자 곁에 있던 이곡은 미칠 지경이었다.

갑자기 적진 한복판에 뛰어들어 이 무슨 난리란 말인가!

"소, 소주님!"

이곡이 담사월의 팔소매를 잡으며 말했다.

"왜?"

"분위기가⋯⋯."

"분위기가 뭐?"

여전히 분위기 파악을 못하고 성질을 부리던 담사월은 안절부절못하는 이곡의 표정을 보고서야 비로소 자신이 처한 상황을 이해하게 되었다.

"네놈은 또 뭐냐!!"

그렇잖아도 심기가 불편했던 유운개가 버럭 호통을 쳤다.

"젠장, 늙은 거지와 할 말은 없고. 어이, 그쪽이 소림맹룡인가?"

"그렇네만."

"반갑군. 나 담사월이다."

"무광이오."

"지금은 장소가 그렇고⋯ 언제 다시 만나면 술이나 한잔하지. 보아하니 우린 제법 인연이 길 것 같아. 두고두고 만날 사이 같으니 말이야."

"좋아, 언제든지 환영하지."

피식 웃은 무광이 고개를 끄덕였다. 어느새 말투도 바뀌어 있었다.

하나, 완전히 무시를 당했다고 생각한 유운개의 눈에선 불똥이 튀고 있었다.

"어디서 굴러먹던 놈이 감히! 뭐 하자는 수작이냐!!"

"쯧쯧, 말투하고는. 굴러먹던 놈은 내가 아니라 영감이지."

한껏 비웃음을 흘린 담사월이 몸을 홱 돌렸다. 그리곤 입을 쩍 벌리고 있는 이곡에게 소리쳤다.

"뭐 해? 달려!"

말이 끝나기가 무섭게 담사월의 신형은 벌써 한참을 내달리고 있었다.

"미치겠네."

도대체 뭐 하는 짓인가 멍한 표정을 짓던 이곡은 삽시간에 구축되는 포위망을 보면서 죽을힘을 다해 달리기 시작했다.

"잡아라! 당장 잡아!"

분함을 참지 못한 유운개가 길길이 날뛰었지만 담사월과 이곡은 이미 사라지고 난 뒤였다.

'담사월이라······.'

맹수는 맹수를 알아보는 법.

담사월이라는 이름을 천천히 되새겨 보는 무광의 표정은 야릇하기 그지없었다. 그리고 그것은 영운설도 마찬가지였다.

『운룡쟁천』 4권에 계속···

정봉준 新무협 판타지 소설

『철산전기』의 작가 정봉준!!!
팔선문을 통해 또 다른 유쾌함을 선사한다!!

뛰어난 자질을 갖춘 팔선문의 대제자 유검호,
그의 치명적인 단점은 게으름과 의지박약!

천하제일마두의 기행에 재수없이 동참하게 된 의지박약아,
갖은 고생 끝에 가까스로 고향으로 돌아오다.

"무림? 그딴 건 개나 주라 그래. 나만 안 건드리면 돼!"

시간을 가르는 그의 행보에 무림이 뒤집어진다!!!

 유행이 아닌 자유추구 -
WWW.chungeoram.com
Book Publishing CHUNGEORAM